BASTEI LÜBBE

ED McBAIN
Im BASTEI-LÜBBE-TASCHENBUCH-PROGRAMM:

Romane um das legendäre 87. Polizeirevier
13 595 Graffiti
13 616 Blutschwestern
13 650 Solange ihr zwei noch lebt
13 716 Lange nicht gesehen
13 773 Romanze

Romane um den Staranwalt Matthew Hope
13 668 Mary, Mary
13 735 ›Es war einmal ein kleines Mädchen ...‹

Ed McBain

# Calypso

Kriminalroman
aus dem
87. Polizeirevier

Ins Deutsche übertragen
von Sigrid Kellner
Neu bearbeitet
von Uwe Anton

BASTEI LÜBBE

BASTEI-LÜBBE-TASCHENBUCH
Band 13 797

Erste Auflage
Oktober 1996


Deutsche Lizenzausgabe 1996
Bastei-Verlag Gustav H. Lübbe
GmbH & Co., Bergisch Gladbach
Originaltitel: Calypso
Lektorat: Iris Schmidt
Titelbild und Umschlag-
gestaltung: Horst Gerlach, Köln
Satz: KCS GmbH,
Buchholz/Hamburg
Druck und Verarbeitung:
Brodard & Taupin,
La Flèche, Frankreich
Printed in France

ISBN 3-404-13797-3

Der Preis dieses Bandes
versteht sich einschließlich der
gesetzlichen Mehrwertsteuer

*Für Jay und*
*Connie Cronley*

Die hier geschilderte Stadt existiert nicht. Die Personen und Schauplätze sind frei erfunden. Die Darstellung der Polizeiarbeit allerdings basiert auf authentischen Ermittlungsmethoden.

# 1. KAPITEL

In dieser Stadt ist der Herbst oft verschenkt. Es gibt nicht besonders viele Parks, und das bißchen welkende Laub in den öffentlichen Anlagen reicht nie aus, um etwa mit leuchtender Farbenpracht die Sinne zu betören. Der Himmel ist meist bedeckt und grau von den Ausläufern tropischer Gewitter, die über der Karibik entstehen und von den Stürmen nordwärts getrieben werden. Sein konstantes, leuchtendes Blau bekommt er nicht vor Oktober. Erst in einer Jahreszeit des Absterbens wird dann die Luft scharf und klar.

In diesem September gab es wie üblich vorwiegend Regen.

Die beiden Männer, die in dem spätabendlichen Gewitter unterwegs waren, boten Herbstfarben genug. Der Größere hatte einen Teint von warmem Milchkaffeebraun und trug unter seinem Regenmantel ein gelbes Seidenhemd zu roten Seidenhosen. Das Gelb leuchtete im V zwischen den Mantelaufschlägen. Das Rot blitzte unter dem Saum und in dem Gehschlitz auf, der bei jedem der weitausholenden Schritte auseinanderklaffte. In der linken Hand hielt der Größere einen Gitarrenkasten, der im Gegenrhythmus zu den eiligen Schritten hin und her pendelte. Der kleinere Mann hatte Mühe, das Tempo mitzuhalten. Seine Hautfarbe war dunkler, ein tiefes Schokoladenbraun, das in dem strömenden Regen naß glänzte. Er war mit einem grünen Parka und Hosen bekleidet, die fast zum Ton seiner Haut paßten. Wenn er lächelte, wie er es gerade tat, funkelte ein Goldzahn in seinem Mund.

»Du warst sensationell«, sagte er.

»Ja«, versetzte der Größere ohne Enthusiasmus.

»Du hast sie geschafft, Baby. Ich weiß nicht, was ich noch sagen soll, um dich zu überzeugen.«

»Ja.«

»Was allein für ein Haufen Leute da war. Schätzungsweise dreihundert vor dem Podium und mindestens noch fünfzig an der Tür. Das ist doch beachtlich, George.«

»Das ist mäßig. Für einen Freitagabend ist das sogar sehr mäßig.«

»Nein, nein. Das ist nicht mäßig. Wo die überhaupt nur für vierhundert Platz haben? Du hast fast den ganzen Saal gefüllt. Das finde ich nun wirklich nicht mäßig.«

»Kein Mensch hat begriffen, was ich gemacht habe, Mann.«

»Alle haben es mitgekriegt, George. Du hast es gebracht, Baby, und sie haben dir aus der Hand gefressen. Was glaubst du, warum die so gebrüllt und geschrien haben? Als du die Nummer ...«

Die Schüsse kamen aus einem schattigen Hauseingang.

Es gab ein gelbes Aufblitzen, etwas blasser als das Hemd des Mannes, und dann eine dröhnende Explosion. Die Kugel drang in seine linke Halsseite ein und hinterließ auf der gegenüberliegenden Seite eine große Austrittswunde. Blutstropfen spritzten in den fallenden Regen. Der Mann griff haltsuchend ins Leere, taumelte, ließ den Gitarrenkasten fallen und drehte sich gerade noch so weit herum, um den zweiten Mündungsblitz zu sehen. Die Kugel zertrümmerte seinen linken Backenknochen und riß ihm dann in einer Fontäne von Knochen, Knorpel und Blut die Schädeldecke auf.

Die Reaktionszeit des kleineren Mannes war langsam. Er drehte sich zu dem Hauseingang um, als die Pistolenmündung erneut gelb aufflammte. Gleichzeitig zuckte ein Blitz über den Himmel. Dann folgte die Explosion und darauf ein Donnerschlag, der sie zu verstärken und zu vervielfältigen schien. Er zog instinktiv den Kopf ein und begriff erst dann, daß ihn die Kugel verfehlt hatte. Er begann zu rennen, hörte eine weitere Explosion hinter sich und schlug einen Haken, wie ein Quarterback, der einen Gegenspieler umläuft. Eine sinnlose Reaktion, wenn man die Geschwindigkeit des Geschosses bedachte. Aber wieder war der Schuß vorbeigegangen. Der kleinere Mann befand sich noch immer auf den Füßen, rannte und begann dabei zu hoffen, vielleicht heil davonzukommen. Die fünfte Kugel erwischte ihn oben an der linken Schulter. Sie traf ihn hart. Zuerst spürte er nur den Aufprall, als habe ihm jemand mit dem Vorschlaghammer in den Rücken geschlagen. Dann fühlte er den brennenden Schmerz, als sich das Geschoß durch Fleisch und Knochen bohrte, und plötzlich fiel er flach auf das Straßenpflaster. Irgendwo weiter vorn hörte er jemanden rufen. Neben sich im Gully konnte er das Wasser rauschen hören. Und dann hörte er etwas, das ihn fast ohnmächtig werden ließ. Nämlich Schritte. Schritte, die sich von dem Hauseingang der Stelle näherten, wo er blutend auf dem Bürgersteig lag.

Er sagte: »O lieber Gott, bitte!« und hob den Kopf. Außer schwarzen Stiefelspitzen, die unter schmalen schwarzen Hosenbeinen hervorkamen, konnte er nichts erkennen. Er kniff die Augen gegen den strömenden Regen ein wenig zu und versuchte, den Kopf noch ein Stück anzuheben, und er erspähte auf gleicher Höhe mit seinem Kopf einen schwarzbekleideten Arm sowie eine Hand, die eine schwarze Pistole umklammert hielt. Wieder zuckte am Himmel ein Blitz.

Zuerst dachte der Mann, es sei das Aufflammen der Pistolenmündung, hörte den Donner und hielt ihn für die Explosion des Schusses. Statt dessen drang nur ein Klicken durch das Rauschen des Regens. Die Straße weiter hinauf war Stimmengewirr zu hören, das näherkam. Es folgte ein zweites Klicken und noch eins. Die schwarzen Stiefelspitzen verweilten nur noch eine Sekunde. Dann waren sie verschwunden. Er hörte Schritte, die sich durch den Regen entfernten und andere, die aus der entgegengesetzten Seite herbeieilten. Dann waren Stimmen um ihn herum und über ihm. »Mann, hast du das gesehen?« – »Ruf schnell die Polizei, Mann!« – »Jemand soll einen Krankenwagen bestellen.« – »Sind Sie okay, Mann?« Und dann verlor er das Bewußtsein.

Die Polizeiangestellte in der Telefonvermittlung trug einen Kopfhörer mit einem Ohrstöpsel und der Sprechmuschel dicht an ihrem Kinn. Sie saß vor einer Konsole, die aussah wie ein Fernsehbildschirm mit einer Schreibmaschinentastatur darunter. Zu ihrer Rechten befand sich eine weitere Konsole mit zweiunddreißig Knöpfen. Letztere war es, die anzeigte, sobald irgendwo in den fünf Stadtbezirken der Notruf 911 angewählt wurde. Zwanzig Minuten vor Mitternacht leuchtete der ISOLA-Knopf auf, und die Telefonistin sagte sofort in ihre Sprechmuschel: »Hier Vermittlung vierundsiebzig. Von wo wird der Notruf gemeldet?«

Aus einer Telefonzelle an der Ecke in der Nähe der Stelle, wo die beiden Männer blutend auf dem Bürgersteig lagen, meldete sich ein Passant mit aufgeregter Stimme: »Hier sind zwei Männer niedergeschossen worden. Sie liegen auf der Straße.«

»Wo ist das, Sir?«

»Culver Avenue, ziemlich dicht an der South Eleventh.«

»Bleiben Sie bitte am Apparat.«

Ihre Hand huschte zu der Schreibmaschinentastatur. Dann drückte ihr Zeigefinger erst die I-Taste und dann die Q-Taste. Auf dem Bildschirm darüber erschien in hellgrüner Leuchtschrift auf dunkelgrünem Grund eine Zusammenfassung der zurückliegenden zwei Stunden für das betreffende Teilgebiet:

```
IQ/3 IA
IQ/3 CULVER SOUTH ELEVENTH
 BEWAFFNETER STRASSENÜBERFALL
 + + KEIN VORGANG + +
```

Der Computer hatte ihr soeben mitgeteilt, daß der Anrufer keinen Vorfall gemeldet hatte, über den bereits etwas vorlag. In die Sprechmuschel sagte sie: »Sir, wird im Augenblick noch geschossen?«

»Nein. Er ist weggerannt. Der Mann mit der Pistole ist weggerannt. Es liegen bloß die beiden Getroffenen hier auf dem Bürgersteig.«

»Wie ist Ihr Name und wie lautet die Nummer des Apparats, von dem aus Sie anrufen, Sir?«

Es folgte ein Klicken in der Leitung. Das war typisch für diese Stadt. Es war eine Sache, jemandem zu helfen und eine andere, mit der Polizei in Berührung zu geraten. Ohne Überraschung drückte die Polizeiangestellte auf vier Zahlentasten ihrer Telefonkonsole und begann zu tippen, während ihr Anruf zur Notarztzentrale durchging.

»Ambulanz«, meldete sich eine Frauenstimme.

»Zwei Männer mit Schußwunden liegen auf dem Bürgersteig Culver Ecke South Eleventh.«

»Schon unterwegs«, versetzte die Frau.

Es klickte wieder in der Leitung. Die Polizeiangestellte tippte weiter. Während sie schrieb, wurden die Worte in elektronischer Leuchtschrift auf dem Bildschirm sichtbar:

IE/IA PISTOLENÜBERFALL GEMELDET
ZWEI OPFER AUF BÜRGERSTEIG CULVER SOUTH ELEVENTH
FALL FÜR DEN NOTARZT

Sie griff nach der Taste mit der Aufschrift ENTER und drückte sie hinunter. Im selben Moment leuchtete im Raum der Noteinsatzzentrale in einem anderen Teil des Gebäudes ein grünes Licht auf einem ähnlichen Bildschirm auf. Der Einsatzleiter, der vor dem Bildschirm saß, drückte sofort die Q-Taste. Die Nachricht, die die Polizeiangestellte gerade eingefüttert hatte, erschien auf seinem Bildschirm. Er drückte den Übermittlungsknopf auf der Konsole zu seiner Rechten. Während er in das Mikrofon sprach, das in seiner Kopfhöhe hing, begann er bereits zu tippen.

»Adam zwei«, sagte er. »Sind Sie verfügbar?«

»Jawohl, Zentrale.«

»Zehn-vierundzwanzig, zwei Männer mit Schußwunden liegen auf dem Bürgersteig Culver Ecke South Eleventh.«

»Zehn-vier.«

Auf dem Bildschirm erschienen die Worte ES ADAM 2. Adam zwei war der Unfallkrankenwagen, der für den betreffenden Stadtbezirk zuständig war. Der Einsatzleiter wußte, daß ein Notarztwagen bereits unterwegs war. Die Angestellte, bei der der Anruf eingegangen war, hatte durchgegeben, daß ein Notarzt gebraucht wurde, und routinemäßig das Nötige veranlaßt. Vermutlich würde Adam zwei noch vor dem Notarzt eintreffen. Hätte es sich um einen Selbstmörder gehandelt, der von einer der Brücken in der Stadt zu springen drohte, um einen unter einem Laster eingeklemmten Mann, eine Bombendrohung oder sonst eine der Dutzend Möglichkeiten, die eine kompliziertere Ausrüstung verlangte, als sie ein Krankenwagen mitführte, hätte er auch noch die Feuerwehr benachrichtigt. Aber in diesem Fall konnte Adam zwei allein fertig werden. Er drückte zwei Zahlenknöpfe auf seiner Telefonkonsole und stellte damit die Verbindung zum Fahrdienstleiter einer Funkwagenzentrale her.

»Einsatzleitung.«

»Notdienst«, meldete er sich. »Zehn-vierundzwanzig, zwei Männer mit Schußwunden liegen auf dem Bürgersteig Culver Ecke South Eleventh.«

»Verstanden, Frank.«

Die Frequenz, die von dem Fahrdienstleiter und den einzelnen Funkwagen in Isola benutzt wurde, war nicht dieselbe, die der Noteinsatz verwendete. Im Krankenwagen Adam zwei würden der Fahrer und sein Beifahrer beide Frequenzen abhören. Die Männer in den Funkwagen jedoch waren nur an die Frequenz der Funkwagenzentrale angeschlossen. Der Fahrdienstleiter war über den Standort jedes Wagens im Bereich von Isola informiert. Auf dem gleichen Flur, wo sich sein Büro befand, gab es noch die Büros vier weiterer Fahrdienstleiter, die für die Bezirke Riverhead, Calm's Point, Bethtown und Majesta zuständig waren. Der Fahrdienstleiter von Isola wußte, daß Culver Ecke South Eleventh zum 87. Polizeirevier gehörte. Er wußte des weiteren, daß Wagen Boy vor knapp drei Minuten auf einen 10-13-Ruf mit der Bitte um Unterstützung reagiert und seinen Standort verlassen hatte, um zu Wagen Adam an der Culver Ecke South Eleventh zu stoßen. Wagen Charlie hatte soeben auf einen Ruf 10-10 nach einer verdächtigen Person mit einem 10-90-Ruf geantwortet und damit mitgeteilt, daß bei ihm nichts vorlag.

»Siebenundachtzig Charlie, zehn-vierundzwanzig«, sagte der Fahrdienstleiter ins Mikrofon. »Zwei Männer mit Schußverletzungen auf dem Bürgersteig Culver Ecke South Eleventh.«

Der Mann, der im Wagen Charlie das Funksprechgerät

bediente, war offenkundig neu in diesem Job. »Zehn-vierunddreißig haben Sie gesagt?« fragte er mit aufgeregter Stimme zurück.

»Vierundzwanzig, vierundzwanzig«, wiederholte der Fahrdienstleiter ungeduldig, um dem Neuling den Unterschied zwischen einem bereits geschehenen Verbrechen und einem, das noch im Gange war, klarzumachen.

»Zehn-vier«, korrigierte der Neuling. Seine Stimme klang enttäuscht.

Fünf Minuten später erschienen die durch einen Funkspruch des Wagens Charlie inzwischen benachrichtigten Detectives Steve Carella und Meyer Meyer vom 87. Polizeirevier am Tatort. Nach weiteren fünf Minuten waren auch die Detectives Monoghan und Monroe vom Morddezernat zur Stelle und starrten auf den Toten in dem gelben Hemd und den roten Hosen, der noch immer auf dem Bürgersteig lag.

»Muß irgend so ein Musiker sein«, stellte Monoghan fest.

»Ein Gitarrenspieler«, sagte Monroe.

»Ja, das ist ein Gitarrenkasten«, bestätigte Monoghan.

»Seinen Kopf haben sie ganz schön zugerichtet«, bemerkte Monroe.

»Das ist sein Gehirn, was du da siehst«, klärte Monoghan seinen Kollegen auf.

»Denkst du, ich weiß nicht, wie Gehirnmasse aussieht?«

»Wie steht es denn mit dem anderen Knaben?«

Monoghan hatte seine Frage an Carella gerichtet, der den Blick wortlos auf den Toten richtete. Carellas Gesicht trug einen gequälten Ausdruck. Seine Augen – leicht orientalisch schräg gestellt – schienen den Ausdruck von Schmerz noch zu steigern, wodurch der falsche Eindruck eines Menschen entstand, der plötzlich in Tränen ausbrechen könnte. Ein großer, athletisch gebauter, aber schlanker weißer Mann stand, die Hände in die Taschen gebohrt, im Regen und musterte den Toten. In der Nähe des Hauseingangs hinter ihm machte der Polizeifotograf Polaroidaufnahmen. Das Blitzlicht funkelte wie ein ferner Stern. Einer der Techniker suchte den Hausflur nach ausgeworfenen Geschoßhülsen ab.

»Carella? Haben Sie mich gehört?« fragte Monoghan.

»Der Krankenwagen hatte ihn schon weggebracht, bevor wir kamen«, antwortete Carella. »Der Streifenpolizist aus Wagen Charlie sagt, er hätte vorn und hinten geblutet.«

»Aber er hat noch gelebt?«

»Ja«, sagte Carella, den Blick wieder auf den Toten gerichtet.

»Hey, Petie, bist du mit der Leiche fertig?« rief Monoghan zu dem Fotografen hinüber.

»Ja, ich habe alles, was ich brauche«, erwiderte der Fotograf.

»Haben Sie ihn schon durchsucht?« wollte Monoghan von Carella wissen und deutete dabei auf den Toten.

»Ich wollte gerade anfangen, als Sie kamen.«

»Schmieren Sie sich nicht mit dem Gehirn voll«, warnte Monroe.

Carella kniete neben der Leiche nieder. In der rechten Gesäßtasche – der Tasche für Leichtsinnige, die bei Taschendieben besonders beliebt ist – fand Carella eine braune Lederbrieftasche mit einem Führerschein, der den Toten als George C. Chadderton identifizierte. Als Adresse war 1137 Raucher Street angegeben. Das war oben in Diamondback. Laut Eintragung im Führerschein betrug die Größe des Toten ein Meter neunzig, er war männlichen Geschlechts und wäre am zehnten November dreißig Jahre geworden – wenn er so lange gelebt hätte. Der Führerschein besagte auch, daß sein Inhaber nur mit Hilfe von Augengläsern zum Fahren eines Wagens berechtigt war. George C. Chadderton, der tot auf dem Pflaster lag, trug keine Augengläser, es sei denn, es waren Kontaktlinsen.

Hinter dem Führerschein steckte eine glanzfolienkaschierte Karte, die ihren Inhaber als Mitglied eines Verbandes amerikanischer Musiker auswies – was Chaddertons Identität bestätigte, wenn das auch nicht nötig war. Eine Autozulassung befand sich nicht in der Brieftasche, aber das bedeutete nichts. Die meisten Autofahrer verwahrten die Zulassung im Handschuhkasten ihres Fahrzeugs. Im Geldscheinfach fand Carella drei Hundertdollarscheine, einen Fünfer und zwei Eindollarnoten. Die Hundertdollarscheine befremdeten ihn. Sie schienen nicht der Bargeldmenge zu entsprechen, die ein Mann in dieser Gegend bei sich trug – es sei denn, er war Drogenhändler oder Zuhälter. Oder hatte sich Chadderton auf dem Heimweg von einem Auftritt befunden? Dennoch, dreihundert Dollar schienen mehr zu sein, als ein gewöhnlicher Gitarrist an einem Abend verdienen konnte. Ob es das Honorar für eine Woche war? Er rollte den Mann zur Seite und griff in die linke Gesäßtasche. Sie enthielt nur ein schmutziges Taschentuch.

»Passen Sie auf, daß Sie keinen Rotz an die Hände kriegen«, sagte Monroe fröhlich.

Der Regen trommelte auf den Bürgersteig. Carella, ohne Hut und mit einem hellbraunen Trenchcoat bekleidet, war von den beiden Detectives des Morddezernats flankiert, die wie mächtige Buchstützen links und rechts von ihm standen. Beide in schwarzen Regenmänteln, mit schwarzen Filzhüten auf dem Kopf, und den Händen in den Taschen. Sie beobachteten Carella mit mäßiger Neugier. In dieser Stadt wurde ein Mordfall von dem Polizeibeamten untersucht, der die Meldung bekommen hatte. Die Leute vom Morddezernat gingen der Sache natürlich auch nach und bekamen anschließend routinemäßig den ganzen Papierkram zugestellt. In der Praxis blieben sie jedoch nur Zuschauer. Oder vielleicht Schiedsrichter. Carella, der vorgebeugt im Regen hockte, leerte die rechte Seitentasche des Toten. Chadderton hatte einen Schlüsselring mit sechs Schlüsseln bei sich, kein Autoschlüssel darunter, siebenundsechzig Cents Kleingeld und eine U-Bahn-Münze. Der U-Bahnhof für die Linie Culver Avenue befand sich nur zwei Häuserblocks entfernt. War der Mann auf dem Weg zur U-Bahn ermordet worden? Oder waren er und der andere Mann zu einem Wagen unterwegs gewesen, der irgendwo in der Nähe geparkt stand?

»Wie heißt er?« wollte Monoghan wissen.

»George Chadderton.«

»Hübsch«, sagte Monroe fast zu sich selbst.

»Ist der Arzt unterwegs?« fragte Monoghan.

»Er sollte es zumindest sein«, erwiderte Carella. »Wir haben ihn verständigt.«

»Wer sagt denn, daß Sie es nicht getan hätten?« murmelte Monoghan.

»Was ist überhaupt los mit Ihnen heute abend?« fragte Monroe. »Sie scheinen deprimiert zu sein.«

Carella antwortete ihm nicht. Er war damit beschäftigt, den Tascheninhalt des toten Mannes einzutüten und zu kennzeichnen.

»Deprimiert Sie der Regen, Carella?« fragte Monoghan.

Carella schwieg weiter.

Monroe nickte. »Der Regen kann einen wirklich fertigmachen«, meinte er.

»Warum kriegen wir eigentlich keine Schirme?« fragte Monoghan plötzlich. »Ist dir das schon aufgefallen?«

»Was?« sagte Monroe.

»Hast du je einen Polizisten mit einem Schirm gesehen? Ich jedenfalls in meinem ganzen Leben noch nicht.«

»Ich auch nicht«, bestätigte Monroe.

»Also, wie kommt das?« wollte Monoghan wissen.

»Lassen Sie sich von dem Regen nicht deprimieren«, sagte Monroe zu Carella.

»Sieh dir an, was mit Chadderton hier passiert ist«, sagte Monoghan.

»Wie?« fragte Monroe.

»Der Mann ist mit offenem Kopf herumgerannt, und da hat ihn der Regen tödlich getroffen«, sagte Monoghan und begann zu lachen.

Monroe stimmte in das Gelächter ein. Carella ging zu dem Labortechniker hinüber, der sich noch immer im Hausflur zu schaffen machte, und reichte ihm die Besitztümer des Toten.

»Das war in den Taschen«, erläuterte er. »Irgend etwas gefunden?«

»Noch nicht. Wie viele Schüsse sind eigentlich abgegeben worden?«

»Meyer ist gerade dabei, mit einem Zeugen zu reden. Wollen Sie zuhören?«

»Wozu?« fragte der Techniker.

»Um zu erfahren, wie viele Schüsse es waren.«

»Es gießt in Strömen«, bemerkte der Techniker. »Ich kann auch hier drin herausfinden, wie viele Schüsse abgegeben worden sind, wenn ich die Geschoßhülsen finde.«

Meyer und der Zeuge standen unter der Markise eines Bäckerladens. Das Schaufenster war für die Nacht vergittert. Der Mann, mit dem Meyer sprach, war ein dünner, hellhäutiger Puertorikaner. Die Gegend war eine Mischung aus Südamerikanisch und Schwarz, wobei sich die Puertorikaner in den vergangenen Jahren von der Mason Avenue bis zur Culver ausgebreitet hatten, was ständig Anlaß zu Reibungen bot.

Carella bekam nur noch den Schluß des Satzes mit. Der Mann sprach mit starkem spanischen Akzent.

»... um zu telefonieren«, sagte er.

»Wissen Sie, wer schließlich telefoniert hat?«

»Keiner wollte so richtig«, versetzte der Mann. »Wir wollten nicht mit reingezogen werden. *Comprende?*«

»Ja. Aber wer hat dann doch die Polizei gerufen?«

»So ein Schwarzer. Ich weiß nicht, wer.«

»Wo befanden Sie sich, als Sie die Schüsse hörten?« wollte Meyer wissen.

Er war ein großer, beleibter, weißhäutiger Mann mit porzellanblauen Augen, einem Burberry-Regenmantel und einem karierten Professor-Higgins-Hütchen auf dem Kopf, das ihn eher wie einen Inspektor von Scotland Yard als einen einheimischen Detective vom 87. Polizeirevier wirken ließ. Der Hut war eine Neuerwerbung. Er verbarg die Tatsache, daß Meyer völlig kahl war. Jetzt war der Hut durchweicht und einigermaßen formlos. Über Meyers Kopf tropfte es von der Markise auf das Straßenpflaster. Er wartete auf die Antwort des Zeugen. Der Mann schien zu überlegen.

»Nun?« drängte Meyer.

»Wir standen da hinten vor der Pool-Billard-Halle rum«, sagte der Mann achselzuckend.

»Wie viele waren Sie?«
»Fünf oder sechs. Bin mir nicht ganz sicher.«
»Was war dann?«
»Wir hörten die Schüsse.«
»Wie viele Schüsse?«
»*Quien sabe?* Viele.«
»Dann was?«
»Wir sind hingerannt.«
»Haben Sie jemand mit einer Waffe gesehen?«
»Ein Mann lief weg. Ein großer Mann, ganz in Schwarz angezogen.«
»Können Sie ihn mir beschreiben?«
»Groß. Und dünn. Ganz in Schwarz. Schwarzer Mantel, schwarzer Hut, schwarze Schuhe.«
»Haben Sie sein Gesicht gesehen?«
»Nein.«
»War er weiß oder schwarz?«
»Ich habe sein Gesicht nicht gesehen.«
»Haben Sie seine Hände gesehen?«
»Nein, er war schon weggelaufen.«
»Für wie groß würden Sie ihn schätzen?«
»Etwa einen Meter siebzig oder fünfundsiebzig.«
»Was für ein Gewicht hat er Ihrer Meinung nach gehabt?«
»Er war dünn. Wie ein Junge, wissen Sie?«
»Sie haben aber von einem Mann gesprochen.«
»*Si*, aber dünn und schmal wie ein Junge. *Como un adolescente, comprende?*«
»Ich weiß nicht, was das heißen soll«, sagte Meyer leicht gereizt.
»*El parecía tener diecinueve años.*«
»Spricht hier jemand Spanisch?« rief Meyer.
Ein Streifenpolizist mit einem schwarzglänzenden Regenumhang kam heran.
Das Namensschild aus Plastik, das er angesteckt trug, wies ihn als R. SERRANO aus. »Kann ich Ihnen helfen?« erkundigte er sich.
»Fragen Sie den Mann hier, was er gerade gesagt hat.«

»*Qué le acabas de decir al detective?*« wandte sich der Streifenpolizist an den Zeugen.

»*Que el hombre que se iba corriendo parecía un adolescente.*«

»Was hat er gesagt?« fragte Meyer.

»Er sagt, der Kerl, der weggerannt ist, hat wie ein Teenager ausgesehen.«

»Okay, vielen Dank«, sagte Meyer. »Bedanken Sie sich in meinem Namen bei dem Mann. *Gracias*«, strapazierte er selbst sein Spanisch. »Sagen Sie ihm, daß er gehen kann. Wir brauchen ihn nicht mehr. *Gracias*«, wiederholte er und wandte sich dann zu Carella.

Der Streifenpolizist übersetzte eifrig, was Meyer gesagt hatte. Der Zeuge schien noch nicht verschwinden zu wollen. Nachdem er jetzt von der Polizei befragt worden war, hielt er sich offenbar für eine Art Star. Er war sichtlich enttäuscht, als der Streifenpolizist ihm mitteilte, daß er jetzt gehen könne. Er begann mit dem Streifenpolizisten einen Wortwechsel, bis der Polizist schließlich ziemlich schroff sagte, er solle jetzt endlich abhauen und zu seinem Platz an der Barrikade zurückkehrte, die die Polizei aufgestellt hatte. Das Pappschild mit der Aufschrift: TATORT EINES VERBRECHENS – BITTE NICHT BETRETEN, das daran befestigt war, begann von dem Regen bereits aufzuweichen.

»Du hast es gehört, Steve«, sagte Meyer. »Ein großer, dünner Teenager.«

»Wie viele große, dünne Teenager gibt es deiner Schätzung nach in dieser Stadt?«

»Herrgott! Ich habe mir den Namen von dem Burschen nicht geben lassen! Hey!« schrie Meyer. »Hey, Sie! Warten Sie eine Minute!«

Der Zeuge, der gerade noch wenig Lust zu verschwinden gezeigt hatte, hörte, daß jetzt mit gewisser Dringlichkeit nach ihm gerufen wurde. Er tat, was jeder vernünftigerweise getan hätte. Er begann zu rennen. Der puertorikanische Polizist, der für Meyer übersetzt hatte, flitzte ihm nach. Er bog um die Ecke, rutschte aus und fiel beinahe auf das nasse Pflaster. Der Regen hatte sich noch verstärkt. Das Gewitter war abgezogen, nur der Regen prasselte beständig. Monoghan und Monroe stellten sich unter die Markise.

»Wo bleibt denn dieser verdammte Arzt?« sagte Monoghan.

»Weiß er denn nicht, daß es regnet?« fügte Monroe hinzu.

»Brauchen Sie uns hier noch länger?« wollte Monoghan wissen.

»Wir brauchen noch immer eine Todesursache«, versetzte Carella.

»Na, das wird vielleicht eine Preisfrage werden«, meinte Monoghan. »Der halbe Kopf von dem Burschen ist weggeblasen. Was wird der Arzt da wohl für eine Todesursache feststellen? Ein Blumentopf, der vom Fensterbrett gefallen ist?«

»Vielleicht der Regen«, meinte Monroe in Erinnerung an den Witz, den Monoghan zuvor gemacht hatte, und lachte. »Vielleicht hat es in ihn reingeregnet, wie du gesagt hast.«

»Es wäre mir lieb, wenn Sie warten würden, bis der Arzt eintrifft«, sagte Carella ruhig.

Der Streifenpolizist, der dem Zeugen nachgelaufen war, kam keuchend um die Ecke zurück. Er trat zu den Männern unter der tropfenden Markise. »Er ist mir entkommen«, berichtete er.

Monoghan spähte auf sein Namensschild. »Gute Arbeit, Serrano«, sagte er. »Dafür haben Sie eine Beförderung verdient.«

»Wie ist der Name Ihres Captains?« wollte Monroe wissen. »Wir werden eine Befürwortung einreichen.«

»Frick« antwortete der Polizist. »Captain Frick.« Er sah besorgt aus.

»Captain Frick«, wiederholte Monoghan. »Vergiß das nicht.«

»Ich werde es mir merken«, sagte Monroe.

»Wir wollen noch ins Krankenhaus fahren und mit dem anderen Opfer sprechen«, erklärte Meyer. »Können Sie hier den Rest für uns erledigen?«

»Was, in dem Regen?« erwiderte Monoghan.

»Sie können doch unter der Markise stehenbleiben«, meinte Meyer.

»Da kommt der Arzt endlich«, sagte Carella und trat in den Regen hinaus zur Straßenkante, wo ein schwarzer Wagen mit dem Stadtwappen neben einem der Funkwagen angehalten hatte.

»Wie weit sind die anderen denn?« wollte Monoghan wissen.

»Der Fotograf ist dabei einzupacken«, antwortete Meyer. »Wie lange die Techniker noch zu tun haben, weiß ich nicht. Sie werden noch die Lage des Toten markieren wollen ...«

» Was ist mit Ihren Skizzen? Haben Sie Ihre Skizzen schon gemacht?«

»Nein, aber ...«

»Warum wollen Sie dann jetzt schon weg?«

»Weil der andere Mann sonst vielleicht stirbt, bevor wir mit ihm sprechen können«, erklärte Meyer geduldig.

»Sie sind doch ein Team, nicht wahr?« sagte Monoghan.

»Ein Gespann«, fügte Monroe hinzu.

»Ein Paar.«

»Zwei Polizisten, nicht einer.«

»Eben ein Team«, wiederholte Monoghan. »Deshalb kann einer von Ihnen hierbleiben und den Rest abwickeln, während der andere ins Krankenhaus fährt. Das ist die logische Lösung.«

»Die einzig logische Lösung«, betonte Monroe.

»So würden wir es jedenfalls halten.«

»Nur so.«

»Schicken Sie uns den Papierkram«, sagte Monoghan.

»In dreifacher Ausfertigung«, ergänzte Monroe. Und beide Detectives vom Morddezernat strebten durch den Regen zu der Stelle, wo ihre schwarze Buick-Limousine geparkt stand.

Meyer seufzte.

## 2. KAPITEL

Die Erklärung eines Sterbenden wird vor Gericht als zulässiger Beweis anerkannt. Ambrose Harding lag jedoch keineswegs im Sterben. Er war im Gegenteil ein ausgesprochener Glückspilz. Wäre die Kugel nur ein wenig tiefer und ein bißchen weiter rechts in seinen Rücken eingedrungen, hätte sie womöglich seine Wirbelsäule zertrümmert. Und selbst wenn sein Rückgrat sowie die hinteren Rippen von der Kugel verschont geblieben wären, hätte sie die Lunge durchbohren, eine vordere Rippe durchschlagen und durch die Brustwand wieder austreten können. In letzterem Fall hätte sich Ambrose Harding jetzt nach sofortiger Operation auf der Intensivstation befunden, einen Atemschlauch in der Luftröhre, einen weiteren Schlauch zum Absaugen von Flüssigkeit im Brustkasten und noch mehr Schläuche zur Versorgung mit Traubenzuckerlösung, Wasser und Blutplasma in den Venen. Da ihn die Kugel aber nur oben in die linke Schulter getroffen, dabei das Schulterblatt verfehlt und beim Austritt nur das linke Schlüsselbein gebrochen hatte, lag er statt dessen jetzt in der Orthopädie, die linke Schulter mit einem Gipsverband fixiert, sonst jedoch lediglich mit einem milden Beruhigungsmittel versorgt, und befand sich alles in allem in recht guter Verfassung.

Der Detective, der mit ihm sprach, war Steve Carella. Sie hatten eine Münze geworfen, um zu entscheiden, wer am Tatort im Regen zurückbleiben mußte, und Meyer war der Verlierer gewesen. Manchmal hatte Meyer schon den Verdacht gehabt, Carella besäße eine Münze mit zwei Kopfseiten. Aber selbst wenn sich Meyer für die Kopfseite entschieden hatte, gewann Carella. Vielleicht hatte Carella auch noch eine Münze mit zwei Zahlenseiten. Oder Carella war einfach vom Glück begünstigt.

Ambrose Harding war tatsächlich vom Glück begünstigt gewesen. Er berichtete Carella, was für ein Glück er gehabt hatte, und Carella – der ihm sofort mitgeteilt hatte, daß Chadderton tot war – bestätigte ihm sein Glück.

»Er hat uns beide umlegen wollen, das ist sicher«, erklärte

Harding. »Stand direkt über mir, die Pistole in der Hand, und zielte auf meinen Kopf. Dreimal hat er abgedrückt, ich habe es genau klicken gehört. Das Ding war leer. Sonst wäre ich jetzt tot.«

»Wissen Sie, wieviel Schüsse insgesamt abgegeben wurden?«

»Ich habe nicht gezählt, Mann. Ich bin gerannt!«

»Berichten Sie mir, was passiert ist.«

»Wir gingen ganz harmlos die Straße entlang und sprachen über das Konzert. Da ist's passiert.«

»Welches Konzert?«

»George hatte in einem Saal Culver Avenue Ecke Eighth ein Konzert gegeben. Wir waren unterwegs zu der Stelle, wo ich meinen Wagen abgestellt hatte. Was wird überhaupt aus meinem Wagen, Mann? Wird ein Strafzettel dranstecken, wenn ich wieder hinkomme?«

»Sagen Sie mir, wo der Wagen geparkt ist. Dann werde ich dafür sorgen, daß Sie keinen Strafzettel bekommen.«

»Er steht vor einer Pfandleihe Culver Ecke Twelfth.«

»Wir werden uns darum kümmern. Als Sie von einem Konzert sprachen …«

»George hatte ein Konzert gegeben.«

»Was für ein Konzert?«

»Er hat Calypso gesungen. Haben Sie je von King George gehört?«

»Leider nein.«

»Das ist George Chadderton. Das ist der Name, den er benutzt hat. King George. Ich bin sein Manager. Das heißt, ich muß jetzt wohl sagen, ich war es.« Er schüttelte den Kopf.

»Um wieviel Uhr hat das Konzert angefangen?«

»Halb neun.«

»Und wann war es zu Ende?«

»Gegen elf. Bis wir aus dem Saal raus waren, wird es vielleicht halb zwölf gewesen sein. Ich mußte noch das Geld abholen, verstehen Sie, und ein paar Leute begrüßen …«

»Wieviel kam bei dem Auftritt heraus?«

»Dreihundertfünfzig. Ich habe mir fünfzig als meine Provision genommen. Die anderen drei Scheine waren für George.«

»Hundertdollarnoten?«

»Ja.«

»Okay, erzählen Sie weiter. Sie verließen den Saal …«

»Gegen halb zwölf oder so. Wir wollten zum Wagen. Es regnete wie verrückt. Wir haben uns über das Konzert unterhalten, verstehen Sie, als plötzlich jemand aus einem Hauseingang zu ballern anfing.«

»Haben Sie die Person gesehen, die geschossen hat?«

»In dem Moment noch nicht.«

»Wann?«

»Als er über mir stand und mich zu erschießen versuchte. Einmal hatte er mich schon getroffen, und ich lag lang auf dem Pflaster.«

»War es ein Weißer oder ein Schwarzer?«

»Keine Ahnung, Mann. Ich habe bloß die Waffe gesehen, die direkt auf mich gerichtet war.«

»Was war mit seiner Hand? Haben Sie seine Hand gesehen?«

»Ja, die habe ich gesehen.«

»Weiß oder schwarz?«

»Kann ich nicht sagen. Alles, was ich gesehen habe, war … Zuerst habe ich seine Stiefel gesehen, schwarze Stiefel, und dann diese schmalen Hosenbeine. Und dann habe ich hochgeguckt und die Pistole gesehen.«

»War die Hand, die die Pistole hielt, weiß oder schwarz?«

»Keine Ahnung. Er trug einen schwarzen Mantel. Der Ärmel von dem Mantel war schwarz.«

»Und die Hand?«

»Keine Ahnung, Mann. Alles, was ich gesehen habe, war die große Mündung, die mir ins Auge blickte.«

»Wie groß?« wollte Carella wissen.

»Riesig, Mann.«

»Sind Sie mit Waffen vertraut?«

»Nur vom Kommiß her.«

»Könnte die Mündung beispielsweise zu einer .45 Pistole gehört haben?«

»Zu einer *Kanone*, Mann! Wenn eine Waffe direkt auf Ihren Kopf gerichtet ist, kommt sie Ihnen wie eine Kanone vor, egal, welches Kaliber. Warum fragen Sie überhaupt mich danach? Können das Ihre Leute nicht herausfinden? Haben Sie keine Experten, die feststellen können, was es für eine Pistole gewesen ist? Das Kaliber und so was?«

»Doch, wir haben Leute, die das können.«

»Ich habe nämlich gedacht, jetzt ist alles vorbei. Lebe wohl, es ist so schön gewesen. Ich lag da, sah zu dem Ding hoch und dachte, zwei, drei Sekunden noch und dann hast du ein Loch im Kopf. Dann *Klick*, Mann, das Ding war leer! Er hat dreimal abzudrücken versucht, um mich zu erledigen. Aber das Ding war leer.«

»Was geschah dann?«

»Er rannte weg, weiter nichts. Hatte wahrscheinlich die Leute gehört und gedacht, besser verschwinden als im Regen mit einer Pistole rumzustehen, die nicht mehr funktioniert.«

»Erzählen Sie mir von dem Konzert«, sagte Carella. »Wie lief es?«

»Prima.«

»Keine Probleme?«

»Nein. Die Leute waren begeistert.«

»Niemand aus dem Publikum hat ihn durch Zwischenrufe gestört oder …«

»Nein, Mann, sie haben gejubelt. Sie fanden's toll.«

»Wie viele Zuhörer waren Ihrer Schätzung nach da?«

»Dreihundertfünfzig nach Auskunft des Mannes, der den Saal verwaltet. Aber er ist ein Schlitzohr, und vielleicht hat er mehr Karten an der Tür verkauft, als er gesagt hat.«

»Wie meinen Sie das?«

»Wir hatten abgesprochen, daß wir einen Dollar pro Kopf kriegen. Der Saal faßt vierhundert Personen, und er sah mir ziemlich voll aus.« Harding seufzte, schüttelte den Kopf und seufzte erneut. »Aber das spielt jetzt keine große Rolle mehr, nicht wahr?«

»Wie heißt der Mann? Ich meine, der den Saal verwaltet ...«

»Lou Davis.«

»Ein Weißer?«

»Schwarz.«

»Haben Sie mit ihm über die Pro-Kopf-Abrechnung gesprochen?«

»George hat ihm gesagt, daß er ein Ganove sei. Das ist alles.«

»Wie hat er reagiert?«

»Wer, Davis? Er hat gelacht, mehr nicht.«

»Wie sieht er aus, dieser Davis?«

»Klein und dick.«

»Klein und dick«, wiederholte Carella.

»Die Beine in diesen Röhrenhosen waren nicht Lou Davis' Beine, falls Sie das denken.«

»Erzählen Sie mir mehr über das Publikum.«

»Ich habe ja schon gesagt, sie waren von George begeistert.«

»Junge Leute?«

»Gemischt. Hauptsächlich ältere.«

»Auch Teenager dabei?«

»Ich hab' keine gesehen. Teenager stehen nicht auf Calypso. Bei Calypso muß man nämlich nachdenken, Mann. Da muß man sich anstrengen, um mitzukriegen, was der Mann da oben singt. Die Kinder heutzutage strengen ihren Kopf nicht gern an. Die lieben es, alles vorgekaut zu bekommen. Wenn George da oben seine Nummern brachte, mußte man den Kopf beim Zuhören gebrauchen. Wissen Sie, was Calypso ist? Haben Sie schon einmal Calypso gehört?«

»Nur Harry Belafonte«, bekannte Carella.

»Na ja, das ist konfektionierter Calypso. Den richtigen Calypso macht sich jeder selbst. Wenn man unten auf den Inseln den Calypso eines anderen Mannes singt, wird man schief angesehen. George schrieb sich seinen eigenen Calypso, so wie er ursprünglich gedacht war und gewesen ist. Wissen Sie, wie der Calypso entstand? Bei den Sklaven dort unten, Mann. Sie durften bei der Arbeit nicht miteinander sprechen, deshalb sangen sie einfach alles, was sie sich zu sagen hatten, und schlugen den weißen Herren damit ein Schnippchen. George sang den neuen Calypso. Mit Sozialkritik. Protest. Er schilderte die Zustände. Er war der König, Mann, und er hat sich nicht zu Unrecht so genannt. Er war King George. Drei oder vier Jahre noch, und er wäre ein großer Star geworden. Mann, ich weiß nicht, warum das passieren mußte. Ich weiß wirklich nicht, warum gerade ihm.«

Es war still im Zimmer. Carella wurde sich plötzlich bewußt, daß der Regen gegen das Fenster trommelte. Irgendwo unten ertönte eine Autohupe, obwohl die Straße deutlich als Krankenhauszone ausgeschildert war.

»Sie sagten Sozialkritik ...«

»Ja.«

»Und Protest ...«

»Ja.«

»Könnte er an diesem Abend jemanden verärgert haben? Ist es möglich ...?«

»Jeden, Mann. Ich weiß, was Sie meinen, und ich sage Ihnen, *jeden*. Das ist ja der springende Punkt beim Calypso. Die Leute zu irritieren, sie zum Nachdenken über eine Situation zu bringen.«

»Zum Beispiel welche Leute?«

»Alle. Angefangen vom Bürgermeister bis nach unten.«

»Er hat heute abend über den Bürgermeister gesungen?«

»Er hat immer über den Bürgermeister gesungen. Das war eine seiner größten Nummern, die über den Bürgermeister.«

»Über wen hat er heute abend noch gesungen?«

»Warum?« fragte Harding und grinste. »Halten Sie nicht für möglich, daß der Bürgermeister ihn umgebracht haben könnte?«

»Sie sehen, worauf ich hinaus will ...«

»Na klar sehe ich das. George hat ein Lied über die Polizei geschrieben, eins über Ratten und Müll und ein anderes über den Rauschgifthändler aus der Nachbarschaft. Und eins über ein schwarzes Mädchen, das ihren Arsch an weiße Männer verkauft, sich die Haare entkrausen läßt und Hautbleiche benützt ... Mann, er hat einfach alles aufgegriffen. Das ist Calypso.«

»Welche Nachbarschaft?«

»Wie? Ach so. Oben in Diamondback.«

»In diesem Lied ... hat er da einen bestimmten Rauschgifthändler angesprochen?«

»Ich weiß nicht, wen er damit gemeint hat«, erwiderte Harding.

»Sie haben das Lied doch gehört ...«

»Wenn jemand sagt, daß einer Bürgermeister ist, erfährt man, daß er über einen Bürgermeister singt.«

»Und wie ist das mit einem Rauschgifthändler?«

»Dann erfährt man, daß er über einen Rauschgifthändler singt.«

»Welchen Rauschgifthändler?«

»Wer soll das wissen?« Harding zog die Augenbrauen hoch. »Ein Dealer, das ist alles.«

»Könnte irgendein Dealer in Diamondback ...«

»Ich weiß nicht, wer das als Beleidigung aufgefaßt haben könnte.«

»War das Lied eine Beleidigung?«

»Georges Lieder waren Sozialkritik. Er hat ausgesprochen, was es heißt, schwarz zu sein in einer weißen Welt.«

»Würden *Sie* sagen, daß er über einen bestimmten Dealer gesungen hat?«

»Nicht daß ich wüßte.«

»Irgend jemand, der sich beispielsweise beleidigt gefühlt und George erschossen hat?« Carella schwieg einen Augenblick. »Und auch Sie töten wollte.«

»Ich weiß nicht, wer das gewesen sein könnte.«

»Vertreten Sie irgendwelche Musiker, die süchtig sind?«

»Nein.«

»War George süchtig?«

»Nein. Ab und zu hat er mal ein bißchen Hasch geraucht. Aber wer tut das nicht?«

»Wer hat ihn mit Stoff versorgt?«

»Jetzt hören Sie aber auf! Man kann das Zeug doch überall in der Stadt kaufen.«

»Ich weiß. Aber wo hat es George gekauft? Hatte er einen ständigen Lieferanten?«

»Ich glaube nicht. Wir haben nie darüber gesprochen. Wer redet schon darüber, wenn er Hasch kauft? Das wäre genauso, als redeten Sie darüber, daß Sie sich die Zähne putzen.«

»Ich versuche herauszufinden, ob dieses Lied über einen Dealer ...«

»Ich weiß, was Sie herauszufinden versuchen.«

»Das Lied könnte einen speziellen Dealer identifiziert haben, mit dem George im Geschäft gewesen ist.«

»Meines Wissens hatte er keinen solchen Dealer. George war nicht versessen auf das Zeug. Er hat es nur ab und zu geraucht, so wie alle Leute, die ich kenne. Hasch ist schließlich nicht mehr verboten.«

»Aber der Handel damit.«

»Selbst wenn. In dem Lied ging es um harte Drogen. Um einen Kerl, der schwarzen Jugendlichen Heroin verschafft.«

»Kannte George so einen Typ?«

»Wenn Sie in Diamondback leben, kennen Sie hundert solcher Typen.«

»Persönlich? Kannte er so jemanden persönlich?«

»Sind Sie jemals in Diamondback gewesen?«

»Ja«, sagte Carella. »Ich war schon dort.«

»Da weiß jeder, wer die Dealer sind.«

»Aber nicht jeder hat über sie gesungen«, sagte Carella.

»Ich glaube, Sie sind auf der falschen Spur«, erklärte Harding. »Ich bezweifle, daß George mit seinem Lied jemanden Bestimmten gemeint hat. Jedenfalls nicht so deutlich, daß derjenige George deswegen umgelegt hätte. Ich habe ja überhaupt nicht gesungen, und der Kerl wollte auch mich umbringen.«

»Er könnte befürchtet haben, von Ihnen identifiziert zu werden.«

»Vielleicht«, meinte Harding skeptisch.

»Diese anderen Musiker, die Sie vertreten. Sie sagten, keiner von ihnen sei süchtig. Hatte einer von ihnen gelegentlich mit harten Drogen zu tun?«

»Niemand gibt sich nur gelegentlich mit harten Drogen ab«, sagte Harding.

»Vielleicht, um es mal zu probieren?«

»Sie denken immer noch, es hätte mit der Drogenszene zu tun?«

»Ja«, bestätigte Carella.

»Warum? Weil George Musiker war?«

»Teils.«

»Und warum sonst noch?«

»Geld. Es steckt eine Menge Geld im Drogenhandel. Falls George jemandem ins Gehege gekommen ist, könnte der betreffende sauer genug gewesen sein, George aus dem Weg zu räumen.«

»Ich habe Ihnen doch gesagt, daß das Lied auf keine bestimmte Person angespielt hat. Es ging um die Verführung unserer Kinder, vor allem unserer schwarzen Jugendlichen.«

»Diese anderen Musiker, die Sie vertreten ...«

»Ich habe nur noch einen weiteren Klienten.«

»Wer ist das?«

»Eine Gruppe, die sich *Black Monday* nennt.«

»Rock?«

»Rock.«

»Hat irgendeine Rivalität bestanden?«

»Zwischen George und der Gruppe? Nein. Die machen Rock, George machte Calypso. Dazwischen liegen Welten.«

»Diese schwarze Nutte, die sich an weiße Männer verkauft ...«

»Damit sind alle schwarzen Nutten gemeint.«

»Kein spezielles Mädchen, das sich durch das Lied von George getroffen gefühlt haben könnte?«

»Nicht daß ich wüßte.«

»Könnte es sich bei der Person, die auf Sie geschossen hat, um eine Frau gehandelt haben?«

»Möglich. Ich weiß es nicht.«

»Aber Sie sagten, es sei ein Mann gewesen.«

»Ich dachte, jemand, der eine Schußwaffe benützt, müßte ein Mann sein.«

» Aber Sie haben keine Ahnung, wer dieser Mann gewesen sein könnte?«

»Nicht die geringste.«

»Wie war Ihr Verhältnis zu George?«

»Sehr eng«, erwiderte Harding. Zur Bekräftigung hob er die rechte Hand und preßte Zeige- und Mittelfinger eng zusammen.

»Hätte er Ihnen anvertraut, wenn er irgendwelche Drohbriefe oder Drohanrufe bekommen hätte?«

»Er hätte es mir erzählt.«

»Hat er etwas dergleichen erwähnt?«

»Mit keinem Wort.«

»Engagierte er manchmal noch andere Musiker für seine Auftritte?«

»Er trat immer nur allein auf. Mit seiner Gitarre.«

»Dann dürfte er also keinem Kollegen Geld geschuldet haben ...«

»Er hat nie irgendwelche Leute dazu engagiert. Jedenfalls in den letzten Jahren nicht. Früher hat er einmal eine eigene Band gehabt. Aber seit sechs Jahren ist er nur noch allein aufgetreten.«

»Wie hieß die Band?«

»Das weiß ich nicht. Das ist vor meiner Zeit gewesen. Ich habe George erst gemanagt, als er allein zu arbeiten begann.«

»Wissen Sie, wer zu der Band gehörte?«

»Sein Bruder war dabei. Aber falls Sie daran denken, ihn aufzusuchen – er ist schon lange Zeit weg.«

»Wie meinen Sie das?«

»Er ist vor sieben Jahren abgehauen.«

»Wohin?«

»Weiß ich nicht. Vielleicht zurück nach Trinidad.«

»Stammen sie da ursprünglich her?«

»George und sein Bruder sind schon hier geboren. Aber ihr Vater kam aus Trinidad. Vielleicht ist Santo zurückgekehrt, um nach seinen Wurzeln zu suchen. Sein Vater hat sich auch abgesetzt. Schon viel früher als Santo.«

»Santo? Ist das der Name des Bruders?«

»Ja. Das ist spanisch. Die Mutter stammte aus Venezuela.«

»Lebt sie noch?«

»Sie ist vor sechs Jahren gestorben. An gebrochenem Herzen, wie George immer sagte, wegen Santos Verschwinden.«

»War dieser Bruder jünger oder älter?«

»Jünger, aber das genaue Alter weiß ich nicht. Sie müssen Chloe fragen ... O Gott! Chloe weiß es noch gar nicht, nicht wahr? O Gott!«

»Chloe?«

»Georges Frau. O Gott. Wer wird es bloß Chloe beibringen?«

# 3. KAPITEL

Chloe Chadderton meldete sich auf ihr beharrliches Klopfen mit einer Stimme, die noch ganz verschlafen klang. Nachdem Carella und Meyer sich als Polizeibeamte identifiziert hatten, öffnete sie die Tür einen Spalt breit und forderte sie auf, ihre Dienstmarken zu zeigen. Erst als sie sich überzeugt hatte, daß tatsächlich zwei Polizisten auf dem Flur standen, hakte sie die Vorlegekette aus und machte die Tür auf.

Sie war eine große, schlanke Frau Ende Zwanzig mit makellosem, hellbraunem Teint und dunklen, glänzenden Augen in dem schmalen ovalen Gesicht. Wie sie so nur mit einem rosa Morgenrock über einem rosa Nachthemd bekleidet auf der Türschwelle stand, sah sie einfach nur müde und ein bißchen verärgert aus. Weder in ihren Augen noch auf ihrem Gesicht spiegelte sich eine Vorahnung, die Erwartung schlechter Nachrichten oder gar Angst. In dieser Gegend war der Besuch von Polizisten nicht ungewöhnlich. Es wurde öfter an die Tür geklopft, um diesen oder jenen Einbruch oder Raubüberfall zu klären. Gewöhnlich am Tag, aber manchmal, wenn es um etwas Ernsteres ging, auch nachts.

»Mrs. Chadderton?« fragte Carella, und der erste schwache Verdacht huschte über ihre Züge. Er hatte sie mit ihrem Namen angeredet. Das war nicht die übliche Von-Tür-zu-Tür-Befragung. Sie waren extra gekommen, um mit ihr zu reden, mit Mrs. Chadderton, dazu war es zwei Uhr morgens und ihr Mann noch nicht zu Hause.

»Was ist?« fragte sie hastig.

»Sind Sie Chloe Chadderton?«

»Ja, was ist denn?«

»Mrs. Chadderton, es tut mir leid, Ihnen das mitteilen zu müssen«, sagte Carella, »aber Ihr Mann ...«

»Was ist mit ihm?« fiel sie Carella ins Wort. »Ist er verletzt worden?«

»Er ist tot«, versetzte Carella.

Die Frau zuckte bei seinen Worten zusammen. Sie wich vor ihm zurück in die Küche und weiter, bis sie gegen den

Kühlschrank stieß. Dabei starrte sie Carella kopfschüttelnd an.

»Entschuldigen Sie«, sagte Carella. »Dürfen wir hereinkommen?«

»George?« fragte sie ungläubig. »Ist es George Chadderton? Sind Sie sicher, daß Sie die richtige ...«

»Es tut mir wirklich leid, Madam«, sagte Carella.

Dann schrie sie auf. Sie schrie, preßte augenblicklich die Hand an den Mund und biß heftig auf ihren angewinkelten Zeigefinger. Fast gleichzeitig wandte sie ihnen den Rücken zu, während der Schrei in ein ersticktes Schluchzen überging, das zu einem Strom von Tränen anschwoll. Carella und Meyer standen noch immer vor der offenen Tür. Meyer blickte unbehaglich auf seine Schuhspitzen.

»Mrs. Chadderton?« sagte Carella.

Sie schüttelte weinend den Kopf und machte – den Rücken immer noch den beiden Männern zugewandt – mit ausgebreiteter Hand eine abwehrende Geste, die wortlos um Geduld bat. Carella und Meyer warteten. Sie griff, nach einem Taschentuch suchend, in die Tasche ihres Morgenrocks, fand keins, ging zum Abwaschtisch, über dem eine Rolle mit Papiertüchern hing, riß eines davon ab und vergrub schluchzend das Gesicht darin. Dann schneuzte sie sich die Nase. Sie begann wieder zu schluchzen und vergrub erneut das Gesicht in dem Tuch. Draußen auf dem Flur wurde eine Tür geöffnet. Eine Frau mit Lockenwicklern im Haar steckte ihren Kopf heraus.

»Was ist los?« rief sie. »Chloe?«

»Schon in Ordnung«, antwortete Carella. »Wir sind Polizei.«

»Chloe? Hast du so geschrien?«

»Sie sind von der Polizei«, murmelte Chloe.

»Es ist alles in Ordnung. Gehen Sie wieder schlafen«, sagte Carella, betrat hinter Meyer die Wohnung und schloß die Tür.

Es war nicht alles in Ordnung. Chloe Chadderton würde nicht so schnell wieder Schlaf finden. Sie wollte erfahren, was geschehen war, und sie erzählten es ihr. Sie hörte benommen zu, fing wieder zu weinen an und wollte Einzelheiten wissen. Nachdem sie auch über die Einzelheiten informiert worden war, erkundigte sie sich, ob der Täter gefaßt worden sei. Sie erklärten ihr, daß sie gerade erst mit ihrer Arbeit an dem Fall begonnen hätten. All die Standardantworten Fremde, die den Schmerz einer Fremden mitzuerleben gezwungen waren. Fremde, die jetzt zehn Minuten nach zwei mitten in der Nacht Fragen stellen mußten, weil jemand einem anderen Menschen das Leben genommen hatte und diese ersten vierundzwanzig Stunden am wichtigsten waren.

»Wir können auch morgen früh noch einmal wiederkommen«, sagte Carella und hoffte dabei, sie würde dieses Angebot ablehnen. Er wollte die Zeitchance nutzen. Der Mörder besaß alle Zeit der Welt. Nur die Detectives mußten gegen die Zeit arbeiten.

»Was wäre damit gewonnen?« erwiderte sie und begann erneut zu weinen. Sie ging zum Küchentisch, zog einen Stuhl darunter hervor und setzte sich. Dabei fiel ihr Morgenrock auseinander und gab lange schlanke Beine sowie die Spitzenkante eines kurzen Nachthemdes frei. »Bitte, nehmen Sie Platz«, sagte sie.

Carella zog sich ebenfalls einen Stuhl hervor. Meyer blieb neben dem Kühlschrank stehen. Er hatte seinen Professor-Higgins-Hut abgenommen. Sein Mantel troff vom Regen draußen.

»Mrs. Chadderton«, begann Carella behutsam, »können Sie mir sagen, wann Sie Ihren Mann zum letztenmal lebend gesehen haben?«

»Als er heute abend die Wohnung verließ.«

»Wann war das? Um wieviel Uhr?«

»Gegen halb acht. Ame hat ihn abgeholt.«

»Ame?«

»Ambrose Harding. Sein Manager.«

»Hat Ihr Mann irgendwelche Telefonanrufe bekommen, bevor er die Wohnung verließ?«

»Nein.«

»Hat ihn jemand zu erreichen versucht, nachdem er gegangen war?«

»Auch nicht.«

»Sind Sie den ganzen Abend hier gewesen, Mrs. Chadderton?«

»Ja, den ganzen Abend.«

»Dann hätten Sie das Telefon also gehört …«

»Ja.«

»Und wären an den Apparat gegangen, wenn er geläutet hätte.«

» Ja.«

»Mrs. Chadderton, haben Sie in den vergangenen Wochen manchmal Anrufe bekommen, wo der Anrufer wieder aufgelegt hat, wenn Sie an den Apparat gingen?«

»Nein.«

»Wenn Ihr Mann irgendwelche Drohanrufe bekommen hätte, würde er Ihnen davon erzählt haben?«

»Ja, davon bin ich überzeugt.«

»Hat es solche Anrufe gegeben?«

»Nein.«

»Irgendwelche Drohbriefe?«

»Nein.«

»Hat er kürzlich mit jemandem Auseinandersetzungen wegen Geld gehabt oder …«

»Jeder hat mal Streit«, erwiderte sie.

»Hat Ihr Mann sich kürzlich mit jemandem gestritten?«

»Was für eine Art von Streit meinen Sie?«

»Jede Art von Streit, gleichgültig, wie unbedeutend er Ihnen auch erschienen sein mag.«

»Nun, jeder streitet sich einmal«, wiederholte sie.

Carella schwieg einen Augenblick. Dann fragte er sehr vorsichtig: »Haben Sie sich mit ihm manchmal über etwas gestritten?«

»Gelegentlich.«

»Worüber, Mrs. Chadderton?«

»Meinen Job. Er wollte, daß ich meinen Job aufgebe.«

»Was ist das für ein Job?«

»Ich bin Tänzerin.«

»Wo tanzen Sie?«

»Im *Flamingo*. In der Landis Avenue.« Sie zögerte. Ihre Blicke trafen sich. »Es ist ein Oben-ohne-Club.«

»Ich verstehe«, sagte Carella.

»Mein Mann wollte nicht, daß ich dort tanze. Er bat mich, den Job aufzugeben. Aber er bringt Geld«, erklärte sie. »George hat mit seinem Calypso nicht allzuviel verdient.«

»Wieviel, würden Sie sagen, hat er normalerweise ...«

»Zwei- oder dreihundert die Woche. Aber nur manchmal. Oft genug gab es eine Woche lang auch gar nichts.«

»Hatte er bei jemandem Schulden?«

»Nein. Aber nur, weil ich tanze. Deshalb wollte ich den Job auch nicht aufgeben. Mit dem Geld von George wären wir nicht ausgekommen.«

»Aber abgesehen von den Meinungsverschiedenheiten, die Sie über Ihren Job hatten ...«

»Sonst haben wir uns niemals gestritten«, versicherte sie und brach plötzlich wieder in Tränen aus.

»Entschuldigen Sie«, sagte Carella sofort. »Wenn Ihnen das jetzt zu schwer fällt, kommen wir morgen früh noch einmal. Wäre Ihnen das lieber?«

»Nein, es geht schon«, antwortete sie.

»Nun ... können Sie mir dann sagen, ob Ihr Mann in letzter Zeit mit jemandem Streit gehabt hat?«

»Davon ist mir nichts bekannt.«

»Mrs. Chadderton, haben Sie während der vergangenen Tage jemanden bemerkt, der sich ungewöhnlich für die Aktivitäten Ihres Mannes zu interessieren schien? Eine Person, die sich beispielsweise vor dem Haus oder draußen im Flur herumgedrückt hat?«

»Nein«, erwiderte sie kopfschüttelnd.

»Wie war es heute abend? Ist Ihnen jemand im Flur aufgefallen, als Ihr Mann wegging?«

»Ich habe ihn nicht hinausbegleitet.«

»Haben Sie, nachdem er bereits gegangen war, etwas draußen im Flur gehört? Jemanden, der womöglich gehorcht oder festzustellen versucht hat, ob Ihr Mann noch zu Hause ist?«

»Ich habe nichts gehört.«

»Kann vielleicht jemand anders etwas gehört haben?«

»Wie soll ich das wissen?«

»Ich meinte, war noch jemand bei Ihnen? Eine Nachbarin? Eine Freundin?«

»Ich war allein.«

»Mrs. Chadderton«, fuhr er fort. »Ich muß Ihnen diese nächste Frage stellen. Ich hoffe, Sie werden es mir nicht übelnehmen.«

»George trieb sich nicht mit anderen Frauen herum«, reagierte sie sofort. »Ist das die Frage?«

»Ja, das war sie.«

»Und ich habe mich nicht mit anderen Männern abgegeben.«

»Der Grund, weshalb er danach fragen mußte«, ergriff Meyer das Wort, »ist …«

»Ich weiß, warum er fragen mußte«, unterbrach ihn Chloe. »Aber ich glaube nicht, daß er einer weißen Frau dieselbe Frage gestellt hätte.«

»Weiß oder schwarz, die Fragen sind dieselben«, versetzte Carella ausdruckslos. »Falls Sie Probleme in Ihrer Ehe haben …«

»Es gab keine Probleme in meiner Ehe«, erklärte sie und musterte ihn dabei mit funkelndem Blick.

»Um so besser. Dann wäre dieser Punkt also erledigt.«

Der Punkt war nicht erledigt, soweit es Carella betraf. Er würde später noch einmal darauf zurückkommen, schon weil Chloes Reaktion so heftig gewesen war. Inzwischen fuhr er mit der Befragung fort, die bei jedem Mordfall nach dem gleichen Muster durchgeführt wurde.

»Mrs. Chadderton, ist Ihnen irgendwann während der vergangenen Wochen …«

»Vermutlich halten Sie es für unmöglich, daß zwei Schwarze eine gute Ehe führen können«, unterbrach sie ihn und bewies damit, daß der Punkt für sie ebensowenig abgeschlossen war.

Carella überlegte, was er sagen sollte. Die übliche Versicherung ›Ein paar von meinen besten Freunden sind Schwarze‹

kam ihm zu abgedroschen vor. Sollte er erklären, daß Arthur Brown, ein Detective vom 87. Polizeirevier, in der Tat glücklich verheiratet war und mit seiner Frau Caroline oft genug bei den Carellas gesessen und mit ihnen über Kindererziehung, Schulprobleme und sogar Rassenvorurteile diskutiert hatte? Sollte er sich als weißer Mann in einer Welt des weißen Mannes verteidigen, nachdem der Mann dieser Frau – ein Schwarzer – seines Lebens in einer Gegend des Reviers beraubt worden war, die mindestens zu fünfzig Prozent von Schwarzen bewohnt wurde? Sollte er die Möglichkeit außer acht lassen, daß Chloe Chadderton, die bei der Erwähnung einer möglichen ehelichen Untreue sofort aufgebraust war, in diesem verdammten Fall genauso zu den Verdächtigen gehörte wie alle anderen Bürger der Stadt? Die sogar noch verdächtiger war als die anderen, trotz ihres Schreiens und Weinens und trotz der Starrheit, mit der sie die Schilderung der Einzelheiten aufgenommen hatte.

Weiß oder schwarz, sie alle wirkten starr und wie betäubt, selbst diejenigen, die eine Stunde zuvor jemandem mit dem Eispickel den Schädel eingeschlagen hatten. Da unterschied sich kaum einer von dem anderen. Die Tränen waren manchmal echt und manchmal nicht. Bisweilen waren es nur Tränen der Schuld oder der Erleichterung. In dieser Stadt, wo Ehemänner ihre Frauen umbrachten und Liebhaber ihre Rivalen. In dieser Stadt, wo Kinder verhungerten oder von ihren Eltern zu Tode geprügelt wurden, wo drogensüchtige Enkel ihre Großmütter wegen ein paar Dollar im Portemonnaie erschlugen. In dieser Stadt war ein direktes Familienmitglied nicht nur ein möglicher Mörder, sondern der wahrscheinliche. Die Kriminalstatistiken änderten sich hier so oft wie das Wetter. Die jüngsten zeigten jedoch einen deutlichen Trend zu sogenannten ›Familien‹-Morden an, im Gegensatz zu Verbrechen, an denen völlig Fremde beteiligt waren, wo sich Opfer und Mörder gegenseitig nicht gekannt hatten vor diesem letzten Moment grausiger Intimität.

Ein Zeuge hatte George Chaddertons Mörder als einen großen, dünnen Mann, fast einen Jungen noch, beschrieben.

Einen Mann, der wie ein Teenager aussah. Chloe Chadderton war etwa einen Meter zweiundsiebzig groß mit dem schlanken, geschmeidigen Körper einer Tänzerin. Konnte sie bei den schlechten Sichtverhältnissen einer regendunklen Nacht für einen jungen Mann gehalten worden sein? In Shakespeares Zeiten hatten in seinen Dramen Jünglinge die Frauenrollen gespielt.

Chloe hatte eine routinemäßig gestellte Frage als Beleidigung aufgefaßt und beschlossen, mit Entrüstung zu reagieren. Vielleicht echter Entrüstung, vielleicht auch nur in der Absicht, zu verwirren und abzulenken. Carella überlegte also, was er als nächstes sagen sollte. Grob werden? Sich entschuldigen? Die Herausforderung ignorieren? Was? In dem Schweigen klatschte der Regen gegen das einzelne Küchenfenster. Carella hatte das Gefühl, es würde nie mehr zu regnen aufhören.

»Madam«, sagte er, »wir wollen den Mörder Ihres Mannes finden. Wenn Sie lieber mit einem schwarzen Polizisten reden wollen, wir haben jede Menge davon, und ich bin gern bereit, Ihnen meine Kollegen zu schicken. Sie werden Ihnen dieselben Fragen stellen.«

Sie sah ihn an.

»Dieselben Fragen«, wiederholte er.

»Stellen Sie Ihre Fragen«, entgegnete sie und verschränkte die Arme vor den Brüsten.

»Also gut.« Er nickte. »Ist Ihnen irgendwann während der vergangenen Wochen etwas Ungewöhnliches in dem Benehmen Ihres Mannes aufgefallen?«

»Ungewöhnlich inwiefern?« fragte Chloe zurück. Ihre Stimme klang noch immer ärgerlich, und ihre Arme waren noch immer abwehrend vor den Brüsten verschränkt.

»Etwas, das aus dem üblichen Rahmen fiel, das anders war als gewöhnlich. Ich nehme an, Sie kannten die meisten seiner Freunde und Kollegen.«

»Ja.«

»Gab es etwas, das aus dem üblichen Rahmen fiel?«

»Ich glaube nicht.«

»Hatte Ihr Mann einen Terminkalender?«
»Ja.«
»Ist der Kalender hier in der Wohnung?«
»Im Schlafzimmer. Auf der Kommode.«
»Dürfte ich ihn sehen, Mrs. Chadderton?«
»Ja«, antwortete sie, stand auf und verließ die Küche. Carella und Meyer warteten. Irgendwo draußen, weit unten, tropfte ein Abflußrohr beständig und geräuschvoll. Als Chloe zurückkehrte, hatte sie ein schwarzes Buch bei sich. Sie reichte es Carella, der es sofort aufschlug und die beiden gegenüberliegenden Seiten für den Monat September betrachtete.
»Heute ist der Fünfzehnte«, sagte Meyer.
Carella nickte und begann die Eintragungen der Woche zu überfliegen, die mit dem elften September anfing. Am Montag um fünfzehn Uhr war George nach der mit schwarzer Tinte in dem betreffenden Feld gemachten Eintragung zum Haareschneiden gewesen. Dienstag um halb eins hatte er mit jemand, der nur als Charlie bezeichnet war, Mittag gegessen. Carella blickte hoch.
»Wer ist Charlie?« wollte er wissen.
»Charlie?«
»Mittagessen, zwölf Uhr dreißig, Charlie«, las er vor.
»Ach so. Das ist keine Person, sondern ein Lokal. Ein Restaurant mit dem Namen *Charlie* in der Granada Street.«
»Haben Sie eine Ahnung, mit wem Ihr Mann dort gegessen hat?«
»Nein. Er hat sich häufig mit Leuten verabredet, um Auftritte zu besprechen, Verträge und dergleichen.«
»Erledigte nicht Ambrose Harding die Geschäfte für ihn?«
»Doch, aber George wollte die Leute, für die er spielte, vorher gern kennenlernen. Den Veranstalter oder den Saalbesitzer oder wen auch immer.«
Carella nickte und schaute wieder in den Kalender. Für Mittwoch war nichts eingetragen. Dafür hatte Donnerstag, der vierzehnte, zwei Eintragungen: ›Büro, elf Uhr‹ und ›Essen dreizehn Uhr, Harry Caine‹.

»Was soll ›Büro‹ bedeuten?« fragte Carella.

»Ames Büro.«

»Und wer ist Harry Caine?«

»Das weiß ich nicht.«

Carella sah wieder in den Kalender. Für diesen Abend, Freitag, den fünfzehnten September, hatte Chadderton ›Graham Palmer Hall, zwanzig Uhr dreißig, Abholung durch Ame neunzehn Uhr dreißig‹, eingetragen. Für den folgenden Tag, Samstag, den sechzehnten, hatte er ›C. J. im C. C. zwölf Uhr mittags‹ notiert.

»Wer ist C. J.?« fragte Carella aufblickend.

»Weiß ich nicht«, antwortete Chloe.

»Und C. C.? Sagt Ihnen das etwas?«

»Nein.«

»Ist das Ihrer Meinung nach eine Person oder ein Lokal?«

»Keine Ahnung.«

»Aber haben Sie vorhin nicht bestätigt, daß Sie die meisten seiner Freunde und Kollegen kannten?«

»Ja, das stimmt.«

»Hat er kürzlich mit Fremden gesprochen oder sich mit ihnen verabredet?«

»Fremden?«

»Leuten, die Sie nicht kannten. Wie diesen oder diese C. J. zum Beispiel. Gab es Leute, deren Name Ihnen nicht bekannt war, wenn sie anriefen? Oder Leute, die Sie mit ihm gesehen haben und die ...«

»Nein, da hat es niemand gegeben.«

»Hat jemand mit dem Namen C. J. irgendwann hier angerufen?«

»Nein.«

»Hat Ihr Mann erwähnt, daß er morgen mittag mit C. J. verabredet war?«

»Nein.«

»Haben Sie etwas dagegen, wenn ich diesen Kalender mitnehme?« fragte Carella.

»Wozu brauchen Sie ihn?«

»Ich möchte ihn mir genauer ansehen, eine Liste von allen

Namen machen, versuchen, ob Sie irgendwelche Personen für mich identifizieren können. Wären Sie damit einverstanden?«

»Ja, gut.«

»Ich gebe Ihnen eine Quittung für das Buch.«

»Gut.«

»Mrs. Chadderton, als ich vorhin mit Ambrose Harding sprach, erwähnte er, daß die Lieder Ihres Mannes, zumindest einige davon, Situationen und vielleicht Personen hier in Diamondback zum Inhalt hatten. Stimmt das?«

»George schrieb über alles, was ihn beschäftigte.«

»Hat er sich vielleicht in jüngster Zeit mit Leuten, über die er schrieb, in Verbindung gesetzt? Um Material zu sammeln etwa?«

»Sie brauchen nicht erst lange Nachforschungen zu treiben, um zu wissen, was in Diamondback los ist«, erwiderte Chloe. »Sie brauchen nichts weiter als Augen im Kopf.«

»Wenn Sie sagen, er *schrieb* diese Lieder ...«

»Er schrieb die Lieder auf, bevor er sie sang. Ich weiß, das ist bei dem ursprünglichen Calypso nicht üblich gewesen. Die Menschen sangen ihn früher aus der Eingebung des Augenblicks. Aber George schrieb die Texte vorher immer auf.«

»Die Worte und die Musik?«

»Nur die Worte. Beim Calypso ist die Musik fast immer dieselbe. Es gibt ein Dutzend Tonfolgen, die immer wieder benutzt werden. Es sind die Worte, auf die es ankommt.«

»Wo schrieb er diese Texte?«

»Wie meinen Sie das? Hier in der Wohnung.«

»Nein, ich meinte ...«

»Oh. In ein Notizbuch. Ein Spiralheft.«

»Haben Sie dieses Spiralheft?«

»Ja. Es ist auch im Schlafzimmer.«

»Dürfte ich es sehen?«

»Ich denke schon.« Sie erhob sich müde.

»Vielleicht könnte ich auch einen Blick in seinen Schrank werfen?« fragte Carella.

»Wozu das?«

»Er war heute abend sehr auffallend gekleidet. Die roten Hosen und das gelbe Hemd. Ich habe mich gefragt ...«

»Das war für seinen Auftritt. Er zog sich für einen Auftritt immer so an.«

»Dasselbe Kostüm?«

»Nein, verschiedene. Aber immer farbenfreudig. Er sang Calypso und wollte, daß die Leute an Karneval denken.«

»Dürfte ich die anderen Kostüme sehen?«

»Ich weiß noch immer nicht, warum.«

»Ich versuche festzustellen, ob ihn jemand allein an seinem Kostüm erkannt haben könnte. Wie Sie wissen, hat es heftig geregnet, und die Sichtverhältnisse ...«

»Sein Kostüm kann niemand gesehen haben«, fiel sie ihm ins Wort. »Er trug einen Regenmantel darüber.«

»Trotzdem. Würden Sie mir einen Blick gestatten?«

Chloe zuckte die Achseln und verließ wortlos die Küche. Die Detectives folgten ihr durch den Wohnraum ins Schlafzimmer. Es war mit einem zerwühlten Doppelbett, zwei Nachttischen, einer großen Mahagonikommode und einer Stehlampe neben einem Sessel möbliert. Chloe öffnete die oberste Kommodenschublade, kramte zwischen Taschentüchern und Socken herum und brachte ein Spiralheft mit einem zerkratzten blauen Deckel zum Vorschein. Dann gab sie es Carella.

»Vielen Dank«, sagte er und begann sofort darin zu blättern. Es enthielt die mit Bleistift geschriebenen Texte von etwa einem Dutzend oder vielleicht etwas mehr Liedern. Manche Seiten waren nur mit Kritzeleien versehen, als habe Chadderton auf eine Inspiration gewartet. Auf einer der Seiten standen kreuz und quer mal in Schreibschrift und mal in Blockschrift übereinandergekritzelt die Worte AUF DEM STRICH. »Was ist das?« fragte Carella. Er hielt Chloe die Seite hin.

»Ich weiß nicht. Vielleicht der Titel für ein Lied.«

»Hat er etwas gesungen, das ›Auf dem Strich‹ hieß?«

»Nein, aber vielleicht ist es nur die Idee für ein Lied. Erst der Titel.«

»Wissen Sie, was dieser Ausdruck bedeutet?« fragte Carella.

»Ja, ich denke schon. Er bezieht sich auf Prostituierte, nicht wahr? Mädchen, die sich auf der Straße für Geld verkaufen.«

»Ja«, bestätigte Carella. »Aber Ihr Mann hatte keine Verbindung zu diesem Milieu, oder?«

»Nicht daß ich wüßte.«

»Auch nicht zu anderen Kriminellen oder den Rauschgifthändlern, über die er schrieb?«

»Meines Wissens nicht.«

»Ich hatte gehofft, es könnte vielleicht ein Hinweis sein«, sagte Carella.

Chloe schwieg.

»Ist das der Kleiderschrank?« erkundigte sich Carella.

»Ja, dort drüben«, erwiderte sie und machte mit dem Kopf eine entsprechende Bewegung. Carella gab das Spiralheft an Meyer weiter. Dann öffnete er die Schranktür. Chloe beobachtete ihn, während er Kleiderbügel und Garderobe hin und her zu schieben begann. Sie beobachtete ihn sehr eindringlich. Er fragte sich, ob sie merkte, daß er nicht so sehr nach den farbenfrohen Kostümen George Chaddertons Ausschau hielt, die dieser bei seinen verschiedenen Auftritten getragen hatte, sondern nach schwarzen Stiefeln, einem schwarzen Regenmantel und einem schwarzen Hut – vorzugsweise noch regennaß.

»Das sind also die Sachen, ja?« fragte er.

»Ja. Er hat sie sich von einer Frau an der St. Sabs arbeiten lassen.«

»Hübsch«, sagte Carella. Chloe ließ ihn noch immer nicht aus den Augen. Er schob ein paar Kleidungsstücke auf Bügeln beiseite und spähte tiefer in den Schrank hinein.

»Mrs. Chadderton«, ergriff Meyer das Wort. »Können Sie uns sagen, ob Ihr Mann in letzter Zeit bekümmert oder niedergeschlagen gewirkt hat? Blieb er manchmal ohne Erklärungen aus, schien er das Gefühl zu haben, daß sein Leben in Gefahr sei?«

Carella, der noch immer mit dem Schrank beschäftigt war und dabei hoffte, daß seine Suche nicht zu auffällig wirkte, merkte sofort, worauf Meyer hinauswollte. Meyer hatte seine

Frage nach dem ›Ausbleiben ohne Erklärungen‹ zwischen andere Fragen eingebettet, um auf diesem Weg noch einmal auf den Punkt eheliche Untreue zurückzukommen, ohne daß Chloe gleich wieder auf die Palme ging. Im Schrank befanden sich mehrere Mäntel, keiner davon schwarz und keiner davon naß. Auf dem Schrankboden stand eine Reihe hochhackiger Damenpumps, mehrere Paar Herrenschuhe, ein Paar Damenschuhe mit flachem Absatz und ein Paar halbhohe Damenstiefel – hellbraun. Chloe hatte Meyers Frage noch nicht beantwortet. Ihre Aufmerksamkeit war wieder auf Carella gerichtet.

»Mrs. Chadderton?« sagte Meyer.

»Nein. Er wirkte genauso wie immer«, erklärte sie. »Wonach suchen Sie?« wandte sie sich plötzlich an Carella. »Nach einer Pistole?«

»Nein, Madam«, antwortete Carella. »Sie besitzen doch keine Pistole, oder?«

»So was kann doch bloß in einer Theaterkomödie vorkommen«, stieß Chloe hervor und verließ mit steifen Schritten den Raum. Die beiden Detectives folgten ihr in die Küche. Chloe stand am Kühlschrank und weinte wieder.

»Ich habe ihn nicht getötet«, sagte sie.

Weder Carella noch Meyer erwiderten etwas.

»Wenn Sie hier fertig sind, möchte ich Sie bitten zu gehen«, sagte Chloe.

»Darf ich das Spiralheft auch mitnehmen?« fragte Carella.

»Nehmen Sie es. Aber gehen Sie.«

»Ich gebe Ihnen eine Quittung, wenn Sie ...«

»Ich brauche keine Quittung«, fiel sie ihm ins Wort und brach erneut in Tränen aus.

»Madam ...«

»Würden Sie jetzt bitte gehen?« wiederholte sie. »Würden Sie jetzt bitte auf der Stelle verschwinden?«

Sie verließen wortlos die Wohnung.

»Wir waren ungeschickt«, stellte Meyer draußen auf dem Flur fest.

»Wir waren schlimmer als das«, sagte Carella.

## 4. KAPITEL

In der nächtlichen Stille des Bereitschaftsraums saß Carella an seinem Schreibtisch und grübelte darüber nach, was verdammt noch mal eigentlich mit ihm los war. Er würde sie am Vormittag anrufen müssen, sich entschuldigen, ihr erklären, daß er einen langen Tag und eine noch längere Nacht hinter sich gehabt hatte, ihr sagen, daß man in diesem Beruf manchmal unter jedem Stein nach einem Mörder zu suchen begann, ihr erklären … Scheiße. Er hatte eine trauernde Witwe wie eine verdammte Meuchelmörderin behandelt. Dafür gab es keine Entschuldigung. Er war müde, aber das entschuldigte auch nichts. Er hatte sich mit anhören müssen, wie Monoghan und Monroe Witze über Tod und Sterben gerissen hatten, und ihr Herumflachsen war ihm auf die Nerven gegangen. Aber das war trotzdem keine Entschuldigung. Auch der Regen nicht. Nichts konnte entschuldigen, daß er sich einer Frau gegenüber als Polizist aufgespielt hatte, die nur tiefsten Schmerz über den Tod ihres Mannes empfunden hatte. Manchmal dachte er, wenn er lange genug bei diesem Job blieb, würde er völlig vergessen, was es eigentlich hieß, Gefühle zu haben.

*Dies ist Ihr Fall*, stand im Handbuch zu lesen, *lassen Sie sich von der Untersuchung nicht abbringen.* Bleib am Ball, auch im strömenden Regen, wo ein Mann mit offener Schädeldecke, das Gehirn herausgequollen, auf dem Pflaster liegt. Bleib am Ball in einem Krankenhauszimmer, das nach Desinfektionsmitteln riecht. Bleib am Ball in einer Etagenwohnung um zwei Uhr nachts, wenn sich die Minuten zu leeren Stunden hinziehen, während eine Frau um ihren toten Mann weint. Durchsuch ihren Schrank nach Kleidern, die der Mörder getragen hat. Bring sie zum Reden über die mögliche Untreue ihres Mannes. Sei ein verdammter Bulle.

Er hätte nach Hause fahren sollen. Die Uhr im Bereitschaftsraum zeigte jetzt zehn Minuten vor drei. Eigentlich war es schon Samstag früh, obwohl ihm noch immer wie Freitag zumute war und es noch immer regnete. Und eigentlich war seine Schicht um Mitternacht zu Ende gewesen. Und er wäre auch nach Hause gefahren, hätte ihn nicht noch Viertel vor zwölf die Meldung von dem Fall Chadderton erreicht. Kurz bevor Parker und Willis den Dienst hätten übernehmen müssen. Carella war erschöpft und gereizt und fühlte sich überdies ausgesprochen mies wegen der Art und Weise, wie er Chloe Chadderton behandelt hatte. Außerdem tat er sich selber leid als armer Polizeibeamter, der gezwungen war, sich ständig mit den dunklen Seiten des Lebens zu befassen, schlechte Bezahlung und Überstunden in Kauf zu nehmen, lausige Arbeitsbedingungen und noch dazu den Druck der Polizeibehörde, die immer möglichst schnelle Erfolge sehen wollte.

Er hätte wirklich nach Hause fahren und sich aufs Ohr hauen sollen. Aber da lag dieses Spiralheft auf seinem Schreibtisch. Lag da mit seinem zerkratzten blauen Deckel und seinen Textseiten, die ein toter Mann geschrieben hatte, und verlangte eine sorgfältige Untersuchung.

Carella stand auf, streckte sich, ging zum Wasserkühler, trank einen Pappbecher voll Wasser und kehrte dann zu seinem Schreibtisch zurück. Die Wanduhr zeigte inzwischen fünf Minuten nach drei. Der Bereitschaftsraum war still, ein spärlich beleuchtetes Mausoleum leerer Schreibtische und verstummter Schreibmaschinen. Jenseits der Holzbarriere, die den Bereitschaftsraum von dem Flur draußen trennte, konnte er hinter der Milchglastür zur Arrestzelle ein Licht brennen sehen. Und ein Stück weiter den Geländerpfosten der Eisentreppe, die zum Mannschaftsraum im ersten Stock des Gebäudes führte. Unten klingelte ein Telefon. Carella hörte, wie der Wachhabende einen Streifenpolizisten begrüßte, der von der Straße hereingekommen war. Allein im Bereitschaftsraum schlug Carella das Spiralheft auf.

Er war nie in Trinidad gewesen, hatte nie die gigantischen Calypso-Wettbewerbe miterlebt, die jedes Jahr vor Aschermittwoch in den Karnevalszelten von Port of Spain stattfanden. Während er jetzt jedoch die Seiten des Spiralheftes durchblätterte, schienen die mit Bleistift geschriebenen Worte plötzlich in dem afro-spanischen Rhythmus zu pulsieren, dem sie ihren Ursprung verdankten. Und er hätte Fastnachtsdienstag ebensogut dabeisein können, sich zu der Musik wiegen, die aus den Festzelten aus Wellblech und Palmblättern drang, erleben, wie die Männer und Frauen im Publikum mit den Fingern schnalzten und im Wechselgesang antworteten, wenn die Sänger ihre schlichten Lieder vortrugen und ihren Spott heraussangen, ihren Protest und ihren Zorn:

*Now I tell you, my friends, in this here city*
*They's a mayor he think he sittin real pretty*
*Livin downtown fat suckin he Mama titty*
*Never givin no mind how the nigger live shitty.*

*Now this mayor fat Mama buy she pretty blue gown*
*Throw a faney dress ball City Hall downtown*
*While the nigger man dance for the pusher uptown*
*And the nigger lady she chasin rats all aroun.*

*What the mayor forget is the booth at the school*
*Come November when the nigger he play it real cool*
*Close the curtain, pull the lever, nigger man no fool*
*Mayor's out, Mama's out, they's a brand new rule.*

Carella überlegte schmunzelnd, ob er vielleicht den Bürgermeister aufsuchen sollte. Ein Lied wie dieses war Grund genug für einen Mord, wie es Louise, die üppige Gattin des Bürgermeisters, lächerlich machte sowie den hochgepriesenen Champagner-Ball, dessen Schirmherrin sie im vergangenen April gewesen war. Er schüttelte den Kopf, fuhr sich mit der Hand über das Gesicht und ermahnte sich selbst noch einmal, daß es Zeit war, nach Hause zu fahren. Statt dessen blätterte er die nächste Seite in dem Spiralheft um.

Das Versmaß und der Rhythmus des zweiten Liedes schienen dem ersten zu ähneln. Dennoch entdeckte er fast sofort – noch bevor er die erste Strophe zu Ende gelesen hatte –, daß es für ein sehr viel langsameres Tempo gedacht war. Er versuchte sich den toten George Chadderton vorzustellen, wie er die Worte sang, die er sich da aufgeschrieben hatte. Vermutlich hatte er kein Lächeln zur Schau getragen, dafür einen Augenausdruck voll Schmerz. Um jede Einzelheit genau zu erfassen, begann Carella den Text noch einmal von Anfang an zu lesen:

*Sister woman, black woman, sister woman mine,*
*Why she wearin them clothes showin half her behine?*
*Why she walkin the street, why she workin the line?*
*Do the white man dollar make her feel that fine?*
*Ain't she got no brains, ain't she got no pride?*
*Lettin white man dollar turn her cheap inside?*
*Takin white man dollar, lettin he ...*

Der weiße Mann, der sich ihr näherte, hielt einen Schirm über seinem Kopf aufgespannt. Sie stand gegenüber dem Hauptbahnhof der Stadt, ein langbeiniges, gutaussehendes schwarzhäutiges Mädchen Anfang Zwanzig mit einer blonden Perücke, hellem Mantel und schwarzen, hochhackigen Lackpumps. Sie hatte sich unter den Eingang eines geschlossenen Delikatessenladens zurückgezogen, den Mantel über der ausgeschnittenen rosa Bluse und dem kurzen schwarzen Rock offen. Unter der Bluse trug sie keinen Büstenhalter, und die kühle Feuchtigkeit der Septembernacht bewirkte, daß sich ihre Brustwarzen unter dem dünnen Satin abzeichneten. Es war zehn Minuten nach drei. Seit ihrem Arbeitsbeginn um zehn Uhr hatte sie acht Kunden abgefertigt. Jetzt war sie todmüde und wollte nichts weiter als nach Hause in ihr eigenes Bett. Aber die Nacht war jung – wie Joey ihr oft genug ins Gedächtnis rief –, und wenn sie nicht mehr Geld mitbrachte, als sich bereits in ihrer Tasche befand, würde er sie womöglich nackt in den Regen hinausjagen. Als der Mann herankam, spitzte sie die Lippen und machte einen schmatzenden Kußlaut.

»Willst du mitkommen?« flüsterte sie.

»Wieviel kostet es?« wollte der Mann wissen. Er war ihrer Schätzung nach Ende Fünfzig, klein, untersetzt und fast kahl und trug eine Brille, die trotz des Schirms über seinem Kopf vom Regen besprüht war. Der Mann musterte sie von oben bis unten.

»Fünfundzwanzig, wenn ich es dir mit der Hand mache«, antwortete sie. »Vierzig mit dem Mund und sechzig, wenn du richtig bumsen willst.«

»Bist du … äh … in letzter Zeit mal beim Arzt gewesen?« fragte er zögernd.

»Picobello sauber«, versicherte sie.

»Vierzig scheint mir ziemlich viel zu sein für das, was du gesagt hast.«

»Wenn ich dich mit dem Mund bediene? Willst du das?«

»Vielleicht.«

»Was hält dich dann zurück?«

»Der Preis. Vierzig ist zu teuer.«

»Vierzig kriege ich aber.«

»Du kriegst gar nichts, wenn du hier draußen im Regen stehst«, versetzte er und lachte über seinen kleinen Witz. »Um drei Uhr früh kriegst du gar nichts, wenn du im Regen stehst.«

»Und du bekommst nichts ohne die vierzig Dollar«, erklärte sie und stimmte in sein Gelächter mit ein. »Überleg es dir. Laß dir ruhig Zeit.«

»Sehr niedlich, was du da in der Bluse hast«, stellte er fest.

»Mmm«, machte sie lächelnd.

»Wirklich sehr niedlich.« Er streckte die Hand aus, um ihre Brüste anzufassen.

Sie wandte sich ab. »Nein, bitte. Nicht hier.«

»Wo dann?«

»In einem Hotel um die Ecke.«

»Vierzig Dollar, hast du gesagt?«

»Vierzig Dollar, dabei bleibt es.«

»Bist du denn wirklich gut mit dem Mund?«

»Ich bin nicht Linda Lovelace, aber ich versprech' dir, daß du nicht enttäuscht sein wirst.«

»Und du bist gesund? Warst du wirklich bei einem Arzt?«

»Wir werden jeden Tag untersucht«, log sie.

»Trotzdem.« Er schüttelte den Kopf. »Vierzig Dollar.«

Sie schwieg. Er zappelte bereits an der Angel.

»Na gut. Okay«, sagte er schließlich. »Gehen wir.«

Sie schob ihre Hand unter seinen Arm und trat mit unter seinen Regenschirm.

*Sister woman, black woman, why she do this way?*
*On her back, on her knees, for the white man pay?*
*She a slave, sister woman, she a slave this way,*
*On her knees, on her back, for the white man pay.*
*On her knees, sister woman, is the time to pray,*
*Never mind what the white man he got to say.*
*Let the white girl do ...*

»Es ist das erste Mal, daß ich mit einem farbigen Mädchen zusammen bin«, sagte der Mann.

»Es gibt für alles ein erstes Mal«, erwiderte sie. »Man muß ab und zu etwas Neues probieren. Gibst du mir bitte die vierzig Dollar?«

»Oh, natürlich, selbstverständlich.« Er zog seine Brieftasche heraus und entnahm ihr ein Bündel Geldscheine. »Wie heißt du?« erkundigte er sich.

»C. J.«, erwiderte sie gleichmütig. Sie wartete, während er die vierzig Dollar zusammensuchte. Einmal hatte ein Kunde sie gefragt, ob sie einen Hundertdollarschein wechseln könne. Und dann war er ungeheuer überrascht gewesen, als sie das Wechselgeld aus ihrer Tasche gekramt hatte. Der Blödmann hatte wahrscheinlich gedacht, er würde gratis wegkommen. Kannst du einen Hunderter klein machen? Aber natürlich, Schatz, wie hättest du es denn gern? Zwanziger oder Zehner? In demselben Zimmer hier war das gewesen. Manchmal durfte sie auch einen Raum in einem der Massage-Salons benutzen, wenn die Mädchen dort nicht ausgelastet waren. Da gab es Spiegelwände, Flaschen mit Öl in den verschiedensten Farben, man konnte direkt denken, in irgendeinem arabischen Bordell zu sein. Dieses Hotelzimmer hier kostete sie fünf Dollar, um einen Kunden abzufertigen und wieder loszuwerden. Doppelbett und Kommode, Waschbecken in der Ecke, ein Sessel vor dem Fenster und Jalousien, keine Vorhänge. Fünf Dollar für allerhöchstens eine halbe Stunde. Sie war in der falschen Branche tätig. Sie hätte irgendwo ein Hotel haben müssen.

»Na, bringst du die vierzig zusammen?« fragte sie.

»Ja, ja«, versicherte er. »Hast du was dagegen, wenn es lauter Einer sind?«

»Einer? Vierzig Dollar in Einern?«

»Ich bin Kellner«, versetzte er, als erkläre das alles.

»Na, dann bedien *mich* mal mit deinem Geld«, sagte sie.

Er hob den Blick, lachte dann und sagte: »Entschuldige.« Und dann begann er die vierzig in ihre ausgestreckte Hand zu blättern. Sie hörte zu, wie er laut zählte und dachte dabei, der verdammte Idiot würde wahrscheinlich die ganze Nacht damit verbringen, sie zu bezahlen, statt endlich zur Sache zu kommen.

» … sechsunddreißig, siebenunddreißig, achtunddreißig, neununddreißig und vierzig«, sagte er triumphierend. »Ich hoffe wirklich, daß sich die Sache lohnt.«

»Du wirst zufrieden sein«, beruhigte sie ihn. »Keine Sorge. Willst du dich jetzt waschen?«

»Mich waschen?«

»Na ja, deinen kleinen Pimmel waschen, Schatz. Du erwartest von mir doch auch, daß ich sauber bin, nicht wahr?«

»Ja, gut«, sagte er. »Sehr gut. Ja.«

»Bist du zum erstenmal bei einer Nutte?«

»Nein, nein.«

»Ich glaube aber doch«, meinte sie lächelnd.

»Nein, ich bin auch schon mit anderen zusammengewesen«, protestierte er, während er zum Waschbecken in der Ecke ging.

»Aber es hat dich nie eine gebeten, dich vorher zu waschen, wie?«

»Doch, doch«, behauptete er.

»Wasch ihn schön sauber«, sagte sie und streckte sich auf dem Bett aus. Sie trug kein Höschen. In der Hoffnung, ihn vielleicht doch genug aufzureizen, sie richtig zu bumsen, damit sie sechzig Dollar kassieren konnte, machte sie die Beine breit. Mit dem Mund ging es allerdings schneller. Wenn man die Zeit berechnete, kam es im Grunde auf dasselbe hinaus. Nun komm schon, du Armleuchter, dachte sie. Ich habe gesagt, du sollst ihn waschen, nicht sterilisieren. Er wandte sich vom Waschbecken ab, sah sie mit gespreizten Beinen daliegen und errötete, wenn sie nicht alles täuschte.

»Komm her zu mir«, forderte sie ihn lächelnd auf.

Er hatte einen kleinen weißen Schwanz, den er mit einem der Handtücher abtrocknete, während er auf das Bett zukam. Er war noch immer rot im Gesicht, der kleine Glatzkopf hoch in den Fünfzig, blinzelte hinter seinen Brillengläsern und lief immer röter an.

»Möchtest du nicht doch lieber diese süße Muschi haben?« fragte sie und hob das Becken ein wenig an. »Kostet dich nur zwanzig Dollar mehr.«

»Nein, nein, lassen wir es wie vereinbart.«

»Eine ganz süße Muschi«, pries sie sich weiter an.

»Nein, nein, danke.«

»Nur mit dem Mund?«

»Ja, bitte.«

»Nur C. J.'s zärtliche Lippen, wie?«

»Ja, bitte, nur das.«

»Na, dann gut«, sagte sie. »Leg dich hier aufs Bett. Wie heißt du, Schatz?«

»Frank«, erwiderte er.

Frank, dachte sie. Quatsch, dein Name ist Marvin oder Ralph. Frank nennen sie sich anscheinend besonders gern.

»Würdest du dich … äh … ausziehen?« bat er.

»Natürlich«, sagte sie. »Wenn du das möchtest.«

»Ja, das habe ich lieber.«

»Du bist der Boss«, erklärte sie.

Dann begann sie sich schweigend auszuziehen. Er beobachtete sie dabei. Nur noch mit der blonden Perücke und den hochhackigen Lackpumps bekleidet – es machte die Kerle immer besonders scharf, wenn sie die anbehielt – kehrte sie zu ihm zurück.

»Fertig, Frank?« fragte sie.

»Ja, bitte«, erwiderte er.

Sie senkte den Mund.

*Sister woman, black woman, on her knees give head*
*To a man like he like to see her dead.*
*Can't she see, don't she see, can't she read in his head?*
*She a slave to his will, and the man want her dead.*
*She a nigger for sure, she a slave still in chains,*
*Ant the white man'll whip her …*

Es regnete immer noch, als sie zusammen auf die Straße hinaustraten. Frank, oder wie immer er heißen mochte, dankte ihr für ihre Liebesdienste und sagte, er würde wieder einmal nach ihr Ausschau halten. Sie antwortete: »In Ordnung, Frank. Ich freue mich, daß es dir Spaß gemacht hat.« An der Ecke vor dem Hotel trennten sie sich. Mit dem Schirm über dem Kopf verschwand der Mann im Regen. Sie schlug ihren Mantelkragen hoch, zog den Kopf zum Schutz gegen den Regen ein und setzte sich wieder in Richtung Bahnhof in Bewegung. Es war fast halb vier. Sie würde sich noch ein paar Kunden aufgabeln und dann Schluß machen. Zum Teufel mit Joey … Hatte kein Herz, dieser Mann, eine Hure in einer Nacht wie dieser auf die Straße zu schicken. Nun ja, lange würde sie das sowieso nicht mehr machen. Sie hatte ihn gewarnt, ihm gedroht, wenn du mich weiter so behandelst, hau ich ab. Und zwar für immer. Du wirst es schon sehen. Wenn du das wagst, Baby, hatte er erwidert, schlag ich dir den Schädel ein. Sie werden dich irgendwo in der Gosse finden mit gespaltenem Schädel, wenn du abzuhauen versuchst. Ja, ja, Joey, dachte sie, warte es nur ab. Ich habe jetzt zweitausendsechshundert Dollar auf der Bank. Geld, von dem du keine Ahnung hast, Mann. Alles auf einem Sparbuch für Clara Jean Hawkins. Weit von dieser Gegend hier entfernt, weil ich nicht wollte, daß jemand sieht, wenn ich Geld einzahle.

Zweitausendsechshundert bis jetzt, und es würde noch mehr werden. Zweihundert kamen jeden Mittwoch dazu. Und morgen werde ich wieder mit dem Mann sprechen, mit ihm zusammen essen und über die Langspielplatte reden. Ich werde ihm sagen, daß ich bis Ende des Monats dreitausend zusammen habe. Das ist mehr als genug, um die Aufnahme zu finanzieren, hat er mir versichert. Und weißt du, was du mit deinen ganzen Drohungen dann tun kannst, Joey? Du kannst sie dir an den Hut stecken und mir mal den Buckel runter …

Es waren Schritte hinter ihr zu hören.

Ein leichtes Klicken durch das Rauschen des Regens.

Sie wandte sich um, in der Annahme, es könnte ein Freier sein, blinzelte durch den Regen und erspähte eine große, schlanke Gestalt, ganz in Schwarz gekleidet. Sie spitzte die Lippen und gab einen küssenden Laut von sich.

»Willst du mitkommen?« fragte sie.

Die Schüsse donnerten durch die Nacht, vier in kurzer Folge. Die erste Kugel verfehlte sie, aber die zweite drang genau unter der linken Brust in ihren Körper und tötete sie sofort. Der dritte Schuß zerriß ihren Kehlkopf und der vierte, als sie bereits leblos rückwärts taumelte, bohrte sich rechts der Nase in ihr Gesicht und verursachte am Hinterkopf eine Austrittswunde von der Größe einer Halbdollarmünze. Ihre Perücke fiel ab, als sie auf dem Pflaster zusammensackte, und lag auf dem Bürgersteig neben ihrer offenen Schädeldecke. Der Regen trommelte auf die synthetischen blonden Fasern und platschte in die sich ausbreitende Lache von dickem, rotem Blut.

*Sister woman, black woman, won't she hear my song?*
*What she doin this way surely got to be wrong.*
*Lift her head, raise her eyes, sing the words out strong,*
*Sister woman, black woman …*

## 5. KAPITEL

Carella haßte Kriminalromane.

In Kriminalromanen gab es nie Begräbnisse oder Trauerfeiern. In Kriminalromanen wurden die Opfer erschossen, erstochen, erwürgt oder erschlagen und dann bequemerweise vergessen. In Kriminalromanen war die Leiche nur Mittel zum Zweck, eine aufwendige Untersuchung anlaufen zu lassen. Im wahren Leben handelte es sich bei dem Mordopfer um einen Menschen. Und dieser Mensch besaß gewöhnlich Angehörige oder Freunde, die für eine Trauerfeier sorgten und ein angemessenes Begräbnis. Dem ermordeten Mann wurde Sitte und Herkunft gemäß die gleiche respekt- und würdevolle Behandlung zuteil, die ihn erwartet hätte, wäre er friedlich in seinem Bett gestorben. Er war einmal ein Mensch gewesen. Und Menschen werden nicht einfach unter den Teppich gekehrt, damit ein Privatdetektiv seine Superfähigkeiten unter Beweis stellen konnte.

Die Trauerfeier für George Chadderton fand im Bestattungsinstitut Monroe in der St. Sebastian Avenue in Diamondback statt. Etliche Straßenzüge weiter, in der Nähe von Pettit Lane, wurde eine ähnliche Trauerfeier für eine junge farbige Prostituierte namens Clara Jean Hawkins abgehalten, die in der vergangenen Nacht in Midtown South ermordet worden war, während Carella über Chaddertons Spiralheft gebrütet hatte. Carella war von diesem zweiten Mord nichts bekannt.

Dies war eine sehr große Stadt, und das Midtown-South-Revier befand sich gute fünf Kilometer vom 87. Polizeirevier entfernt. Der Mann, der die Meldung vom Hawkins-Mord entgegengenommen hatte, hieß Alex Leopold, ein Detective Third Grade, der erst vor drei Monaten von einem Revier in Calm's Point dorthin versetzt worden war. Er kannte Carella nicht und hatte nie mit ihm zusammengearbeitet. Die beiden Detectives vom Morddezernat, die sich pflichtgemäß am Tatort des zweiten Mordes eingefunden hatten, waren nicht Monoghan und Monroe (letztere waren sofort nach ihrem Verschwinden vom Schauplatz des Verbrechens an Chadderton nach Hause gefahren), sondern ein ähnliches Gespann namens Forbes und Phelps. Sowohl beim Mordopfer Chadderton wie beim Mordopfer Hawkins war routinemäßig eine Autopsie vorgenommen worden. Die zutage geförderten Kugeln befanden sich bereits im ballistischen Labor. Allerdings wurden die beiden Fälle von verschiedenen Fachleuten bearbeitet, wenn deren Mikroskope auch nur wenige Meter voneinander entfernt standen, und beide hatten Anweisung, ihre Ergebnisse an zwei verschiedene Detectives weiterzugeben, die die beiden Fälle in verschiedenen Bezirken von Isola zu untersuchen hatten. Für den zweiten Mord hatte es keinen Augenzeugen gegeben – keinen Staatsbürger, der sich bereitwillig gemeldet und ausgesagt hatte, daß Clara Jean Hawkins von einer großen, schlanken, ganz in Schwarz gekleideten Person erschossen worden war – ob Mann oder Frau sei nicht zu erkennen gewesen. Zehn Minuten vor zwölf an diesem Samstag vormittag, dem 16. September, als Carella sich der Tür des Bestattungsinstituts näherte, hatten weder er noch irgend jemand anders im Polizeipräsidium irgendeine Ahnung, daß die beiden Morde womöglich zusammenhängen könnten.

Es regnete noch immer. Carella trug einen durchweichten Trenchcoat und einen noch durchweichteren Hut. Er fühlte sich ziemlich genauso, wie er nach nur sechs Stunden Schlaf auf einer Pritsche in der Arrestzelle des Reviers aussah. Chaddertons Spiralheft befand sich in einem feuchten, für Beweisstücke vorgesehenen braunen Umschlag mit dem Aufdruck der Polizeibehörde, den er unter den Arm geklemmt hielt. Er hatte bis fast um fünf Uhr früh darüber gesessen, in den Versen jedoch nichts gefunden, was über einen möglichen Mörder hätte Hinweise geben können. Mit Hilfe von Chaddertons Verabredungskalender hatte er eine Liste von Namen aufgestellt, über die er Chloe befragen wollte. Er gedachte das zu tun, wenn er ihr die beiden Beweisstücke zurückbrachte – mit einer Entschuldigung für sein Benehmen in der vergangenen Nacht.

Durch einen Anruf im Büro des Polizeiarztes am Vormittag

hatte Carella erfahren, daß Chaddertons Leiche bereits früh um acht Uhr zur Überführung in das Bestattungsinstitut in der St. Sab's abgeholt worden war. Vermutlich war dem Toten jetzt bereits das Blut sowie Magen-, Darm- und Blaseninhalt entfernt worden, und der Leichenbestatter hatte ihm eine Formaldehyd-Lösung injiziert, die eine Gerinnung der Eiweißstoffe im Körper bewirken würde. Wahrscheinlich hatte der Leichenbestatter auch schon daran gearbeitet, mit Wachs und Schminke Chaddertons zertrümmerten Backenknochen, die klaffende Wunde an seinem Hals sowie das Loch in seiner Schädeldecke zu kaschieren. Carella fragte sich, ob der Sarg wohl geöffnet sein würde. Hinterbliebene legen gewöhnlich Wert darauf, ihre dahingegangenen Lieben friedlich schlafend zu sehen. Entweder das, oder sie zogen es vor, sie gar nicht mehr zu betrachten.

Der Direktor des Bestattungsinstituts war ein kleiner, sehr dunkelhäutiger Mann, der Carella die Auskunft gab, der Tote würde ab vierzehn Uhr in der Blauen Kapelle zu besichtigen sein. Er informierte Carella des weiteren, daß Mrs. Chadderton bereits am frühen Vormittag dagewesen sei, um den Toten in Empfang zu nehmen und alle nötigen Anordnungen zu treffen. Sie sei gegen elf Uhr fortgegangen und habe erwähnt, daß sie nicht vor siebzehn Uhr zurückkommen würde.

Carella bedankte sich und trat wieder in den strömenden Regen hinaus. Gleich darauf machte er noch einmal kehrt und fragte, ob er das Telefon benützen dürfe. Der Direktor führte ihn in ein Büro gegenüber der Rosa Kapelle. Im Telefonbuch von Isola fand Carella die Eintragung von George C. Chadderton, 1137 Raucher Street. Er wählte die Nummer und ließ es zwölfmal klingeln. Es meldete sich niemand. Er konnte sich zwar nicht vorstellen, daß Chloe Chadderton am Tag nach der Ermordung ihres Mannes zur Arbeit gegangen war. Trotzdem suchte er die Nummer des *Flamingo*-Clubs heraus, wählte sie und sprach mit einer Frau, die sich als Barbedienung identifizierte. Sie erklärte ihm, Chloe würde um zwölf Uhr erwartet. Er dankte ihr, legte auf, notierte sich die Adresse des Clubs und ging dann hinaus zu seinem parkenden Wagen. Er hatte vergessen, das Fenster an der Fahrerseite zu schließen, das er auf der Hinfahrt ein paar Zentimeter geöffnet hatte, um ein Beschlagen der Windschutzscheibe zu verhindern. Der Sitz war klatschnaß, als er einstieg.

Beide Spiegelglasscheiben des *Flamingo*-Clubs waren rosa gestrichen. In der Mitte der linken Scheibe war ein großes, handgemaltes Plakat angebracht, das verkündete: SCHÖNHEITSTÄNZE OBEN UND UNTEN OHNE VON 12 UHR MITTAGS BIS 4 UHR FRÜH. Der Club bot offenbar mehr, als Chloe vergangene Nacht eingestanden hatte. »Es ist ein Oben-ohne-Club« hatte sie gesagt. Der Unterschied zwischen Oben-ohne und solchen ›Schönheitstänzen‹ unten ohne war jedoch etwa wie der zwischen Totschlag und vorsätzlichem Mord. Auf der anderen Scheibe versprach ein gleichgroßes Plakat REICHLICHE GETRÄNKE, GRATIS-IMBISS.

Carella war hungrig. Er hatte zum Frühstück nur ein Glas Orangensaft und eine Tasse Kaffee zu sich genommen. Er öffnete eine der beiden Eingangstüren und betrat den sparsam beleuchteten Raum. Dann blieb er kurz stehen, um seinen Blick an die Schummerbeleuchtung zu gewöhnen. Aus den Lautsprechern in allen Ecken dröhnte Rockmusik. Gleich gegenüber dem Eingang befand sich eine lange ovale Bar. Auf jeder Seite des Tresens wand sich ein Mädchen im Rhythmus der Musik. Beide Mädchen trugen pailettenbesetzte hochhackige Pumps mit Knöchelriemchen und die Andeutung eines Fransen-Röckchens, unter dem sich nichts mehr befand. Beide waren barbusig, aber keine von ihnen war Chloe Chadderton.

Carella bemerkte, daß an den Wänden entlang kleine Tische aufgestellt waren. Viel Betrieb herrschte allerdings nicht. Vermutlich hielt der Regen die Gäste ab. An einem der Tische tanzte jedoch ein blondes Mädchen – wenn man es als Tanzen bezeichnen konnte – zum ausschließlichen Vergnügen eines einzelnen Mannes, der ein Bier vor sich hatte. Vier Männer saßen an der Bar, zwei auf jeder Seite, drei davon weiß und einer schwarz. Carella ließ sich an der Stirnseite der Bar nieder. Eines der Barmädchen, eine junge Rothaarige in schwarzem Trikot und schwarzen Netzstrümpfen, kam zu ihm herüber. Ihre hochhackigen Pumps klapperten auf dem harten Holzboden.

»Etwas zu trinken, Sir?« fragte sie.

»Ich hoffe, Sie haben nicht nur scharfe Sachen«, sagte Carella.

»Aber doch!« versetzte sie, machte Kulleraugen und holte tief Luft, wobei sie seiner harmlos gemeinten Bemerkung gleich eine sexuelle Anspielung unterstellte. Er streifte sie mit einem kurzen Blick. Sie merkte, daß sie anscheinend einen Fehler gemacht hatte, und zählte sofort auf: »Pepsi, Coke, Seven-up oder Ginger-Ale. Kostet aber dasselbe wie Whisky.«

»Und wieviel wäre das?«

» Drei-fünfzig. Das schließt aber den Imbiß mit ein.«

»Coke oder Pepsi, das ist mir egal«, bestellte Carella. »Ist Chloe Chadderton schon da?«

»Sie hat gerade Pause«, erwiderte die Rothaarige und fragte dann beiläufig: »Sind Sie Polizist?«

»Ja«, bestätigte Carella. »Ich bin Polizist.«

»Dachte ich mir doch gleich. Wenn hier einer hereinkommt und was Alkoholfreies will, muß er ein Polizist im Dienst sein. Was wollen Sie von Chloe?«

»Das geht nur sie und mich an, oder?«

»Das hier ist ein sauberer Laden, Mister.«

»Niemand hat das Gegenteil behauptet.«

»Chloe tanzt genauso wie die anderen Mädchen. Sie werden hier nichts sehen, was Sie nicht in den offiziellen Theatern in der City geboten bekommen. Da gibt es große Revuen mit nackten Tänzerinnen, die auch nichts anderes machen als unsere Mädchen hier.«

»Mhmh«, brummte Carella.

Die Rothaarige wandte sich ab, öffnete eine Cola-Flasche und füllte ein Glas. »Niemand darf die Mädchen hier anfassen. Sie tanzen nur. Damit Schluß. Genau wie in der City. Wenn es dort nicht gegen das Gesetz verstößt, dann bei uns auch nicht.«

»Beruhigen Sie sich«, sagte Carella. »Ich will den Laden ja gar nicht hochgehen lassen.«

Das Mädchen verdrehte wieder die Augen. Einen Moment lang verstand er ihre Reaktion nicht. Dann wurde ihm klar, daß sie den Polizeiausdruck für Razzia – ›hochgehen‹, ein Wort, das sie in diesem Zusammenhang bestimmt schon hundertmal gehört hatte – wieder als sexuelle Anspielung aufgefaßt hatte. Er sah sie wieder an. Sie zuckte demonstrativ mit den Achseln, drehte ihm den Rücken zu und ging zur Registrierkasse am Ende der Bartheke.

Eine der Tänzerinnen hatte sich vor dem einzigen, schwarzhäutigen Gast mit weit gespreizten Beinen in die Hocke niedergelassen und schob die Fransen ihres knappen Lendenschurzes beiseite, um sich ganz zu enthüllen. Der Mann starrte auf ihre entblößten Genitalien. Das Mädchen lächelte ihn an und fuhr sich mit der Zunge über die Lippen. Der Mann war Brillenträger. Das Mädchen nahm ihm die Brille ab, zog sie mit einem Gesichtsausdruck gespielter Entrüstung langsam zwischen ihren Oberschenkeln hindurch und setzte sie dem Mann wieder auf die Nase. Dann beugte sie sich, auf die Arme gestützt, rückwärts und reckte ihm mit ruckartigen Bewegungen ihren Unterleib entgegen, während er sie weiter anstarrte. Genau wie in den Theatern in der Innenstadt, dachte Carella.

Die Vorschriften zur Wahrung von Sitte und Anstand waren in Artikel 235, Absatz 2 des Strafgesetzbuches definiert, wo ›Einstudierung und Präsentation einer obszönen Darstellung oder die Mitwirkung an derselben‹ als grobes Vergehen betrachtet wurde. Eine Zusatzverordnung – PL 235.00, Unterabteilung 1 – stellte fest: ›Alles Material bzw. jede Darbietung muß als *obszön* bezeichnet werden, deren Hauptzweck es ist, (a) lüsternes, verwerfliches oder krankhaftes Interesse an Nacktheit, Sex, Ausscheidung von Exkrementen, Sadismus oder Masochismus zu befriedigen und (b) wesentlich über die üblichen Grenzen bei der Schilderung oder Darstellung derartiger Dinge hinausgeht und (c) keinerlei allgemeinen Wertvorstellungen entspricht.‹

Für Carella stand außer Zweifel, daß das Mädchen auf dem Bartresen, das dem vor ihr sitzenden Mann ihren Unterleib entgegenhielt und dabei zum offenkundigen Vergnügen des Mannes mit ihrer Scheide spielte, damit eine Darbietung gab, deren Hauptzweck es war, lüsternes Interesse an Nacktheit und Sex zu befriedigen. Aber wie die Rothaarige ihm gerade erklärt hatte, war das nichts, was nicht auch in den Theatern in der Innenstadt geboten wurde, vorausgesetzt, man konnte sich einen Platz in der ersten Reihe leisten. Wenn er den Laden hier auffliegen ließ, würde es im Gerichtssaal nur endlose Debatten über den Unterschied zwischen Kunst und Pornographie geben – eine schmale Grenze, die weder Carella noch der Oberste Gerichtshof der Vereinigten Staaten schlüssig zu definieren vermochten.

Wenn man darüber nachdachte – und Carella dachte oft darüber nach –, was war eigentlich so schrecklich an Pornographie? Er hatte schon Spielfilme mit Altersbeschränkung gesehen (für Jugendliche unter siebzehn Jahren nur in Begleitung Erwachsener zugelassen) oder auch solche, die für Jugendliche ganz verboten waren, die er schmutziger gefunden hatte als die Porno-Streifen in den Tageskinos oder Sexshops entlang The Stem. Die Sprache in diesen gesellschaftlich akzeptierten Filmen war dieselbe, die er täglich auf dem Revier und auf den Straßen hörte. Und sein Beruf brachte ihn ständig mit dem Abschaum der Menschheit in Berührung. Der Sex in diesen akzeptierten Filmen war genauso freizügig und verzichtete lediglich auf detaillierte Darstellung des Geschlechtsverkehrs, Fellatio und Cunnilingus, die in Pornostreifen geboten wurden. Wo war da die Grenze zu ziehen? Wenn es zulässig war, daß ein männlicher Filmstar mit großem Namen in einem Millionendollarepos mit einer völlig nackten Frau ins Bett stieg (vorausgesetzt, er behielt die Hosen an), warum wurde es dann als ungesetzlich betrachtet, wenn unbekannte Darsteller in einem billigen Streifen einen wirklichen Geschlechtsakt boten? Bring eine seriöse Schauspielerin auf die Leinwand, laß sie einen Geschlechtsakt simulieren (aber Gott behüte nicht tatsächlich ausführen), und aus irgendeinem Grund wurde das hohe Filmkunst, während *Deep Throat* billige Pornographie blieb. Vermutlich lag das alles nur an der Kameraeinstellung. Er war schließlich nur Polizist und sollte sich wahrscheinlich nicht so oft Gedanken über Gesetze machen, die durchzusetzen er bezahlt wurde.

Aber was, wenn er nun aufstand und die Tänzerin dort unten auf dem Bartresen festnahm, weil sie an einer ›obszönen Darstellung mitgewirkt‹ hatte (sich an der Brille eines Mannes zu vergehen, mußte doch zweifellos als obszön betrachtet werden, nicht wahr?) und dann auch noch den Eigentümer des *Flamingo*-Clubs wegen ›Einstudierung und Präsentation obszöner Darstellungen‹, kassierte – was dann? Die Gesetzesübertretung war ein grobes Vergehen, strafbar mit maximal einem Jahr Gefängnis oder maximal tausend Dollar Geldstrafe.

Selbst wenn eine Verurteilung zustande kam (was zweifelhaft war), würden sie sich nach drei Monaten wieder auf freiem Fuß befinden. Und inzwischen machten Mörder, Sittlichkeitsverbrecher, Diebe, Einbrecher, Räuber, Kinderschänder und Rauschgifthändler die Stadt unsicher und schikanierten die Bevölkerung. Was sollte ein gewissenhafter Polizist also tun? Ein gewissenhafter Polizist nuckelte an seiner Pepsi oder seiner Coca-Cola, was immer die Rothaarige ihm eingegossen hatte, hörte der dröhnenden Rockmusik zu und betrachtete die nackte Kehrseite der blonden Tänzerin gegenüber auf der Bar, während sie sich vorbeugte, um dem Gast ihre üppigen Brüste zwei Zentimeter vor den Mund zu halten.

Zwanzig Minuten vor eins trat Chloe Chadderton – nackt bis auf hochhackige Schuhe und einem G-String mit Silberfransen – am gegenüberliegenden Ende auf die Bartheke. Die Tänzerin, die von ihr abgelöst wurde – diejenige, die die Brille des Gastes mit dem in Berührung gebracht hatte, was die Sittenpolizei als ihr Geschlechtsteil bezeichnet hätte –, klappste Chloe auf das Hinterteil, als sie an ihr vorbei die Rampe vom Bartresen hinunterstakste. Eine neue Rockplatte fiel auf den Plattenteller. Mit breitem Lächeln begann Chloe danach zu tanzen, wobei sie langbeinig an dem schwarzen Mann mit den beschlagenen Brillengläsern vorbeistieg, ihre nackten Brüste schüttelte, die Hüften schwenkte und sich im Rhythmus der Musik windend weiterbewegte, bis sie schließlich direkt vor Carella stehenblieb. Noch immer in wilder Bewegung, begann sie vor ihm in die Knie zu gehen, die Arme über den Kopf gehoben, mit klatschenden Brüsten und gespreizten Beinen – und erkannte ihn plötzlich. Ein Ausdruck von Verlegenheit zuckte über ihr Gesicht. Das Lächeln verschwand.

»Während Ihrer nächsten Pause möchte ich mit Ihnen reden«, sagte Carella.

Chloe nickte. Sie erhob sich, horchte einen Augenblick auf die Musik, um nicht aus dem Takt zu kommen und tanzte dann zurück zu dem dunkelhäutigen Gast, der einen Dollarschein aus seiner Brieftasche zog.

Sie tanzte eine halbe Stunde. Dann kam sie zu dem kleinen Tisch, an dem sich Carella mit einem Sandwich niedergelassen hatte. Sie erklärte sofort, daß sie nur eine Zehnminutenpause habe. Ihre Verlegenheit schien sie überwunden zu haben. Sie trug einen dünnen Nylonmorgenrock, der um die Taille mit einem Gürtel geschlossen war. Darunter war sie jedoch noch immer nackt. Als sie sich vorbeugte und die Arme auf die Tischplatte stützte, konnte Carella ihre Brüste und Brustwarzen in dem aufklaffenden V-Ausschnitt sehen.

»Ich möchte mich wegen vergangener Nacht entschuldigen«, begann er. Sie riß überrascht die Augen auf. »Es tut mir leid. Ich wollte besonders gründlich sein und bin dabei wohl etwas über das Ziel hinausgeschossen.«

»Schon in Ordnung«, sagte sie.

»Es tut mir leid. Ich meine es ehrlich.«

»Ich sagte doch, schon in Ordnung. Haben Sie sich Georges Textheft angesehen?«

»Ja. Ich habe es Ihnen wieder mitgebracht«, erwiderte er und langte unter seinen Stuhl, wo er den braunen Umschlag abgelegt hatte. »Leider habe ich nichts gefunden, was ich brauchen kann. Hätten Sie etwas dagegen, wenn ich Ihnen noch ein paar Fragen stelle?«

»Fangen Sie an«, meinte sie und wandte den Kopf, um auf die Wanduhr zu gucken. »Denken Sie aber daran, daß ich eine halbe Stunde auf der Bartheke zu tun und nur zehn Minuten Pause habe. Ich werde nicht dafür bezahlt, daß ich herumsitze und mit Polizisten rede.«

»Ist hier bekannt, daß Ihr Mann vergangene Nacht ermordet worden ist?«

»Der Chef weiß es. Er hat es in der Zeitung gelesen. Ich glaube nicht, daß es jemand von den anderen weiß.«

»Ich war erstaunt, daß Sie heute zur Arbeit gekommen sind.«

»Ich muß essen«, versetzte Chloe und zuckte die Achseln. »Was wollen Sie mich fragen?«

»Ich werde damit anfangen, Sie wieder zu verärgern«, sagte er lächelnd.

»Na, dann los«, antwortete sie, ohne sein Lächeln zu erwidern.

»Sie haben mich über diesen Club belogen«, stellte er fest.

»Ja.«

»Auch noch über irgend etwas anderes?«

»Nein.«

»Sind Sie sicher?«

»Vollkommen.«

»Gab es wirklich keine Schwierigkeiten zwischen Ihnen und Ihrem Mann? Keine unerklärten Abwesenheiten seinerseits? Keine geheimnisvollen Telefonanrufe?«

»Wie kommen Sie darauf, daß es so etwas gegeben haben könnte?«

»Ich fragte nur. Das ist alles.«

»Es gab keine Probleme zwischen uns. Nicht die geringsten«, behauptete sie.

»Wie war es mit unerklärten Abwesenheiten?«

»Er war viel unterwegs. Aber das hatte nichts mit anderen Frauen zu tun.«

»Womit dann?«

»Mit seinem Beruf.«

»Ich habe mir ein paar Namen notiert«, sagte Carella und nickte. »Aus seinem Verabredungskalender. Leute, mit denen er im vergangenen Monat gegessen oder sich sonst getroffen hat. Leute auch, mit denen er in den kommenden Wochen zusammenkommen wollte. Vielleicht können Sie mir gewisse Aufschlüsse über diese Leute geben.«

»Ich werde es versuchen«, erwiderte Chloe.

Carella schlug sein Notizbuch auf, suchte die betreffende Seite und begann zu lesen: »Buster Greerson.«

»Saxophonspieler. Er wollte George für eine Band interessieren, die er zusammenstellt.«

»Lester ... Handey. Ist das richtig?«

»Hanley. Das ist Georges Gesangslehrer.«

»Ach so. Das erklärt die Regelmäßigkeit. Alle vierzehn Tage, nicht wahr?«

»Ja. Immer Dienstag.«

»Hawkins. Wer ist das?«

»Das weiß ich nicht. Wie ist der Vorname?«

»Keiner angegeben. Nur Hawkins. Erscheint am zehnten August zum erstenmal im Kalender. Das war ein Donnerstag. Dann wieder am vierundzwanzigsten August. Auch ein Donnerstag.«

»Ich kenne niemanden mit dem Namen Hawkins.«

»Wie steht es mit Lou Davis?«

»Das ist der Besitzer vom Graham-Palmer-Saal. Wo George ...«

» Ach, natürlich«, fiel ihr Carella ins Wort. »Wie dumm von mir.« Er schaute erneut in sein Notizbuch. »Jerri Lincoln.«

»Eine Sängerin. George wollte mit ihr eventuell eine Plattenaufnahme machen. Aber das ist schon ziemlich lange her.«

»Dem Kalender nach war er mit ihr am dreizehnten August verabredet.«

»Na, vielleicht hat sie ihn noch einmal zu überreden versucht.«

»Alles rein geschäftlich zwischen den beiden?«

»Sie sollten Jerri einmal sehen«, antwortete Chloe lächelnd. »*Ausschließlich* geschäftlich, das können Sie mir glauben.«

»Don Latham«, fuhr Carella fort.

»Direktor einer Plattenfirma mit dem Namen Latham Records. Anhänger der *Black-Power*-Bewegung.«

»C. J.«, las Carella. »Ihr Mann hat sich mit ihm – oder ihr«, fügte er mit einem Achselzucken hinzu, »am einunddreißigsten August und noch einmal am siebenten September getroffen. Und er war mit C. J. heute um zwölf Uhr mittags – vermutlich zum Essen – verabredet. Sagt Ihnen das etwas?«

»Nein. Sie haben mich schon vergangene Nacht danach gefragt.«

»C. J.«, wiederholte Carella.

»Nein, tut mir leid.«

»Okay. Wer ist Jimmy Talbot?«

»Kenne ich nicht.«

»Davey ... Kennemer. Ist das richtig?«

»Kennemer, ja, der spielt Trompete.«

»Und Arthur Spessard?«

»Auch ein Musiker. Das Instrument habe ich vergessen.«

»Das war es schon«, sagte Carella und klappte das Notizbuch zu. »Erzählen Sie mir etwas über Georges Bruder«, forderte er sie dann abrupt auf.

»Santo? Was wollen Sie über ihn wissen?«

»Ist es wahr, daß er vor sieben Jahren durchgebrannt ist?«

»Wer hat Ihnen das gesagt?«

» Ambrose Harding. Ist es wahr?«

»Ja.«

»Ambrose meinte, er sei vielleicht nach Trinidad zurückgegangen.«

»Nach Trinidad ist er nicht zurückgekehrt. George hat dort nach ihm gesucht. Aber vergeblich.«

»Haben Sie eine Ahnung, wo er sonst sein könnte?«

Chloe zögerte.

»Ja?« drängte Carella.
»George dachte ...«
»Ja, was?«
»Daß jemand seinen Bruder ermordet hat.«
»Wie ist er darauf gekommen?«
»Die Art, wie es geschah. Die Art, wie er plötzlich von der Bildfläche verschwand.«
»Hat George irgendwelche Namen erwähnt? Gab es jemanden, den er verdächtigte?«
»Nein. Aber er ließ die ganze Zeit nicht locker. Es verging kein Tag, an dem er nicht irgendwelche Nachforschungen wegen seines Bruders anstellte.«
»Wo zog er Erkundigungen ein?«
»Überall.«
»In Diamondback?«
»Ja, auch. Aber nicht nur dort. Er hatte es sich fast zu einer Lebensaufgabe gemacht. Da die Polizei nichts zu unternehmen bereit war, hat George auf eigene Faust nach Santo gesucht.«
»Sie sagten, Georges Bruder sei einfach von der Bildfläche verschwunden. Wie haben Sie das gemeint?«
»Eines Abends nach einem Auftritt.«
»Erzählen Sie mir, was geschah.«
»Ganz genau weiß ich es selbst nicht. Allerdings auch sonst niemand. Jedenfalls war es nach einem Auftritt. George und sein Bruder spielten damals zusammen in einer Band.«
»Ja, das ist mir bekannt.«
»George und zwei andere Mitglieder der Band warteten im VW-Bus, daß Santo herauskommen solle. Er war wohl noch einmal auf die Toilette gegangen oder so. Da bin ich nicht sicher. Aber er erschien nicht. Nie mehr. George ging in das Gebäude zurück, suchte es von oben bis unten ab, konnte Santo aber nicht finden.«
»Diese anderen Musiker, die an dem Abend dabei waren – kennen Sie die zufällig?«
»Dem Namen nach schon. Aber nicht persönlich.«
»Wie heißen sie?«

»Freddie Bones und Vicente Barragan.«
»Bones? Ist das sein richtiger Name?«
»Ich denke schon.«
»Und wie buchstabiert sich der andere Name?«
»So viel ich weiß B-A-R-R-A-G-A-N. Es ist ein spanischer Name. Er stammt aus Puerto Rico.«
»Aber kennengelernt haben Sie keinen von beiden?«
»Nein, das war noch vor meiner Zeit. Ich bin mit George erst vier Jahre verheiratet.«
»Wie kommt es dann, daß Sie die Namen kennen?«
»George hat sie öfter erwähnt. Weil sie dabei waren, als damals sein Bruder verschwand, verstehen Sie? Und er hat auch immer wieder mal mit ihnen telefoniert.«
»Auch kürzlich?«
»Nein, kürzlich nicht.«
»Vier Jahre«, wiederholte Carella. »Dann haben Sie Georges Bruder also auch nicht mehr gekannt.«
»Nein.«
»Santo Chadderton, nicht wahr?«
»Ja. Santo Chadderton.«
»War das Ihre erste Ehe?«
»Ja.«
»Auch für George?«
»Nein. Er war schon einmal verheiratet.« Sie zögerte. »Mit einer Weißen«, ergänzte sie dann und sah ihm dabei gerade in die Augen.
»Hat er sich von ihr scheiden lassen oder was?«
»Er hat sich scheiden lassen. Ja.«
»Wann?«
»Ein paar Monate, nachdem wir uns kennengelernt hatten. Sie lebten aber schon vorher getrennt.«
»Wie heißt diese erste Frau? Wissen Sie das?«
»Irene Chadderton. Falls sie den Namen aus dieser Ehe behalten hat.«
»Wie war ihr Mädchenname?«
»Das weiß ich nicht.«
»Lebt sie hier in dieser Stadt?«

»Sie hat hier gelebt. Ob sie es noch immer tut, weiß ich nicht.«

»Hat sie Santo gekannt?«

»Das nehme ich an.«

»Könnte sie etwas über sein Verschwinden wissen?«

»Jeder, der je irgend etwas mit George zu tun hatte, weiß von dem Verschwinden seines Bruders, das können Sie mir glauben. Es war eine Art von Besessenheit bei ihm. Das war der andere Punkt, weswegen wir öfter Streit bekamen, okay? Meine Tanzerei hier und seine ständige Rederei über seinen Bruder! Unentwegt war er auf der Suche nach ihm, las alle einschlägigen Zeitungsberichte und Gerichtsprotokolle, fragte in sämtlichen Krankenhäusern nach und brachte einen damit zum Wahnsinn.«

»Sie sagten, Sie hätten eine gute Ehe geführt«, bemerkte Carella ausdruckslos.

»Unsere Ehe war so gut wie die meisten Ehen«, versetzte Chloe und zuckte dann die Achseln. Der Aufschlag ihres Morgenrocks glitt ihr dabei von der Schulter und gab eine ihrer Brüste fast vollkommen frei. Sie machte keine Anstrengung, den Morgenrock wieder zu schließen. »Ich habe ihn nicht umgebracht, Mr. Carella«, sagte sie, den Blick starr in Carellas Augen gerichtet. Dann wandte sie den Kopf, um erneut auf die Wanduhr zu sehen. »Ich muß zurück, mein Publikum erwartet mich«, erklärte sie hastig und bedachte ihn plötzlich mit einem strahlenden Lächeln.

»Vergessen Sie das nicht«, erwiderte Carella. Er reichte ihr den braunen Umschlag.

»Danke sehr«, sagte sie. »Falls Sie etwas erfahren ...«

»Ich habe Ihre Telefonnummer.«

»Ja.« Sie nickte, sah ihn noch einen Augenblick lang an und wandte sich dann ab, um zur Bar zu gehen. Carella zog seinen Mantel an und setzte seinen Hut auf – beides war noch naß – und ging zur Kasse, um seine Zeche zu bezahlen. Beim Hinausgehen schaute er noch einmal zur Bar zurück. Chloe befand sich in der gleichen Haltung, die die andere Tänzerin vor weniger als fünfundvierzig Minuten eingenommen hatte

– rückwärts auf die Arme gestützt produzierte sie sich mit gespreizten Beinen und entschlossenem Lächeln vor einem Gast, der keine zwanzig Zentimeter von ihrem Unterleib entfernt saß. Als Carella die Tür aufstieß, um in den Regen hinauszutreten, schob der Gast gerade einen Dollarschein in das Gurtband ihres G-Strings.

# 6. KAPITEL

Es war fast zwei Uhr, als er zum Revier zurückkam und sich über die Telefonbücher hermachte. Weder Irene Chadderton noch Frederick Bones waren in einem der fünf Bände eingetragen, aber wenigstens fand er im Telefonbuch von Calm's Point die Eintragung von Vicente Manuel Barragan. Er rief die Auskunft an, um sich weiterhelfen zu lassen, und wurde darüber informiert, daß über einen Telefonanschluß auf den Namen Irene Chadderton überhaupt nichts vorlag. Frederick Bones dagegen hatte eine Geheimnummer. Carella gab sich als Polizeidetective zu erkennen, der die Nummer für seine Ermittlungen brauche, worauf die Telefonistin von der Auskunft sagte: »Da muß ich Sie leider zurückrufen, Sir.«

»Ja, das weiß ich«, antwortete er. »Ich bin beim 87. Polizeirevier. Die Nummer ist Frederick 7-8024.«

Er legte auf und wartete. Er wußte, die Telefonistin würde erst die Nummer überprüfen, die er ihr angegeben hatte, um sicher zu sein, daß er tatsächlich von einem Polizeirevier aus anrief. Des weiteren brauchte sie die Erlaubnis ihres Vorgesetzten, um ihm die nicht eingetragene Nummer von Bones weitergeben zu können – selbst bei einem Polizisten war das nicht anders möglich. Das Telefon läutete nach zehn Minuten. Carella hob den Hörer ab. Die Telefonistin nannte ihm eine Nummer in Isola, und als er um die Adresse bat, gab sie ihm auch diese durch. Er bedankte sich und ging zu Meyer Meyer hinüber, der gerade dabei war, Bert Kling einen Witz zu erzählen. Kling saß auf einem Drehstuhl hinter seinem Schreibtisch, die Beine auf die Tischplatte gelegt, und hörte mit beinahe kindlicher Spannung zu. Er war der jüngste Detective in ihrer Mannschaft, ein großer, blonder Hüne (den sie alle immer noch als Jungen betrachteten, obwohl er mittlerweile schon Anfang Dreißig war) mit arglosen haselbraunen Augen und einem offenen Gesicht, das eher zu einem Rübenfarmer in Grand Forks, North Dakota, gepaßt hätte als zu einem Detective hier in dieser großen, bösen Stadt. Carella bekam nur noch die Pointe mit, als er sich

Klings Schreibtisch näherte: »Na, sag ich, alter Junge, versuchst du etwa zu fliehen?«

Kling und Meyer brachen gleichzeitig in Gelächter aus. Meyer stand neben dem Schreibtisch, blickte auf Kling und lachte über seinen eigenen Witz, während Kling die Füße jetzt auf den Boden gestemmt hatte und so herzhaft lachte, daß Carella befürchtete, er könne sich in die Hose machen. Sie lachten, wie es Carella vorkam, geschlagene drei Minuten lang, obwohl es ganz bestimmt nicht mehr als dreißig oder vierzig Sekunden waren, während er abwartend dabeistand. Als Meyer endlich aufhörte zu lachen, drückte Carella ihm ein Blatt Papier in die Hand, auf dem er die Namen, Adressen und Telefonnummern von Frederick Bones und Vicente Manuel Barragan notiert hatte.

»Was wir brauchen«, erläuterte er, »sind Informationen darüber, was an diesem Abend vor sieben Jahren passiert ist, als Santo verschwand.«

»Meinst du, jemand hat ihn tatsächlich umgebracht?« fragte Meyer.

»Auf alle Fälle hat das sein Bruder gedacht. Er hat auf eigene Faust in der ganzen Stadt nach ihm geforscht. Sogar nach Trinidad ist er gefahren, um nach ihm zu suchen. Wenn jemand den Jungen wirklich auf dem Gewissen hat ...«

»Und George ihm auf die Spur gekommen ist ...«

»Genau«, sagte Carella. »Bringen wir also in Erfahrung, was damals passiert ist, okay? Welchen willst du übernehmen?«

»Die Namen klingen, als wären die beiden eine Varieténummer«, bemerkte Meyer. »Barragan und Bones.«

»Werfen wir eine Münze«, schlug Carella vor.

»Aber nicht mit deinem Geld«, protestierte Meyer. »Wenn wir werfen, dann mit einer neutralen Münze.«

»Meine Münze ist neutral«, behauptete Carella.

»Nein, deine Münze ist manipuliert. Er hat eine manipulierte Münze, Bert«, sagte Meyer zu Kling.

»Na, sag ich, alter Junge, versuchst du etwa zu fliehen?« wiederholte Kling und begann erneut zu lachen.

»Hast du einen Vierteldollar?« fragte ihn Carella.

Noch immer lachend griff Kling in seine Tasche. Carella nahm die Münze in Empfang, prüfte beide Seiten und reichte sie Meyer, um dessen Zustimmung zu bekommen.

»Okay«, sagte Meyer. »Kopf oder Zahl?«

»Kopf«, versetzte Carella.

Meyer warf die Münze. Sie traf auf die Ecke von Klings Schreibtisch, prallte in einem spitzen Winkel davon ab, landete auf der Kante auf dem Boden und rollte durch den Raum, um schließlich hinter dem Wasserkühler gegen die Wand zu stoßen. Carella und Meyer durchquerten beide den Raum. Auf dem Boden neben dem Wasserkühler hockend betrachteten sie beide die Münze.

»Es ist Zahl«, sagte Meyer triumphierend.

»Okay, du kannst dir einen von der Varietényummer aussuchen«, forderte Carella ihn auf.

»Barragan wohnt beim Deibel auf der Rinne draußen in Calm's Point«, meinte Meyer. »Ich nehme Bones.«

An manchen Tagen kann man einfach keinen Blumentopf gewinnen.

Frederick Bones' Anschrift war in der Tat 687 Downes, in einer Gegend also, die sich im Herzen (oder vielleicht in den Nieren) von Isola nur eine Viertelstunde U-Bahn-Fahrt vom 87. Revier entfernt befand. Meyer legte die Strecke in seinem zerbeulten alten Chevy zurück, da seiner Frau Sarah das Recht an dem Zweitwagen der Familie, einem nagelneuen Mercedes-Benz, zustand. Meyer wußte genau, was sein Vater (Friede seiner Seele) gesagt hätte, wäre er noch am Leben gewesen, um den neuen Wagen zu sehen: ›Kaufst du jetzt schon von den Deutschen? Was für ein Jude bist du eigentlich?‹ Meyer fragte sich das bisweilen selber.

Er hatte keinen Zweifel, was für ein Jude sein Vater Max gewesen war. Sein Vater Max war ein komischer Jude gewesen. Es war Max, der beschlossen hatte, seinen einzigen Sohn mit einem Zwillingsnamen durchs Leben zu schicken. Meyer

Meyer, sehr witzig, Papa. ›Meyer, Meyer, Jud ins Feuer‹, hatten ihm die Kinder nachgerufen, als er in einer Gegend aufgewachsen war, in der fast ausschließlich Nichtjuden wohnten. Ständig hatte er versucht, sich schlaue Schmähverse auszudenken, um sich revanchieren zu können. ›Dominick Reisser, alter Scheißer‹, hatte irgendwie nicht die rechte Wirkung gehabt, vor allem, weil sich Dominick nach Meyers poetischer Inspiration nur veranlaßt gesehen hatte, mit einem Baseballschläger hinter Meyer herzujagen und ihm sechs kräftige Schläge gegen das rechte Ohr zu verpassen. Und ›Patrick Cassidy, leck mich am Arschidy‹, hatte zur Folge, daß der fünfzehnjährige, zwei Zentner schwere Patrick den zwölfjährigen, hundertzehn Pfund schweren Meyer acht Querstraßen weit jagte, bevor er ihn erwischte. Dann ließ Patrick seine Hosen herunter, enthüllte einen mächtigen Halbmond und befahl Meyer, diesen Körperteil abzulecken, wenn ihm ein heiler Schädel lieb sei. Meyer biß Patrick statt dessen in sein Hinterteil, eine nicht herausgeforderte, unbedachte Attacke, die wenig zum Abbau jüdisch-irischer Spannungen beitrug.

Als Meyer an jenem Nachmittag heimkam, spülte er sich den Mund mit Lysol aus. Aber der Geschmack von Patricks irischem Hintern blieb in seinem Mund und verbesserte keineswegs das Aroma der köstlichen ›Knedl‹ seiner Mutter. Beim Abendessen an jenem Tag erzählte Meyers komischer Vater Max einen Witz über einen italienischen Kanalarbeiter, der sich darüber beklagte, von einem Juden Scheiße entgegennehmen zu müssen.

Erst als Meyer sechzehn Jahre alt und fast einen Meter achtzig groß geworden war, hörten die Kinder aus der Nachbarschaft auf, ihm hinterherzurufen. Er hatte zu jener Zeit begonnen, Gewichte zu heben. Und wenn er nicht mit seinen Hanteln beschäftigt war, bediente er an der Tankstelle an der Ecke und wünschte sich dabei, noch ein kleines Stück zu wachsen, um die vollen ein Meter achtzig zu erreichen. Er malte sich aus, wenn er erst einmal einen Meter achtzig groß war und hundertneunzig Pfund wog, würde er Dominick und Patrick beim Kragen packen und mit den Köpfen gegeneinanderschlagen. Er war so damit beschäftigt, sein Gewicht und seine Körpergröße zu kontrollieren, daß er gar nicht bemerkte, wie das Hinterherrufen allmählich aufgehört hatte.

Dominick Reisser ging zur Marine und fiel im Krieg. Patrick Cassidy wurde Polizist. Und es war ausgerechnet Patrick, der Meyer überredete, die juristische Fakultät zu verlassen und auch zur Polizei zu gehen. Patrick war jetzt ein Bezirksinspektor und vorübergehend der Staatsanwaltschaft zugeteilt, um organisierte Verbrechen zu untersuchen. Wenn er Meyer über den Weg lief, fragte er ihn jedesmal, ob er die Zahnabdrücke sehen wolle, die sich noch immer auf seiner Kehrseite befanden. Meyer fühlte sich in seiner Gegenwart immer ein wenig unbehaglich. Aber hatte kein Schuldgefühl, den Benz gekauft zu haben.

Er stellte den Chevy eine Querstraße entfernt von dem Häuserblock ab, in dem Bones wohnte – der günstigste Parkplatz, den er finden konnte –, und ging dann zu Fuß durch den strömenden Regen bis 687 Downes, einem adrett aussehenden Klinkergebäude, das sich in einer Reihe ähnlich adrett wirkender Häuser befand. In der Eingangshalle hielt er nach einem Briefkasten mit dem Namen Bones Ausschau, fand keinen und läutete beim Portier. Ein weißhäutiger Mann Ende Fünfzig öffnete die Tür. Meyer zeigte ihm seinen Ausweis und seine Polizeiplakette und sagte, er suche nach einem Frederick Bones.

»Freddie Bones?« wiederholte der Portier. »Den haben Sie gerade verpaßt.«

»Verpaßt um wieviel?« wollte Meyer wissen.

»Um drei Monate!« versetzte der Portier und begann zu lachen. Seine Zähne waren tabakverfärbt, auf Kinn und Wangen sprossen graue, drei Tage alte Bartstoppeln. Sein Gelächter dröhnte laut durch die Eingangshalle, und er schien überrascht zu sein, daß Meyer seine Belustigung nicht teilte.

»Ist er weggezogen?« fragte Meyer.

»Weggeschickt worden«, erwiderte der Portier und brach erneut in Gelächter aus.

»Wohin geschickt?« fragte Meyer.

»Nach Castleview.«
»Das Gefängnis?«
»Das Gefängnis. Genau«, bestätigte der Portier.
»Scheiße«, sagte Meyer.

Die Gegend, in der Vicente Manuel Barragan wohnte, war bis vor fünf Jahren noch ein italienisches Getto gewesen. Jetzt befand es sich fast ausschließlich in spanischer Hand, und die Neonschilder, die durch den fallenden Regen leuchteten, verkündeten BODEGA und CARNICERÍA und JOYERÍA und SASTERÍA. 2557 Patterson Boulevard war eine breite Allee mit einem baumbestandenen Mittelstreifen. Die Bäume hatten sich noch nicht zu verfärben begonnen. Ihre Blätter hingen grün und schlaff von der Nässe herab. Unter den Bäumen sprossen Grasbüschel zwischen den Steinen hervor, mit denen der Mittelstreifen gepflastert war. Die Allee selbst war früher auch nur gepflastert gewesen. Inzwischen hatte sie jedoch eine Asphaltdecke bekommen, die im Regen schwarz glänzte und den Schein der Straßenlampen widerspiegelte, die wegen der verfrühten Dämmerung bereits um drei Uhr nachmittags brannten. Die Verkehrsampel an der Ecke sprang von Rot auf Grün, der Asphalt gab den Wechsel zurück, einen schimmernden grünen Ball, der plötzlich auf der Straße erschien. Carella fand eine Lücke auf der Straßenseite gegenüber von 2557, dankte seinem Glücksstern und klappte die Sonnenblende herunter, an der mit Gummiband ein handgeschriebenes Schild mit der Aufschrift POLIZEIBEAMTER IM EINSATZ befestigt war. Als er ausstieg, vergaß er diesmal nicht, das Seitenfenster zu schließen.

Durch den strömenden Regen rannte er über die Straße zu Barragans Haus, stürmte zwei Stufen auf einmal nehmend die Treppe zum Eingang hinauf, riß die mit einem Glaseinsatz versehene Tür auf und trat in eine kleine Vorhalle, in der mehrere Reihen von Messingbriefkästen angebracht waren. Ein kleines schwarzes Plastiktäfelchen unter einem der Briefkästen verriet ihm, daß Barragan Apartment 3 C bewohnte. Er drückte auf die Klingel und griff im gleichen Moment zum Türknauf, als das Antwortsummen ertönte.

Das Gebäude war makellos sauber. Blau-weiße Fliesen in der Innenhalle, frisch in einem gebrochenen Blau gestrichene Wände, Glühbirnen in sämtlichen Lampen des Treppenaufgangs und der Flure, nirgends irgendwelche Kritzeleien. Die Treppen rochen nach Reinigungsmittel. Carella stieg in den dritten Stock hinauf und hörte den Klang eines Holzblasinstruments – Klarinette oder Flöte, das konnte er nicht gleich unterscheiden –, als er sich den Flur entlang dem Apartment 3 C näherte. Die Musik kam aus der Wohnung, es war eine Flöte, meinte er jetzt mit ziemlicher Sicherheit sagen zu können. Er läutete, und die Musik brach mittendrin ab.

»Wer ist da?« rief eine Männerstimme.

»Polizei«, antwortete Carella.

»Polizei?« wiederholte der Mann. »Was ist denn los?«

Carella hörte, daß sich Schritte der Tür näherten. Die Tür wurde jedoch nicht aufgemacht. Statt dessen wurde die Klappe des Gucklochs zur Seite geschoben, und der Mann sagte von drinnen: »Lassen Sie mich erst Ihre Polizeimarke sehen.«

Carella zückte seine Blechmarke.

»Okay«, sagte der Mann. Die Gucklochklappe fiel an ihren Platz zurück. Carella hörte das Klicken eines Riegels. Einen Augenblick später ging die Tür auf.

»Mr. Barragan?«

»Ja, der bin ich«, bestätigte der Mann. Er war ein hellhäutiger Spanier mit einem dicken schwarzen Schnurrbart unter der gebogenen Nase, dichten schwarzen Haaren, die so geschnitten waren, daß sie ihm leicht über die Ohren und in die Stirn fielen, und dunkelbraune Augen, die Carella neugierig musterten. »Was gibt es für Ärger?« erkundigte er sich.

»Keinen Ärger«, antwortete Carella. »Ich untersuche einen Mordfall und dachte, daß Sie mir vielleicht helfen können. Haben Sie etwas dagegen, wenn ich hereinkomme?«

Barragan sah ihn fragend an. »Ist es wegen Georgie?«

»Ja. Sie wissen also, daß er ermordet wurde?«

»Ich habe es in der Zeitung gelesen. Kommen Sie herein.« Barragan machte einen Schritt zur Seite, um Carella nähertreten zu lassen. Jenseits der Diele führte ein offener Rundbogen in eine Küche, durch einen weiteren Rundbogen ging es in den Wohnraum. In der Mitte des Wohnraums war ein Notenpult aufgestellt, dahinter ein Stuhl mit hoher Lehne. Auf dem Sitz des Stuhls sah Carella eine Flöte liegen. Er hatte also mit dem Instrument recht gehabt.

»Möchten Sie ein Bier oder sonst etwas?« fragte Barragan.

»Nicht gestattet«, erwiderte Carella. »Aber trotzdem vielen Dank.«

»Stört es Sie, wenn ich eines trinke? Ich habe fast drei Stunden lang geübt. Meine Kehle ist ganz ausgetrocknet.«

»Nein, nein, lassen Sie sich durch mich nicht abhalten«, sagte Carella.

Er wartete in der Diele. In der Küche öffnete Barragan zuerst die Tür des Kühlschranks und dann die Bierdose. Als er wieder in die Diele trat, hielt er in der einen Hand die geöffnete Bierdose, in der anderen ein Glas. Gemeinsam gingen sie in den Wohnraum und ließen sich nebeneinander auf der Couch nieder. Durch die großen, regennassen Fensterscheiben konnte Carella in einiger Entfernung den etwas erhöht liegenden Calm's Point Expressway erkennen, auf dem sich durch den strömenden Regen die Autoschlangen entlangbewegten.

Barragan goß Bier in sein Glas, nahm einen langen Zug, sagte: »Ahh, gut«, stellte die Dose auf dem Fußboden ab und begann dann langsamer zu trinken. »Was wollen Sie wissen?« erkundigte er sich.

»Sie haben vor Jahren in einer Band zusammen mit George und …«

»Ja, das habe ich«, bestätigte Barragan.

»… und seinem Bruder Santo gespielt, nicht wahr?« vollendete Carella.

»Santo, ja. Er spielte die Bongos. Wir hatten Georgie an der Gitarre, mich mit der Flöte und noch einen Knaben namens Freddie Bones an der Steel-drum. Das ist übrigens sein richtiger Name, Freddie Bones. Ein Schwarzer aus Jamaika. War keine schlechte Combo damals. Ich habe jedenfalls schon schlechtere gehört«, meinte Barragan lächelnd. Seine Zähne wirkten verblüffend weiß unter seinem dicken schwarzen Schnurrbart.

»Ich möchte wissen, was sich vor sieben Jahren abgespielt hat«, sagte Carella.

»Als sich Santo verdrückte, meinen Sie?«

»Hat er sich verdrückt? Oder ist ihm etwas zugestoßen?«

»Wer weiß?« Barragan zuckte die Achseln. »Ich vermute, er ist aus freiem Willen abgehauen. Georgie hat doch schließlich später bei der Polizei nachgefragt, und es lag nirgends ein Bericht vor, daß Santo irgend etwas passiert sei. Ich glaube deshalb, er hat sich ganz bewußt abgesetzt.«

»Wohin?« fragte Carella.

»Das weiß ich nicht. Kalifornien? Mexiko? Europa? Wer soll wissen, wo einer hingeht, wenn er sich zu verschwinden entschließt.«

»Und warum entschloß er sich zu verschwinden?«

»Aus dem gleichen Grund, aus dem die Band später geplatzt ist.«

»Und der war?«

»Zu viel Starkult. Zu viel Georgie Chadderton. Ich spreche nicht gern schlecht über einen Toten, aber der Mann war ein Patentekel, verstehen Sie? Ein lupenreiner Egozentriker. Hielt uns andere alle nur für gut genug, ihm den richtigen Rahmen zu geben. Ich meine, verdammt noch mal, ich bin kein schlechter Flötenspieler, und Freddie an seiner Steel-drum war eine wirkliche Wucht. Er konnte das Ding bearbeiten, daß es wie ein ganzes Orchester klang. Aber Solos gab es nur für Georgie. Und es mußte natürlich die Gitarre sein. Dabei weiß jeder Idiot, daß die Gitarre, wenn sie nicht gerade überragend gespielt wird, nur dazu da ist, einem Instrument, das die Melodie führen kann, Akkorde zu unterlegen. Es gibt sehr wenige ausgezeichnete Gitarristen, die einer Melodie gerecht zu werden vermögen. In unserer Band gab es eine Flöte und eine Steel-drum. Und wozu sind diese Instrumente da? Für die Melodieführung, oder habe ich unrecht? Aber Georgie ließ uns nur ständig hinter seinem mittelmäßigen Gitarrengezupfe herdudeln. Whäng, whäng, whäng und ich dahinter unentwegt doodleeeuuh und Freddie mit ein bißchen Begleittakt auf der Steel-drum. Für die Katz, Mann. Schließlich hatten wir die Nase voll davon.«

»Wann war das? Wann trennte sich die Band?«

»Soweit ich mich erinnere, etwa ein Jahr nach Santos Verschwinden.«

»Erzählen Sie mir, was an jenem Abend passiert ist.«

»Das liegt lange zurück, Mann. Ich bin nicht sicher, daß ich das noch alles zusammenkriege.«

»Soweit Ihr Gedächtnis zurückreicht«, sagte Carella. »Zuerst einmal: Wann war das genau? Können Sie sich an das Datum erinnern?«

»Irgendwann im September«, erwiderte Barragan. »Ein Samstagabend in der ersten oder zweiten Septemberwoche, da bin ich mir nicht sicher.«

»Gut. Erzählen Sie weiter.«

»Es regnete, das weiß ich noch. Die Band hatte diesen VW-Bus, mit dem wir reisten, braun-weiß. Wir fuhren damit überall hin, wo wir spielten. Das Engagement an diesem Abend ...«

»Wem gehörte der VW-Bus?«

»Uns allen. Wir hatten zusammengelegt. Als die Band auseinanderging, zahlte Freddie uns aus.«

»Entschuldigen Sie, daß ich Sie unterbrochen habe.«

»Also, wie schon gesagt, es regnete sehr heftig an diesem Abend. Das Engagement war im Hotel *Palomar* in Isola. Im Stadtzentrum. Sie kennen es vielleicht. In der Nähe vom *Palomar*-Theater. Ein Riesenhotel, sehr schick und teuer. Wir waren als Pausenfüller für die eigentliche Kapelle engagiert. Damals spielten wir hauptsächlich lateinamerikanische Musik, Rumba, Samba, Cha-cha-cha und diesen ganzen Quatsch. Das war noch, bevor Georgie auf Calypso umstieg. Die andere Kapelle – ich habe ihren Namen vergessen – Archie Cooper? Artie Cooper? So ähnlich. Eine ziemlich große Band, zehn oder zwölf Instrumente. Die Veranstaltung war ein Maskenball, ein Kostümfest, verstehen Sie? Der Erlös war für irgendwelche Kranken bestimmt. Multiple Sklerose oder Muskel-Dystrophie oder so ähnlich. Georgie hatte uns das Engagement über einen Bekannten verschafft, der bei der Cooper-Band die zweite Trompete spielte. Hieß Cooper nun Archie oder Arnie? Georgie hatte diesem Bekannten irgendwann einmal einen Gefallen getan, und als der gute Knabe hörte, daß noch eine lateinamerikanische Band als Ersatz gesucht wurde, rief er Georgie an und sagte ihm Bescheid. Es war ein gutes Engagement. Ich sagte ja schon, ich habe wirklich schlechtere Bands gehört.«

Der Regen prasselte gegen die Fensterscheiben. Carella starrte auf das verschwommene Glas, während er Barragan zuhörte, der jetzt von dem Regen an jenem Abend vor sieben Jahren sprach, Regen, der sich wie aus Eimern über die Musiker ergossen hatte, die nach der Veranstaltung um halb drei Uhr morgens mit ihren eingepackten Instrumenten zu dem VW-Bus gestürzt waren. Freddie Bones mit einer Zeitung zeltförmig über den Kopf gestülpt, seine Steel-drum an einem Gurt von der Schulter herabhängend, so daß sie ihm beim Laufen gegen die Hüfte prallte, Georgie fluchend und jammernd, daß sein neuer Gitarrenkasten naß würde, Barragan selbst lachend und rennend, rutschend und beinahe hinfallend, sein Flötenetui unter dem Regenmantel geschützt. Er war es gewesen, der die Tür des VW-Busses aufgeschoben hatte, um als erster einzusteigen. Georgie war ihm gefolgt und hatte sich weiter über den Regen klagend hinter dem Lenkrad niedergelassen. Bones steckte sich eine Zigarette an, während Georgie den Motor startete, mit seiner behandschuhten Hand die beschlagene Windschutzscheibe abwischte und zu der Drehtür des Hotels hinüberspähte, aus der Männer und Frauen kamen, unter dem Baldachin stehenblieben und nach Taxis Ausschau hielten. »Wo ist Santo?« wollte Georgie wissen. Sie sahen sich alle drei fragend an. »Als wir aus der Toilette kamen, war er direkt hinter mir«, erklärte Barragan. »Aber wo ist er jetzt?« fragte Georgie. Er wischte erneut über die Windschutzscheibe und hielt den Blick weiter auf die Drehtür gerichtet. »Er wird gleich kommen«, meinte Bones. »Beruhige dich. Du gehst immer gleich an die Decke.«

Sie warteten etwa zehn Minuten. Dann stieg Georgie aus dem VW-Bus und ging ins Hotel zurück, um seinen Bruder zu suchen. Als auch er nach weiteren zehn Minuten nicht zurückkam, beschlossen Barragan und Bones, sich ebenfalls auf die Suche zu machen. »Dieses verdammte Hotel scheint heute abend die ganze Chadderton-Sippe zu schlucken«, bemerkte Bones. Die beiden Männer lachten und gingen durch die Drehtür hinein. Dann stiegen sie die Treppe hinauf zum sogenannten *Stardust*-Ballsaal, der nicht der ganz große Ballsaal war, sondern ein etwas kleinerer auf der Mitteletage des Hotels. Es befanden sich noch einige Gäste oben, die lachten und sich unterhielten, die meisten waren jedoch schon gegangen, als die Musiker begonnen hatten, ihre Instrumente einzupacken. Barragan und Bones betraten den Ballsaal, sprachen mit dem Saxophonspieler der Cooper-Band – Harvey Cooper, jetzt fiel ihm endlich der Name ein! – und fragten ihn, ob er irgendwo Georgie gesehen hätte. Der Saxophonist erklärte, zuletzt hätte er Georgie in die Herrentoiletten verschwinden sehen, worauf Bones einen Witz machte, vielleicht seien sie beide, Georgie und Santo, hineingefallen. Barragan lachte, und sie gingen zusammen zur Herrentoilette, um nachzusehen. Aber weder Georgie noch Santo waren dort drin. Georgie entdeckten sie schließlich vor dem Seitenausgang des Hotels, wo er mit dem Portier sprach und sich bei ihm nach Santo erkundigte. Der Portier hatte aber niemand gesehen, der mit Bongo-Trommeln beladen herausgekommen war. Georgie beschrieb seinen Bruder. Der Portier hatte aber auch niemanden gesehen, auf den diese Beschreibung zutraf.

»Wie sah er denn aus?« wollte Carella wissen.

»Santo? Ein gutaussehender Junge. Hellhäutiger als sein Bruder, schwarze Haare und bernsteinfarbene Augen.«

»Wie groß?« fragte Carella, der sich Notizen machte.

»Ungefähr einsfünfundsiebzig.«

»Können Sie auch etwas über sein Gewicht sagen?«

»Ziemlich hager. Nein, nicht hager. Schlank würden Sie es wohl nennen. Muskulös, wissen Sie, aber schlank. Sehnig, wäre vielleicht das richtige Wort.«

»Wie alt war er damals? Wissen Sie das?«

»Siebzehn. Er war fast noch ein Kind.«

»Dann wäre er jetzt vierundzwanzig«, stellte Carella fest.

»Wenn er noch lebt«, meinte Barragan.

Obwohl er so schnell und konzentriert wie möglich durch den wolkenbruchartigen Regen fuhr, traf Meyer erst kurz vor achtzehn Uhr in Rawley ein. Er hatte zuvor telefoniert, um sich zu vergewissern, daß ein Mann namens Frederick Bones wirklich im Gefängnis von Castleview einsaß, und dann Sarah angerufen und ihr gesagt, er würde leider zum Abendessen nicht zu Hause sein. Sarah seufzte. Sie war es gewöhnt, daß er zum Abendessen nicht zu Hause war.

Die Haftanstalt Castleview befand sich auf einer Landzunge, die in den River Harb hinausragte und eine natürliche Halbinsel bildete. Sie war von grauen Steinmauern beherrscht, die das Land bis zum Wasser hinab von drei Seiten umgaben. Ein etwa zehn Meter hohes Betonfundament senkte sich ins Wasser hinein, was dem Bauwerk den Eindruck eines von einem Wassergraben umgebenen Märchenschlosses verlieh. Auf den Mauern saßen acht Wachttürme – einer auf jeder Ecke der Schmalseite des Gefängnisgebäudes, jeweils zwei entlang den Mauern, die zum Haupttor führten, und einer an beiden Ecken der Mauer, die der Auffahrt zugewandt war. Das massive Haupttor war aus stabilen, zehn Zentimeter dicken Stahlplatten konstruiert. Meyer betätigte die Klingel, die daneben angebracht war, worauf sich eine Klappe in dem Tor öffnete.

»Detective Meyer vom 87. Revier«, sagte er zu dem Gesicht hinter den Gitterstäben. »Ich habe vorhin angerufen und vereinbart, daß ich mit einem Ihrer Insassen sprechen kann.«

»Zeigen Sie mir bitte Ihre Legitimation«, sagte der Wächter.

Meyer zeigte ihm seine Polizeimarke und seinen Personalausweis. Die Klappe wurde wieder geschlossen. Gleich darauf war zu hören, daß ein Riegel zurückgeschoben und die Sicherung des Türschlosses gelöst wurde. Das Tor schwang auf. Meyer fand sich in einem kleinen von Mauern umgebenen Zwischenhof, direkt vor sich das mit Stahlstangen vergitterte Innentor. Der Wächter sagte ihm, er habe sich für seinen Besuch eine schlechte Zeit ausgesucht. Die Männer seien gerade beim Abendessen. Das sollte ich auch sein, dachte Meyer, ohne es auszusprechen. Statt dessen fragte er, ob er sich inzwischen die Akte von Bones einmal durchsehen könne. Der Wächter nickte knapp, hob einen Telefonhörer ab, der gleich neben dem Tor an der Wand angebracht war, sprach kurz mit jemandem am anderen Ende der Leitung und widmete sich dann wieder seinem Sexmagazin. Nach wenigen Sekunden näherte sich ein zweiter Wächter dem vergitterten Innentor, schloß es auf, schob es ein Stück beiseite und fragte: »Sind Sie der Detective, der eine Akte sehen wollte?«

»Ja«, erwiderte Meyer.

»Sie haben sich keine sehr glückliche Zeit für Ihren Besuch ausgewählt«, meinte der zweite Wächter. »Gestern ist gerade ein Häftling im Hof erstochen worden.«

»Tut mir leid«, versetzte Meyer.

»Na, und dem Toten erst«, meinte der Wächter. »Na, dann kommen Sie mal rein.«

Er ließ Meyer in den Hof treten und schloß dann das Tor hinter ihm wieder zu. Die Gefängnismauern ragten mächtig über ihnen auf, als sie durch den Regen einem Gebäude auf der linken Seite zustrebten. In den Wachttürmen konnte Meyer die in den Hof gerichteten Läufe von Maschinenpistolen erkennen. Er besaß allerhand Bekannte hier, oder vielleicht besser gesagt Geschäftsfreunde. Das gehörte alles zum Spiel, dachte er. Die Guten und die Schlechten. Manchmal fragte er sich sogar, wo die Guten und wo die Schlechten zu finden waren. Wenn man beispielsweise einen Polizisten wie Andy Parker betrachtete …

»Hier drin«, sagte der Wächter. »Die Registratur befindet sich am Ende des Flurs. Für wen interessieren Sie sich denn?«

»Einen Mann namens Freddie Bones.«

»Kenne ich nicht.« Der Wächter schüttelte den Kopf. »Ist das sein richtiger Name?«

»Ja.«

»Noch nicht gehört. Also den Flur entlang«, er streckte die Hand aus. »Das Abendessen ist um sieben vorbei. Wenn Sie mit dem Burschen reden wollen, müssen Sie es dann gleich tun. Die werden immer sauer, wenn sie ihr Fernsehprogramm verpassen.«

»Bei wem muß ich mich melden, wenn ich hier durch bin?« wollte Meyer wissen.

»Das Büro des stellvertretenden Direktors liegt gleich um die Ecke hinter der Registratur. Ich weiß nicht, wer heute abend Dienst hat, aber melden Sie sich einfach dort.«

»Vielen Dank«, sagte Meyer.

»Sie haben ihn mit einem Eispfriem erledigt«, erklärte der Wächter. »Vierzehn Löcher in der Brust. Nett, wie?« Er ließ Meyer auf dem Flur stehen.

Der Mann in der Registratur war nicht gleich bereit, Meyer ohne schriftliche Anweisung die Gefängnisakten einsehen zu lassen. Meyer erläuterte ihm, daß er einen Mord untersuche und es für ihn nützlich sein könnte, etwas über Bones' Hintergrund zu erfahren, bevor er mit ihm persönlich spräche. Der Verwaltungsangestellte schien aber noch immer nicht recht überzeugt zu sein. Er führte ein kurzes Telefongespräch mit jemandem, legte auf und sagte dann: »Das scheint in Ordnung zu sein.« Er fand die Unterlagen über Bones in einem zerschrammten Aktenfach, das einmal bessere Tage gesehen hatte, und räumte Meyer einen Platz an einem kleinen Schreibtisch in der Ecke des Raumes ein. Der Inhalt des Aktendeckels war so kurz, wie das Telefongespräch, das der Verwaltungsangestellte geführt hatte. Es war Bones' erste Bekanntschaft mit dem Gefängnis. Er war wegen ›gesetzwidrigen Verkaufs einer Unze oder mehr Rauschgift‹ (in diesem Fall Heroin) verurteilt worden, ein Kapitalverbrechen, das ihm unter den verschärften Bedingungen der Strafverfolgung zur Bekämpfung harter Drogen fünfzehn Jahre bis lebenslänglich hätte eintragen können. Da Bones ein Geständnis abgelegt hatte, war er mit zehn Jahren davongekommen. Nach dreieinhalb Jahren konnte er auf Bewährung freigelassen werden, aber die Bewährungsfrist würde dann auf Lebenszeit andauern. Wenn er nur einmal auf den Bürgersteig spuckte oder eine Verkehrsampel übersah, landete er wieder hinter Gittern.

Meyer beendete seine Hausaufgaben und sah auf seine Armbanduhr. Es war Viertel nach sechs. Er brachte den Aktendeckel zu dem Angestellten zurück, der eifrig an etwas zweifellos Wichtigem auf seiner Schreibmaschine herumhämmerte. Der Mann blickte nicht hoch. Meyer wartete geduldig neben dem Schreibtisch, den Aktendeckel in der Hand. Der Mann tippte unbeirrt weiter. Meyer räusperte sich.

»Sind Sie fertig?« fragte der Mann.

»Ja, vielen Dank«, erwiderte Meyer. »Kann man hier irgendwo ein belegtes Brötchen und etwas zu trinken kaufen?«

»Sie meinen hier hinter den Mauern?«

»Ja.«

»Es gibt einen Aufenthaltsraum quer über den Hof. Zeigen Sie Ihre Marke, dann werden Sie reingelassen.«

»Danke«, sagte Meyer.

Er verließ die Registratur, machte im Büro des stellvertretenden Direktors Station, informierte den diensthabenden Beamten über seine Anwesenheit sowie seinen Wunsch, mit Bones zu sprechen und verabredete mit ihm, daß Bones pünktlich um sieben Uhr in das Besuchszimmer gebracht werden würde. Der Aufenthaltsraum für die Wächter war mit Automaten für belegte Brötchen und alkoholfreie Getränke ausgestattet. Meyer zog sich einen Orangensaft und ein Roggenbrötchen mit Schinken. Er überlegte, was sein Vater wohl zu dem Schinken gesagt hätte. Die Wächter unterhielten sich über nichts anderes als den Gefängnisinsassen, der am Tag zuvor so viel Löcher in die Brust bekommen hatte. Es war eben alles nicht so einfach, dachte Meyer, ob drinnen oder draußen.

Fünf Minuten vor sieben ging er hinüber zum Besuchszimmer und wurde von einem Wächter eingelassen, der ihn aufforderte, an dem langen Tisch Platz zu nehmen, der quer durch den Raum lief. Punkt sieben betrat ein großer, besonders gut aussehender Schwarzer in Gefängniskleidung den Raum und setzte sich gegenüber von Meyer an den langen Tisch. Sie waren von einer etwa zehn Zentimeter dicken Scheibe aus durchsichtigem Plastik getrennt. Meyer hatte irgendwo gehört, daß die gleiche Sorte von Plastik während des Zweiten Weltkriegs für die Bordkanzeln der Bomber verwendet worden war. Vor ihnen befanden sich auf beiden Seiten des Tisches Telefonapparate. Jeder Platz war von dem angrenzenden durch schalldichte Wände getrennt, die dem Besucher und dem Gefängnisinsassen wenigstens ein gewisses Maß an Privatsphäre garantierten. Ein Schild an der Wand verkündete, daß die Besuchszeit um siebzehn Uhr endete und bat darum, die Besuche auf fünfzehn Minuten zu begrenzen. Jetzt war der Raum mit Ausnahme von Meyer und seinem Gegenüber leer. Meyer hob seinen Telefonhörer ab.

»Mr. Bones?« fragte er und kam sich dabei wie in einem Spielfilm vor.

»Was habe ich denn diesmal angestellt?« fragte Bones in sein Telefon. Er lächelte dabei, und Meyer gab das Lächeln unwillkürlich zurück.

»Nichts, von dem ich wüßte«, versetzte er, zog ein schmales Lederetui hervor, ließ es aufklappen und hielt Bones seine Polizeilegitimation entgegen. »Ich bin Detective Meyer vom 87. Polizeirevier in Isola. Wir untersuchen einen Mordfall, und ich dachte, Sie könnten mir vielleicht ein paar Informationen geben.«

»Wer ist umgebracht worden?« wollte Bones wissen. Er lächelte nicht mehr.

»George Chadderton«, versetzte Meyer.

Bones nickte nur.

»Sie scheinen nicht überrascht zu sein«, meinte Meyer.

»Ich bin nicht überrascht. Nein«, bestätigte Bones.

»Wie gut ist Ihr Gedächtnis?« fragte Meyer.

»Einigermaßen.«

»Reicht es sieben Jahre zurück?«

»Sogar dreißig Jahre«, erwiderte Bones.

»Ich möchte wissen, was an dem Abend passierte, als Santo verschwand.«

»Wer sagt, daß er verschwunden ist?«

»Stimmt das denn nicht?«

»Er ist abgehauen, das ist alles.« Bones zuckte die Achseln.

»Und hat seitdem nie mehr von sich hören lassen.«

Bones zuckte noch einmal die Achseln.

»Was geschah damals? Erinnern Sie sich?«

Bones begann sich die Ereignisse ins Gedächtnis zu rufen. Soweit Meyer das beurteilen konnte, erinnerte er sich mit großer Deutlichkeit und einem Maximum an Genauigkeit. Erst einige Stunden später – als Meyer seine Notizen mit Carella am Telefon verglich – merkte er, daß Bones' Geschichte nicht ohne Widersprüche war. In der Tat gab es nur zwei übereinstimmende Punkte zwischen der Schilderung, die Barragan Carella gegeben hatte, und der Version von Bones. Beide Männer waren sich einig, daß George C. Chadderton ein egoistisches Ekelpaket gewesen war und daß es am Abend von Santos Verschwinden geregnet hatte. Was den Rest betraf …

Bones erinnerte sich, daß das Engagement im Hotel *Shalimar*, Bezirk Isola, stattgefunden hatte, einem ebenso üppigen Hotelpalast, wie ihn Barragan im Gedächtnis hatte, nur zehn Querstraßen von dem anderen entfernt und im Norden der Stadt gelegen, nicht im Süden. Meyer, der Bones zuhörte und noch nicht wußte, daß Barragan das Hotel mit *Palomar* angegeben hatte, schrieb in sein Notizbuch *Shalimar* und fragte dann: »Wann war das genau? Können Sie mir da etwas sagen?«

»Oktober«, erklärte Bones. »Irgendwann Mitte Oktober.«

Später am Abend würde Meyer erfahren, daß Barragan

vom Datum als ›Irgendwann im September. Ein Samstagabend in der ersten oder zweiten Septemberwoche‹ gesprochen hatte. Für den Augenblick, in seliger Unwissenheit, nickte Meyer bloß und sagte: »Ja, fahren Sie fort. Ich höre.« Und in der Tat lauschte er Bones' Erzählung voller Aufmerksamkeit und machte sich getreulich Notizen, um später nur um so besser den Beweis führen zu können, daß sich Augenzeugenberichte nicht nur in japanischen Filmen als fragwürdig erwiesen.

Die Veranstaltung, bei der sie gespielt hatten, war nach Angaben von Bones eine Hochzeit gewesen. Zwei Familien der Gesellschaft, nur an die Namen konnte er sich nicht mehr erinnern. Aber der Bräutigam hatte gerade sein Medizinstudium abgeschlossen, Dr. Soundso – einen Moment, der Name würde ihm gleich wieder einfallen –, Dr. Coolidge, nicht wahr? Er war sicher, daß es sich bei dem Bräutigam um einen jungen Arzt gehandelt hatte. Es waren auch viele Ärzte unter den Hochzeitsgästen gewesen. Cooper, das war der Name. Dr. Harvey Cooper! Alle Gäste in Smoking und Abendkleid, eine richtig elegante Geschichte mit gutaussehenden Männern und schönen Frauen. Besonders eine Blondine, die sich den ganzen Abend lang in der Nähe des Podiums herumgedrückt und Santo nicht aus den Augen gelassen hatte. Nach Bones war die Blonde – die in Barragans Schilderung nicht einmal am Rand aufgetaucht war – eine jener großen, attraktiven, vollbusigen, langbeinigen Frauen gewesen, die er immer mit Kalifornien in Verbindung brachte. Mann, die Frauen dort unten konnten einen Mann glatt um den Verstand bringen, besonders wenn dieser Mann Musiker war, wie es bei Bones der Fall war. Er konnte sich da an eine Sache erinnern, das war nach der Auflösung der Chadderton-Band gewesen, als er, Bones, sich von der mexikanischen Grenze an die pazifische Küste entlanggetingelt hatte …

Meyer versicherte, es sei ihm natürlich unangenehm zu unterbrechen, aber er wolle noch zu einer vertretbaren Tageszeit in die Stadt zurück und Bones auch nicht von seinem Fernsehprogramm abhalten, das offenbar …

»Nein, das ist kein Problem«, fiel ihm Bones ins Wort. »Die bringen sowieso bloß immer diese blöden Kriminalgeschichten.« Und dann fuhr er fort, sein Abenteuer mit dieser Frau zu erzählen, die er in Pasadena getroffen hatte, so ein mächtiges, tennisspielendes, kalifornisches Vollweib, lange Beine, Riesentitten, perlenweiße Zähne. In seinem Motelzimmer hatte er ihr ein paar kleine Tricks gezeigt, daß ihr die Augen übergegangen waren.

»Das ist ja gut und schön«, bemerkte Meyer, »aber wegen Santo …«

»Ich will ja nur sagen«, meinte Bones unbeirrt, »daß es einen bestimmten Typ gibt, den man als kalifornische Frau bezeichnen kann, verstehen Sie?«

»Ich verstehe«, nickte Meyer.

»Eine ganze besondere Sorte Frau, kapieren Sie?«

»Ich kapiere«, versetzte Meyer. »Sie sagten, diese Frau, die sich an jenem Abend immer in der Nähe des Podiums aufhielt, sei ein kalifornischer Typ gewesen, das habe ich begriffen. Blond und groß und …«

»Große Titten.«

»Ja, und langbeinig.«

»Stimmt. Und blendend weiße Zähne. Eben kalifornisch, Mann. Das war sie genau, ein kalifornischer Typ. Können Sie sich das vorstellen?«

»Ja, das kann ich«, bestätigte Meyer geduldig. »Und was war nun mit dieser Frau? An den Namen erinnern Sie sich wohl nicht mehr?«

»Sie hieß Margaret Henderson und war mit einem gewissen Thomas Henderson verheiratet, der den Tanzabend draußen in dem Tennisklub organisiert hatte, wo Margaret Gewinnerin des Dameneinzels geworden war.«

»Das war in Pasadena, meinen Sie.«

»Ja. Margaret Henderson. Eine tolle, große Blondine mit phantastischen Beinen und den knackigsten Titten …«

»Ich meinte aber die andere im *Shalimar*.«

»Nein, die von der waren nicht so groß wie Margarets. Hübsch, verstehen Sie, rund und voll – aber nicht wie Margarets.«

»Ich meinte ihren Namen«, erklärte Meyer.

»Oh. Nein, den Namen von der anderen kenne ich nicht. Es war ja Santo, der sich die ganze Zeit mit ihr beschäftigt hat.«

Bones fuhr fort zu berichten, daß Santos Beschäftigung mit der geheimnisvollen, namenlosen Blondine darin bestanden hatte, sehr eng mit ihr zu tanzen, während die Ersatzkapelle (Bones schien der Meinung zu sein, daß die *andere* Band die Ersatzkapelle gewesen war, wohingegen Barragan das genaue Gegenteil glaubte) diese langsamen Melodien spielte, bei denen man glatt einschlafen kann. Santo schlief indessen keineswegs ein, nicht mit dieser tollen, ganz in Weiß gekleideten Frau vom kalifornischen Typ im Arm, deren sonnengebräunte Tennisspielerinnenbeine aus den Seitenschlitzen ihres Kleides hervorgeschaut hatten, während ihr die langen blonden Haare auf die nackten Schultern gefallen waren. Dabei hätte sie Santo mit ihren weißen Zähnen die ganze Zeit angestrahlt, diese süße kalifornische Lady, mmmh, süß.

»Sie hatte ihn von der ersten Minute an in ihrem Bann«, schilderte Bones.

»Wie meinen Sie das?« wollte Meyer wissen.

»Er bewegte sich wie hypnotisiert mit ihr auf der Tanzfläche.«

»Aha«, sagte Meyer und schaute von seinem Notizbuch hoch. »Hat er den Ballsaal irgendwann mit ihr verlassen? Wo fand das Ganze übrigens statt?«

»Im Hotel *Shalimar*, das habe ich Ihnen doch schon gesagt.«

»Ja, ich weiß. Aber in einem bestimmten Ballsaal?«

»Dem *Moonglow*-Ballsaal.«

»Ist er auch einmal mit ihr hinausgegangen? Haben Sie gesehen, daß er mit ihr hinausging?«

»Einmal. Nein, lassen Sie mich das korrigieren, Mann. Ich habe nicht gesehen, wie er mit ihr hinausging. Aber ich habe ihn draußen mit ihr gesehen.«

»Wo draußen?«

»Im Treppenhaus. Ich ging gerade zur Toilette, und da sah ich Santo und die Blonde die Treppe heraufkommen.«

»Von wo?«

»Vom unteren Stockwerk vermutlich.« Bones zuckte die Achseln.

»Als Sie sagten, er sei wie hypnotisiert gewesen ...«

»Das war nur so eine Redensart.«

»Sie wollten damit nicht andeuten ...«

»Rauschgift?« fragte Bones.

»Rauschgift. Ja.«

»Ich glaube nicht, daß Santo irgend etwas nahm.«

»Nicht einmal ein bißchen Hasch ab und zu?«

»Nein«, sagte Bones. »Das glaube ich nicht. Nicht Santo. Nein, ganz entschieden nicht. Dazu liebte er seinen Körper zu sehr. Immer wenn wir eine Probe hatten – wir probten damals im Souterrain der First Episcopal in Diamondback – verschwand Santo in die Damentoilette und ...«

»In die Damentoilette?«

»Ja. Weil es dort einen großen Spiegel gab. In der Herrentoilette gab es natürlich auch Spiegel, aber nur kleine über den Waschbecken. Und Santo wollte seinen fabelhaften Körper in voller Schönheit sehen, verstehen Sie?«

»Ja. Hmmm. Ich verstehe.« Meyer nickte. »Er ging also in die Damentoilette.«

»Nun ja, es bestand schließlich keine Gefahr, daß ihn dort jemand überraschte. Ich meine, wir waren bei den Proben allein da unten. Es war das Kellergeschoß der Kirche, wie ich schon sagte.«

»Ja ja. War Santo Sportler? Stemmte er Gewichte oder so etwas?«

»Wie haben Sie das erraten? Einen Augenblick mal, Sie haben selber Gewichte gestemmt, nicht wahr?«

»Früher einmal«, bestätigte Meyer.

»Gingen Sie auch in die Damentoilette, um sich zu bewundern?«

»Nein, nicht in die Damentoilette.«

»Sie sehen sehr gut aus für einen Mann Ihres Alters«, meinte Bones. »Wie alt sind Sie übrigens?«

Meyer war nicht sonderlich erpicht darauf, Bones sein wahres Alter zu verraten, weil er dann noch eine Erklärung hätte hinzufügen müssen, daß die äußerliche Erscheinung kahlköpfiger Männer zuweilen ihre wahre Jugendlichkeit Lügen straft und sie oft langweilig und bieder wirken läßt, obwohl in ihren Herzen noch Feuer brennt – und dann fiel ihm ein, daß er seinen Professor-Higgins-Hut nicht abgenommen hatte. Der Hut saß noch immer auf Meyers Kopf, verbarg seine Kahlheit und gab ihm zu der Überlegung Anlaß, was sonst an ihm einen zufälligen Beobachter dazu gebracht haben mochte, von ihm als von ›einem Mann Ihres Alters‹ zu sprechen.

Er beschloß, Bones' Frage zu ignorieren und auch jeder weiteren Diskussion über jene Tage auszuweichen, als er noch ein Junge gewesen war, der in seinem Schlafzimmer Gewichte gestemmt hatte. Statt dessen, und nur weil jetzt, offenbar langbeinig, vollbusig und kalifornisch knackig-frisch eine *femme fatale* auf der Bildfläche erschienen war und Santo augenblicklich in ihren Bann gezogen zu haben schien, stellte Meyer die Frage, die – richtig beantwortet – zumindest den Vorhang über dem Drama in drei Akten, bekannt als ›Santos Verschwinden‹ (umzubenennen in *Rashomon*, sobald Meyer seine Aufzeichnungen mit Carella verglich) hätte heben können. Und die Frage lautete:

»Sagen Sie mir, Mr. Bones, ist es möglich, daß Santo das Hotel mit dieser Frau verlassen hat? Nach dem Engagement, meine ich? Ist es möglich, daß er einfach mit ihr abgezogen ist?«

Alles war natürlich möglich, aber diese Frage – so betrachtet – war schlicht absurd. Falls Bones gesehen hatte, daß Santo das Hotel mit der geheimnisvollen Blonden verlassen hatte (die noch viel mysteriöser werden würde, wenn Carella erst enthüllte, daß sie von Barragan nicht einmal erwähnt worden war), falls Bones in der Tat auch nur den leisesten Verdacht gehabt hatte, daß Santo und die Blonde zusammen in die Nacht verschwunden waren, unter demselben Regenschirm vielleicht, warum hätte er diesen Umstand dann dem verstorbenen George C. Chadderton gegenüber nicht erwähnen sollen? Und hätte dann dieser noble Gentleman (ein Ekel nach Behauptung von Bones und Barragan) seine Suche nicht nur auf weibliche Wesen vom kalifornischen Typ, langbeinig und vollbusig, beschränkt? Natürlich. Trotz dieser Überzeugung wartete Meyer jedoch atemlos auf Bones' Antwort.

»Ja«, versetzte Bones. »Ich denke, genau das ist passiert.«

»Würden Sie das näher erklären?« drängte Meyer.

»Ich denke, er ist mit ihr abgehauen.«

»Und dann was?«

»Das weiß ich doch nicht«, antwortete Bones.

»Wann haben Sie ihn zum letztenmal gesehen?« wollte Meyer wissen.

»Während unserer Schlußnummer.«

»Und dann was?«

»Er ging mit Vinnie den Flur entlang.«

»Vinnie?«

»Vinnie Barragan.«

»Den Flur entlang ...«

»Zur Herrentoilette«, ergänzte Bones.

»Dann was?«

»Georgie und ich packten zusammen und gingen hinunter, um auf die beiden zu warten.«

»Wo warteten Sie?«

»Unter dem Baldachin unten. Dem Hotel-Baldachin.«

»Ja. Reden Sie weiter.«

»Wir sahen Vinnie aus dem Fahrstuhl kommen und rannten zum Wagen los. Zwei Minuten später hatte auch Vinnie den VW-Bus erreicht, aber es war kein Santo bei ihm. Also gingen wir noch einmal ins Hotel zurück, um nach ihm zu suchen. Er war jedoch verschwunden.«

»Und Sie glauben, er ist mit der Blonden abgezogen?«

» Hätten Sie das an seiner Stelle nicht auch getan?«

»Nun ja«, Meyer ließ die Worte in der Luft hängen. Er wußte offen gestanden nicht, was er getan hätte, wenn eine schöne Blondine in einem verführerischen weißen Kleid ihn zu umgarnen versucht hätte. Dafür wußte er jedoch sehr genau, wie die Reaktion seiner Frau Sarah gewesen wäre, hätte sie ihn im Hotel *Shalimar* oder irgendeinem anderen Hotel in Tuchfühlung mit einer derartigen Blondine ertappt. Innerhalb von Minuten wären die Polizisten von Midtown North damit beschäftigt gewesen, den merkwürdigen, verblüffenden Tod eines kahlköpfigen Detectives zu untersuchen, dessen Schädel mit einem Nachtgeschirr eingeschlagen worden war. »Haben Sie das gegenüber George erwähnt?« wollte er wissen. »Daß sein Bruder mit der Blondine abgezogen sein könnte?«

»Nein«, versetzte Bones.

»Warum nicht?«

»Der hätte mir doch mal den Buckel runterrutschen können«, sagte Bones und gab damit klar zu verstehen, wie er über den verstorbenen George C. Chadderton gedacht hatte.

»Diese Blonde«, blieb Meyer weiter beim Thema, »können Sie mir die Frau noch ein bißchen näher beschreiben?«

»Super«, meinte Bones.

»Wie groß wird sie gewesen sein?«

»Mindestens einsfünfundsiebzig«, antwortete Bones.

»Wie alt war sie?«

»Anfangs hätte ich sie auf Mitte Zwanzig geschätzt. Aber ich glaube, sie muß älter gewesen sein. Anfang Dreißig, möchte ich sagen.«

»Wie kommen Sie darauf?«

»Man kann das danach beurteilen, wie eine Frau sich gibt, verstehen Sie? Diese war älter. Vielleicht dreißig, vielleicht sogar noch ein bißchen mehr. Gepflegt, verstehen Sie, alle diese kalifornischen Typen sind so gut konserviert, daß man sie noch für zwanzig halten kann, wenn sie schon fünfzig sind.«

»Aber diese Frau sah wie Mitte Zwanzig aus. Stimmt das?«

»Nein, sie benahm sich so.«

»Ich verstehe nicht«, sagte Meyer verwirrt. »Sah sie nun wie dreißig aus oder ...«

»Wie soll ich denn wissen, wie sie aussah, Mann?«

Meyer blinzelte. »Wie meinen Sie das?« fragte er.

»Sie trug eine Maske«, erklärte Bones.

»Eine Maske?« wiederholte Meyer und blinzelte erneut. »Bei einer Hochzeit?«

»Oh«, sagte Bones. »Ja.« Er blinzelte auch. »Vielleicht habe ich da irgendwas durcheinandergebracht, wie?«

Als Meyer und Carella an diesem Abend um halb neun miteinander telefonierten, stimmten sie darin überein, daß jemand – entweder Barragan oder Bones – etwas mächtig durcheinandergebracht haben mußte. Meyer hielt Bones für den Mann mit dem fehlerhaften Gedächtnis, und Carella pflichtete ihm dahingehend bei, daß es sich bei der verführerischen Blondine womöglich um ein Phantasiegeschöpf des Musikers handelte, da Vicente Manuel Barragan sie überhaupt nicht bemerkt zu haben schien, obwohl er sonst über ein ungewöhnlich gutes Erinnerungsvermögen verfügte und sogar noch Dialogstücke jenes Abends vor sieben Jahren wiederzugeben vermochte, wie Bones' Bemerkung, das verdammte Hotel schiene die ganze Chadderton-Sippe zu schlucken. Es kam Carella weiterhin merkwürdig vor, daß Bones' tennisspielende Dame aus Pasadena offenbar eine genaue Kopie jener Blondine war, die Santo zuerst auf die Tanzfläche gelockt hatte, wo sie Wange an Wange zu den Klängen des Harvey-Cooper-Orchesters getanzt hatten (verblüffend auch, daß Cooper in Barragans Schilderung ein Bandleader, in Bones' Geschichte jedoch der Bräutigam gewesen war) und später zusammen hinaus in die Nacht verschwunden waren, um seiner pubertären Leidenschaft sowie ihrer bevorstehenden Torschlußpanik Genüge zu tun und anschließend für immer von der Erdoberfläche zu verschwinden. In Barragans Bericht hatte die Kapelle zu einem Kostümfest aufgespielt, was wahrscheinlicher klang als die Hochzeit, die Bones im Gedächtnis hatte, zumal die Blonde – falls sie überhaupt existierte – plötzlich eine Maske getragen hatte, als Bones weiter über sie nachdachte. Barragan schien sicher zu sein, daß es sich um eine Wohltätigkeitsveranstaltung zugunsten multipler Sklerose oder Muskeldistrophie-

Erkrankter gehandelt hatte. Bestand darin vielleicht der vage Zusammenhang, daß bei Bones Harvey Cooper nicht nur der Bräutigam, sondern auch ein frischgebackener Mediziner gewesen war? Und hatte das Ganze nun im *Stardust*- oder im *Moonglow*-Ballsaal stattgefunden? Oder weder noch? Oder sowohl als auch?

»Ich denke, wir werden damit morgen noch ein hübsches Stück Arbeit bekommen«, bemerkte Carella weise. »Inzwischen erwarten sie mich aber am Tisch zurück.«

»Wer sind ›sie‹?« wollte Meyer wissen.

»Teddy. Und Bert mit seiner Frau.«

»Manche Leute können in gepflegten Restaurants essen«, stellte Meyer fest, »während andere sich mit Gefängniskost begnügen müssen.«

»Wir reden morgen weiter«, sagte Carella.

»Ja, gute Nacht«, versetzte Meyer.

»Gute Nacht«, erwiderte Carella.

Als er nachts mit Teddy im Bett lag und sie in der Dunkelheit umschlungen hielt, während der Regen gegen die Fensterscheiben schlug, merkte Carella plötzlich, daß sie nicht schlief. Er richtete sich auf, knipste die Nachttischlampe an und musterte sie verblüfft.

»Teddy?« sagte er.

Sie hatte ihm den Rücken zugewandt, so daß sie seine Lippen nicht sehen konnte. Er berührte ihre Schulter, und sie drehte sich zu ihm um. Zu seiner Überraschung entdeckte er in ihren Augen Tränen.

»He«, sagte er, »he, Liebling, was ...?«

Sie schüttelte den Kopf und wandte sich wieder von ihm ab, wobei sie den Kopf in ihrem Kissen vergrub und ihn ausschloß. Wenn sie ihn nicht sah, konnte sie ihn nicht verstehen. Ihre Augen waren zugleich ihre Ohren. Ihre Hand und ihr Gesicht ersetzten ihre Stimme. Sie schluchzte in das Kissen hinein, und er legte die Hand erneut behutsam auf ihre Schulter. Sie schniefte noch einmal und drehte ihm dann ihr Gesicht zu.

»Willst du mit mir reden?« erkundigte er sich.

Sie nickte.

»Was ist los?«

Sie schüttelte den Kopf.

»Habe ich irgend etwas gemacht?«

Sie schüttelte wieder den Kopf.

»Was ist es?«

Sie setzte sich auf, nahm ein Kleenex-Tuch aus der Schachtel auf dem Nachttisch, putzte sich die Nase und schob das Tuch dann unter das Kopfkissen. Carella wartete. Schließlich begannen ihre Hände zu sprechen. Er verfolgte ihre Bewegungen. Er verstand ihre Sprache, hatte sie im Lauf der Jahre gut gelernt, konnte sie schon recht flüssig mit seinen eigenen Händen sprechen. Während Teddy zu ihm sprach, begannen ihr die Tränen wieder über das Gesicht zu rollen. Dann machte sie nur noch eine unsichere Geste und ließ die Hände sinken. Sie schluchzte auf und griff nach dem zerdrückten Kleenex-Tuch unter ihrem Kopfkissen.

»Du irrst dich«, sagte er.

Sie schüttelte den Kopf.

»Ich sage dir, daß du dich irrst.«

Sie schüttelte ihren Kopf erneut.

»Liebling, sie hat dich sehr gern.«

Teddys Hände begannen sich wieder zu bewegen. Diesmal ließen sie einen ganzen Wasserfall von Worten und Sätzen über ihn herniedergehen und sprachen so schnell, daß er sie bitten mußte, etwas langsamer zu werden. Aber selbst dann noch mußte er sich anstrengen, ihr zu folgen. Er hielt ihre beiden Hände mit den seinen fest und sagte: »Nun hör mal, Schatz, wenn ich dich verstehen soll ...« Sie nickte und schniefte und begann dann langsamer fortzufahren. Ihre langen, schmalen Finger bewegten sich geschmeidig, ihre dunklen Augen glänzten von Tränen, als sie ihm mitteilte, sie sei sicher, daß Augusta Kling sie nicht leiden könne. Augusta hätte am heutigen Abend Dinge gesagt und getan ...

»Was für Dinge?«

Teddys Hände bewegten sich erneut. *Der Wein*, sagte sie.

»Der Wein? Was war mit dem Wein?«

*Als sie den Toast ausgebracht hat.*

»Ich erinnere mich an keinen Toast.«

*Sie hat aber getoastet.*

»Worauf?«

*Auf dich und Bert.*

»Auf den Fall, meinst du. Auf die Lösung des Falles.«

*Nein, auf dich und Bert.*

»Liebling ...«

*Und mich hat sie dabei ausgelassen. Sie hat nur auf dich und Bert getrunken.*

»Aber warum sollte sie denn so etwas tun? Sie ist eine der reizendsten Frauen, die ...«

Teddy brach erneut in Tränen aus.

Er legte seine Arme um sie und drückte sie an sich. Der Regen trommelte beständig gegen die Fensterscheiben. »Liebling«, sagte er. Sie sah ihm ins Gesicht, studierte seinen Mund und verfolgte die Worte, die seine Lippen formten. »Liebling, Augusta hat dich sehr gern.« Teddy schüttelte den Kopf. »Liebling, sie hat es aber ausdrücklich gesagt. Erinnerst du dich, als du die Geschichte von den Kindern erzählt hast ... wie April bei dem Picknick in den See fiel und Mark ihr nachsprang, um sie zu retten, obwohl das Wasser nur einen halben Meter tief war? Erinnerst du dich ...?«

Teddy nickte.

»Und anschließend bist du kurz hinausgegangen. Weißt du das auch noch?«

Sie nickte wieder.

»Und in der Minute, als du draußen warst, hat mir Augusta gesagt, wie phantastisch sie dich fände.«

Teddy sah ihn an.

»Genau das hat sie gesagt. Sie sagte, mein Gott, Teddy ist phantastisch. Ich wünschte, ich könnte eine Geschichte so wie sie erzählen.«

Die Tränen begannen wieder zu fließen.

Sie sah ihm mit trübem Blick in die Augen. Ihre Hände begannen sich zu bewegen.

*Weil ich taubstumm bin*, sagte sie.

»Du bist die wundervollste Frau der Welt«, erwiderte er, küßte sie und drückte sie erneut an sich. Und dann küßte er ihr die Tränen vom Gesicht und aus den Augen und versicherte ihr wieder, wie sehr er sie liebe, und wiederholte, was er ihr an jenem Tag vor vielen Jahren gesagt hatte, als er sie zum zwölften Male gebeten hatte, ihn zu heiraten, und es ihm schließlich gelungen war, sie zu überzeugen, daß sie so viel mehr war als andere Frauen, obwohl sie sich bis zu jenem Augenblick immer für geringer gehalten hatte. Jetzt sagte er ihr erneut: »Mein Gott, ich liebe dich, Teddy. Ich liebe dich unendlich.« Und dann liebten sie sich so leidenschaftlich, wie sie es getan hatten, als sie noch sehr viel jünger gewesen waren.

# 7. KAPITEL

Er wußte, daß sie auf der Insel war. Er hatte gehört, wie das Boot vor mehr als einer Stunde angelegt hatte. Aber sie war nicht gekommen, um nach ihm zu sehen, und das wunderte ihn. Er überlegte, ob er sie mit etwas verärgert hatte. Sie war Freitagabend, kurz nachdem sie ihn abgefüttert hatte, zum Festland hinübergefahren. Seitdem hatte er nichts mehr zu essen gehabt. Die Uhr an der Wand – eine Neuerwerbung, um die er sehr hatte bitten müssen – zeigte einundzwanzig Uhr fünfzehn. Er hatte heute kein Frühstück bekommen, keine Mittagsmahlzeit, und womöglich würde sie nun auch noch sein Abendessen vergessen. Manchmal verfluchte er die Uhr. Ohne sie hatte er sich in einem beinahe angenehmen Zustand von Desorientierung befunden. Minuten wurden zu Stunden, zu Tagen, Wochen und Monaten. Und Jahren. Er hatte auf die Uhr geschaut, als er vergangenen Abend das Boot gehört hatte – zwanzig Uhr dreißig, was bedeutete, daß sie gegen einundzwanzig Uhr das Festland erreicht haben mußte. So lange dauerte die Überfahrt. Eine halbe Stunde. Wenn man dann noch etwa zwei Stunden bis in die Stadt hinzurechnete, war sie vermutlich kurz vor elf in Isola gewesen.

Er fragte sich, wo sie in der Stadt hinging, was sie außerhalb dieses Raums und entfernt von der Insel trieb. Er hatte sie nur einmal in der Stadt gesehen, an jenem Abend, als sie sich kennengelernt hatten, und das lag schon sieben Jahre zurück. Sie hatte ihn einen Kalender führen lassen, bevor sie ihm die Wanduhr bewilligt hatte. Er hatte sich bemüht, die Tage zu zählen, aber es gab kein Fenster in dem Raum, so daß er nie wußte, wann die Sonne aufging oder sich senkte. Im ersten Jahr hatte er sich um einen ganzen Monat verschätzt. Er war der Meinung gewesen, es sei Ostern. Bei seinen Bemühungen, den Zeitablauf ohne Uhr zu verfolgen, die Tage nach Gutdünken abzuhaken, hatte er gedacht, daß bereits Ostern sei. Sie hatte gelacht und ihm mitgeteilt, es sei erst der zwölfte Februar. Er befände sich erst seit fünf Monaten bei ihr. Bekäme er sie etwa so schnell satt?

Der Raum – sein Käfig, wie er ihn nannte – war etwa vier Meter fünfzig breit und sechs Meter lang. Er hatte ihn abgeschritten, als sie ihn zum erstenmal hier drin eingesperrt hatte. Damals war er erst eine Woche auf der Insel gewesen und hatte ihr gesagt, daß er zum Festland zurückfahren wolle. Natürlich, hatte sie erwidert, sie müsse nur noch schnell ein Telefongespräch führen. Er könnte sich ja solange einen Drink mixen und auf sie warten. Damals vertraute er ihr noch. Es war nach einer Woche verrückter Bumserei durch das ganze Haus gewesen – ihr Schlafzimmer, den Wohnzimmerfußboden, die Küche – ihr nackter Hintern auf der Anrichte, die Beine um ihn geschlungen –, das Spielzimmer und diesen Raum, der als Gästezimmer gedient hatte, bevor er sein Käfig geworden war und der – das hatte sie ihm erzählt – das Behandlungszimmer eines Psychiaters gewesen war, bevor sie das Haus kaufte. Das erklärte die doppelten Türen.

Die Türen waren massiv, aus stabiler Eiche gezimmert. Eine, mit dem Griff an der linken Seite, öffnete sich in den Raum hinein, die andere, mit dem Griff auf der Rechten, ging nach außen auf. Wenn man sich in dem Raum befand und die erste Tür öffnete, sah man sich – peng – der zweiten Tür gegenüber. Das war dafür gedacht gewesen, die Privatsphäre zu wahren. Als der Psychiater noch der Hausbesitzer gewesen war, hatte er verhindern wollen, daß der Lärm seiner verrückten Patienten hinausdrang, die ihm sechzig Dollar dafür gezahlt hatten, auf seiner Couch liegen zu dürfen. Dicke Doppeltüren. Mit Spezialscharnieren, so daß man sie nicht ausheben konnte, und besonderen Sperrvorrichtungen. Es gab in keiner Wand Fenster, weil der Raum früher zu dem riesigen Heizungskeller gehört hatte, bevor der Psychiater den Ofen mit Wänden abgetrennt und den verbleibenden Raum durch eine weitere Wand in zwei gleiche Hälften geteilt hatte – das Spielzimmer gleich nebenan, in dem Santo sie in der ersten Woche auf dem Billardtisch gebumst hatte, und dieser Raum hier, sein Käfig, den der Psychiater einst als Ordination benützt hatte und der jetzt ein richtiges Gästezimmer war mit einer eingebauten Schrankwand gegenüber dem großen Doppelbett, einer Couch, Bildern an den Wänden sowie einem kleinen Bad mit Waschbecken, Toilette und Wanne.

»Natürlich«, hatte sie zu ihm gesagt, »mach dir einen Drink und warte auf mich. Ich will bloß noch diese Telefonate erledigen. Dann springen wir schnell ins Boot, und ich bringe dich zum Festland zurück. Okay, Schatz?« Natürlich, Schatz. Er war an die Bar gegangen, die zur Schrankwand gehörte, hatte sich einen Scotch mit Soda gemacht und sich dann auf der Couch niedergelassen, um Stereomusik zu hören. Das war vor sieben Jahren gewesen, und die Schallplattensammlung hatte damals schon Patina angesetzt gehabt. Die meisten Schlager stammten aus einer Zeit, die lange zurücklag. Während der vergangenen sieben Jahre hatte sie ihnen keine neuen hinzugefügt. Er hörte sich immer wieder dieselben Melodien an. Inzwischen waren die Platten zerkratzt und abgenützt, so zerkratzt und abgenützt wie er selber. Sieben Jahre, sieben Jahre in diesem Raum. An jenem Abend allerdings, nachdem sie zusammen eine herrliche Septemberwoche auf der Insel verbracht hatten, Mann, war er da beeindruckt gewesen! Eine Frau mit einer eigenen kleinen Privatinsel hinter Sands Spit, die gar nicht genug von ihm bekommen konnte! Sie sei achtundzwanzig, hatte sie ihm gesagt, aber er hatte im Wohnzimmer ein Foto von ihrer Collegeabschlußfeier entdeckt mit einem Datum hinten drauf, und seiner Schätzung nach machte man seinen Collegeabschluß wohl selten früher als mit zweiundzwanzig, nicht wahr? Vielleicht, wenn sie besonders intelligent war, hatte sie es schon mit zwanzig geschafft. Diese Möglichkeit wollte er ihr einräumen. Aber selbst dann mußte sie nach dem Datum auf dem Foto schon zweiunddreißig gewesen sein, nicht achtundzwanzig, wie sie behauptet hatte. Und das hieß, daß sie inzwischen neununddreißig war, fast eine alte Frau.

Wo blieb sein Abendessen? Würde sie ihm heute abend kein Essen bringen? Wollte sie ihn etwa wieder aushungern, wie sie es zwei Wochen lang getan hatte, als ihm damals beinahe die Flucht gelungen war? Er hätte es auch geschafft, wenn dieser Hund nicht gewesen wäre. Sie wußte, daß er sich vor Hunden ängstigte. Er hatte es ihr in einer schwachen Stunde während dieser ersten kurzen Woche selber erzählt. Angst vor Hunden, verstehst du, was ich meine? Als ich acht Jahre alt war, hat mich oben auf dem Dach mal ein Hund gebissen. So ein verdammter Foxterrier. Ein Junge hatte ihn mit heraufgebracht, damit er sein Geschäft erledigt, und dieser Köter ging auf mich los und biß mir ein Stück Fleisch aus der Wade. Ich mußte eine Spritze gegen Tollwut bekommen. Hast du schon mal so eine Spritze gekriegt? Gott, tat das weh! Seitdem habe ich Angst vor Hunden. Ich mache mir in die Hosen, wenn mir so ein Vieh bloß zu nahe kommt. Er war schon über der Mauer und draußen gewesen, als sie den Hund losgelassen hatte – einen großen deutschen Schäferhund, der ihm mit hochgezogenen Lefzen hinterhergehetzt war und ihn umgerissen hatte, so daß er in dem hohen Schilf liegend gezwungen gewesen war, den mächtigen Kopf des Hundes festzuhalten, um sich vor den kräftigen Zähnen zu schützen. Über das Rauschen der Brandung hinweg hatte er ihre Stimme gehört: »Nein, Clarence, nein!« Ein verrückter Name für einen bissigen Schäferhund: Clarence! Dann hatte sie den Hund an die Leine genommen und Santo befohlen, wie ein lieber, kleiner Junge ins Haus zurückzugehen. Weil die Schlösser an beiden Türen aufgebrochen gewesen waren, hatte sie ihn über Nacht im Bad eingesperrt und den Hund vor der Tür aufpassen lassen. Die ganze Nacht hatte er das Knurren der Bestie gehört. Die folgenden beiden Wochen ließ sie Santo hungern, als Strafe für den Fluchtversuch. Und als sie ihm schließlich wieder Essen brachte, war den Lebensmitteln etwas beigemischt, das ihn völlig umhaute. Er wußte nicht, wie lange er ohne Besinnung gewesen war, aber als er wieder aufwachte, waren neue Schlösser an den Türen. Einbruchssichere, die nicht einmal ein Profi hätte knacken können. Und von dem Zeitpunkt an befand sich der Hund ständig vor der Doppeltür auf dem Flur.

Aber das war später gewesen, das war – er verlor allmählich jedes Zeitgefühl. Als er zum erstenmal hier drin eingesperrt worden war, ach ja, da hatte er Schallplatten gehört, seinen Scotch getrunken, die Musik genossen und daran gedacht, daß er bald wieder in der Stadt bei Georgie und den Jungens sein und zusammen mit ihnen neue Engagements haben würde. Und dann war ihm plötzlich bewußt geworden, daß über eine halbe Stunde vergangen war. Diese Frauen! Wenn sie erst einen Telefonhörer in der Hand hielten, konnten sie keinen Schluß finden. Lächelnd stand er auf, ging zur Tür und drehte den Griff, noch ganz arglos, bevor er feststellte, daß abgeschlossen war. Sie hatte ihn eingesperrt. Er begann nach ihr zu rufen, sie solle ihn herauslassen, aber selbst wenn sie ihn hörte, so reagierte sie nicht. Wahrscheinlich konnte sie ihn durch die dicken Doppeltüren aber gar nicht hören. Sie ließ sich erst am folgenden Morgen wieder sehen, um ihm Frühstück zu bringen. Als sie hereinkam, hatte sie eine Pistole bei sich. Er wußte nicht, ob sie die Waffe schon die ganze Zeit im Haus gehabt hatte oder ob sie inzwischen mit dem Boot weggewesen war, um sie zu besorgen. Er verstand nichts von Waffen und konnte ein Kaliber nicht von dem anderen unterscheiden. Diese Kanone sah aber nicht so aus, wie ein hübsches, kleines Spielzeug, das eine Dame in der Handtasche bei sich trug, eher wie ein Elefantentöter, der einem Mann den ganzen Kopf wegblasen konnte. Sie befahl ihm, von der Tür wegzutreten, und er versetzte: »He, was soll das?« Sie richtete aber bloß den Lauf auf ihn und wiederholte: »Zurück.« Dann stellte sie das Frühstückstablett auf den Boden und sagte: »Da ist dein Frühstück. Iß jetzt«, ging wieder hinaus und schloß hinter sich ab.

Dieses Frühstück war die erste Mahlzeit, in die sie etwas hineingetan hatte. Er trank den Orangensaft, aß die Cornflakes und goß sich danach den Kaffee ein, wußte aber nicht zu sagen, was von dem Zeug präpariert gewesen war. Irgend etwas mußte aber drin gewesen sein, denn gleich anschließend hatte er das Bewußtsein verloren. Als er wieder zu sich kam – er wußte nicht, wie viele Stunden später – lag er splitternackt auf dem Bett. Alle seine Kleidungsstücke waren verschwunden, auch seine Armbanduhr. Seine Handgelenke waren auf dem Rücken gefesselt und die Füße an den Knöcheln zusammengebunden. Er begann wieder nach ihr zu rufen, ohne zu wissen, ob sie ihn hören konnte. In ihrer zweiten gemeinsamen Nacht hatte sie ihm erzählt, daß der Psychiater die Doppeltüren extra zu dem Zweck hatte einbauen lassen, damit kein Geräusch nach außen drang. Jedenfalls begriff er langsam, daß sie nur bei ihm erschien, wenn sie wollte. Es war sinnlos, zu rufen und zu schreien, und es war zwecklos, etwas anderes zu tun, als auf einen Ausweg zu sinnen.

Er wußte, wie es auf der Insel aussah. Sie hatte ihn in jener ersten Woche überall herumgeführt, als er noch ihr Gast gewesen war, nicht ihr Gefangener, und er sie im Boot gebumst hatte und am Strand, in dem kleinen Pinienwald, der sich am Südrand der Insel hinzog, Tag und Nacht hatten sie es miteinander getrieben, eine Frau wie sie war ihm noch nie begegnet. Das hatte er ihr auch gesagt. Aber allmählich zog es ihn wieder in die Stadt zurück. Er vermißte die Geschäftigkeit ... »Bist du meiner schon überdrüssig?« fragte sie. »Nein, nein, ich möchte nur wieder mal die Straßen entlanggehen, verstehst du, das brodelnde Leben spüren. Ich bin nun mal ein Großstädter, Baby, in der City geboren und aufgewachsen. Meine Mutter stammt aus Venezuela und mein Vater aus Trinidad. Ihn habe ich seit meinem dritten Lebensjahr nicht mehr gesehen, als er mit einem Serviermädchen aus Diamondback durchbrannte. Aber ich und mein Bruder Georgie sind hundertprozentige Amerikaner. Waschechte Yankee-Doodle-Dandy-Boys, Yessir!« hatte er ihr lachend erklärt.

»Bleib nur noch einen Tag«, bat sie.

In jener ersten Woche erzählte sie ihm, ihr Daddy hätte ihr die Insel zu ihrem sechzehnten Geburtstag gekauft. Als Geschenk. Du bist das einzige sechzehnjährige Mädchen, das eine eigene Insel besitzt, hatte Daddy zu ihr gesagt. Santo stellte sich diesen Daddy als so einen widerlichen, reichen Knilch vor mit weißen Hosen, einem zweireihigen dunkelblauen Blazer und einer weißen Schirmmütze auf dem Kopf. Hier, mein Liebling, hier hast du deine Privatinsel, während überall in der Welt Menschen die Mülltonnen nach Abfällen durchwühlten. Als sie sich verheiratete, hatte er ihr dazu noch ein Haus gebaut. Du brauchst ein stilles Plätzchen, hatte er zu seiner Tochter gesagt, wohin du dich zurückziehen kannst. Ein Refugium nur eine halbe Stunde vom Festland entfernt. Nur war es gar nicht so klein, sondern besaß allein vier Schlafräume, gar nicht zu reden von dem Spielzimmer und dem Gästezimmer, das dem Psychiater …

Dabei hatte er sie zum erstenmal beim Lügen ertappt. Es war während der ersten Woche gewesen, bevor er ihr Gefangener geworden war und sie noch Tag und Nacht herumgebumst und sich ewige Liebe geschworen hatten. Ihm fiel die Lüge auf, und er sagte: »Wenn dein Vater dir die Insel zum sechzehnten Geburtstag geschenkt hat und später dann auch noch das Haus zur Hochzeit, warum hast du mir dann erzählt, du hättest das Haus von einem Psychiater gekauft, der die Doppeltüren hat einbauen lassen, damit man das Geschrei seiner Patienten nicht hört?«

Sie hatte daraufhin zugegeben, das Haus gar nicht von dem Psychiater gekauft zu haben. Sie sei vielmehr mit diesem Psychiater verheiratet gewesen, der sein Behandlungszimmer dort unten gehabt habe. Das Ganze hatte Santo noch immer ziemlich unglaubwürdig geklungen, und er hatte von seinem Mißtrauen auch keinen Hehl gemacht. Das mußte so etwa am vierten Tag seines Aufenthalts auf der Insel gewesen sein, als sie noch zusammen aßen und tranken und es sich wohl sein ließen. Die Wahrheit bekannte sie ihm schließlich am folgenden Tag. Zumindest hielt er es für die Wahrheit, obwohl er natürlich nicht ganz sicher sein konnte. Sie gingen zusammen am Strand entlang. Er trug einen alten Pullover, den sie ihm geliehen hatte und der angeblich aus dem Besitz des Psychiater-Gatten stammte, obwohl der Gatte gar kein Psychiater gewesen war. Aber das hatte er erst später erfahren, als sie mit der vermeintlichen vollen Wahrheit herausrückte. Möwen hatten einen angeschwemmten toten Fisch umkreist – weiß und grau gegen den klaren Septemberhimmel, mit Schnäbeln von einem intensiveren Gelb als die Herbstsonne – und dabei einen entsetzlichen Spektakel veranstaltet. Der Ozean war ganz ruhig. So ruhig wie ihre Stimme.

Sie erklärte, es sei wahr, daß ihr Vater ihr die Insel zum sechzehnten Geburtstag geschenkt habe und später dann zur Hochzeit auch noch das Haus. »Damals war ich einundzwanzig«, berichtete sie, »und jetzt bin ich achtundzwanzig.« Das war eine weitere Lüge gewesen, die er aber erst bemerkt hatte, nachdem er sich das Foto von dem Abschlußexamen angesehen und dabei das Datum entdeckt hatte. Nach ihrer neuesten Version jedenfalls hatte ihr Mann sie nach sechs Monaten Ehe verlassen. Packte einfach seine Sachen und verschwand von heute auf morgen. Danach hatte sie diesen Nervenzusammenbruch bekommen. Ihr Vater wollte sie nicht in ein Krankenhaus schicken und hatte deshalb für Privatpflege hier im Haus gesorgt. Aus diesem Grund waren auch die Doppeltüren mit den Schlössern installiert worden. Damit sie sich nichts antun konnte. Sie war, nachdem ihr Mann sie verlassen hatte, nämlich lebensmüde gewesen und hatte mehrere Selbstmordversuche unternommen. Die verschlossenen Doppeltüren waren zu ihrem eigenen Schutz gedacht gewesen. Eine Pflegerin hatte Tag und Nacht Wache gehalten. Damals, als sie einundzwanzig gewesen war und ihr Mann sie verlassen hatte.

Santo hörte sich das alles an und dachte im stillen, na, da hast du dir ja diesmal eine ganz schön irre Geige an Land gezogen. Er drückte ihr jedoch trotzdem sein Mitgefühl aus für alles, was sie hatte durchmachen müssen, und erkundigte sich, wie sie sich denn jetzt so fühle. »Merkst du nicht, wie ich mich fühle?« fragte sie zurück. »Ich fühle mich wunderbar!« Das war kaum zu bezweifeln gewesen. Sie sah wirklich gut aus, gesund und stark, und beim Vögeln war sie überhaupt nicht tot zu kriegen. Aber er hatte früher in Diamondback ein schwachsinniges Mädchen gekannt, das sich von allen Jungen im Block mit aufs Dach hinaufnehmen und vernaschen ließ. Und obwohl die Kleine nicht alle Tassen im Schrank hatte, sobald es um Schreiben und Rechnen ging, verstand sie es, einen Mann ungeheuer hochzukitzeln.

Vielleicht war es bei diesem Mädchen genauso. Dieser Frau, besser gesagt, die immerhin schon zweiunddreißig war, wenn sie auch behauptete, achtundzwanzig zu sein. Vielleicht gehörte sie noch immer hinter Schloß und Riegel, wenn es nicht gerade ums Vögeln ging. Hätte er sich ihrem Willen gefügt, hätte das bis Weihnachten Tag und Nacht so weitergehen können. Aber er hatte ihr erklärt, daß er auf das Festland zurück wolle.

Er brauchte dreißig Sekunden, um zu begreifen, daß er ein Gefangener war. Hätte sie ihm nicht die Geschichte von dem Nervenzusammenbruch und den verschlossenen Türen erzählt, hätte er vielleicht gedacht, na gut, die Frau macht sich einen kleinen Spaß mit mir und schließt mich hier ein, aber sie wird bald herunterkommen, nur mit einem schwarzen Hüftgürtel, schwarzen Netzstrümpfen und hochhackigen Lackpumps bekleidet, und sie wird mich am ganzen Körper mit Schlagsahne beschmieren und mich dann ablecken und mich um Verzeihung bitten, daß sie sich so einen schlechten Scherz geleistet und mich eingesperrt hat. Das hätte er vielleicht gedacht, wenn sie ihm nicht zwei Tage davor erzählt hätte, wie es bei ihr ausgehakt hatte, als sie von ihrem Mann so kurz nach ihrer Heirat verlassen worden war. Natürlich konnte sie auch bei dieser Geschichte gelogen haben, aber eigentlich glaubte er nicht, daß jemand einen schweren Nervenzusammenbruch erfand. Nein, dieser Raum, in dem er sich befand – dieses Gefängnis, sein Käfig –, war ihr Gefängnis gewesen, mit einer Krankenschwester als Wache davor, die vielleicht eine Zwangsjacke bereithielt oder eine Beruhigungsspritze für alle Fälle. Und jetzt war er der Gefangene, und sie war draußen, tat ihm Betäubungsmittel ins Essen, wann immer es ihr gefiel, kam zu ihm herein, um sich die Zeit mit ihm zu vertreiben, und führte ihm den großen Schäferhund vor. Noch am gleichen Tag, an dem sie ihn gekauft hatte. Das war drei Tage gewesen, nachdem sie ihn eingeschlossen hatte – nachdem sie zum erstenmal Betäubungsmittel in sein Essen getan hatte und er an Händen und Füßen gefesselt auf dem Bett lag. Die Türen öffneten sich, und sie brachte den Schäferhund herein, dieses Riesenvieh, das beinahe so groß war wie ein Grislybär. Santo zuckte vor ihm zurück, und sie lächelte, dieses Luder, zeigte ihre gleichmäßigen weißen Zähne und warf ihre langen blonden Haare zurück. »Hab keine Angst, Liebling«, sagte sie. »Clarence ist das sanfteste Geschöpf auf der Welt.« Clarence! Und Clarence knurrte unterdrückt, wie es sanfte Geschöpfe niemals tun, er knurrte und zog seine Lefzen hoch, um Zähne zu zeigen, die fünfzehn Zentimeter lang sein mußten. Das sanfteste Geschöpf der Welt sah aus, als sei es bereit, ein dickes, fettes Stück Fleisch aus Santos Bein herauszureißen oder ihm vielleicht an die Kehle zu springen und die Luftröhre durchzubeißen. Und sie lächelte. Sie lächelte, dieses Luder. »Clarence wird von jetzt an auf der Insel bleiben«, erklärte sie. Und später, nachdem er zum erstenmal zu entkommen versucht hatte und der Hund ihn verfolgte, später sagte sie ihm, Clarence würde nun ständig vor seiner Tür sitzen. So wie die Krankenschwester vor ihrer Tür gesessen hatte, als es ihr damals so schlecht gegangen war. »Falls du irgend etwas brauchst«, sagte sie lächelnd, »kannst du Clarence darum bitten.« Und immer alles lächelnd.

Zuerst hatte Santo gedacht, er könnte sie am ausgestreckten Arm verhungern lassen. Okay, du Luder, du willst mich auf dieser verdammten Insel von einem verdammten Schäferhund bewacht gefangen halten. Okay, aber was meinst du wohl, was du davon hast? Du hast überhaupt nichts davon, Schwester, das wirst du schon merken. Gar nichts, Zero, Zilch, Nada, Bubkes! Aber als sie zum erstenmal zu ihm hereinkam, um mit ihm ins Bett zu gehen – es mochte etwa zwei oder drei Wochen nach der Anschaffung des Hundes gewesen sein –, schloß sie beide Türen hinter sich ab, hängte die Schlüssel an das Halsband des Hundes und befahl: »Clarence, Platz.« Und der verdammte Köter setzte sich brav neben die Tür und beobachtet sie, wie sie auf das Bett zuging. Sie trug nur ein hellblaues Nachthemd und nichts darunter, so daß er ihren Körper durch das dünne Nylonmaterial sehen konnte, einen schönen Körper. Es war ihre Figur, die ihn zuerst angezogen hatte, groß und schlank, mit gut geformten Brüsten und langen Beinen. Sie kam zum Bett, ließ sich auf der Kante nieder und sagte: »Willst du nicht ein bißchen lieb zu mir sein, Santo?« Er habe keine Lust, hatte er ihr erklärt. Er dächte nicht daran, mit einer Frau zu schlafen, die ihn gefangenhielt, noch dazu mit einem blutrünstigen Köter, der nur darauf lauere, zubeißen zu dürfen. Bring den Hund hinaus und verschwinde gleich mit. Ich habe keine Lust, ein so hinterhältiges Biest wie dich zu bumsen.

Aber ... wie das so ist ... es waren fast drei Wochen hergewesen, seit er eine Frau gehabt hatte, drei Wochen, seit sie es Tag und Nacht miteinander getrieben hatten. Und da war sie nun, streckte sich auf das Bett neben ihm aus, zog sich das Nachthemd über den Kopf und fing an, ihn zu liebkosen. Mit den Händen zuerst und dann mit dem Mund, um ihn plötzlich loszulassen und sich auf den Rücken zu rollen und die Beine zu spreizen, wie sie es in jener Nacht in der Küche getan hatte. Und auf einmal lag er auf ihr, dachte nicht mehr daran, ob er ihr Gefangener war oder ihr Sklave oder sonst was, war nur noch verrückt nach ihr, wollte sie haben und haßte sich gleichzeitig für seine Schwäche.

Er träumte fortwährend von Flucht. Einmal behielt er eine Besteckgabel zurück – ein Messer gab sie ihm nie, dieses Luder, sein Essen war immer schon geschnitten, wenn sie es ihm hereinbrachte – behielt die Gabel zurück und versuchte damit ein Loch in die Wand des Badezimmers zu bohren, um aus diesem verdammten Raum wenigstens in den Keller zu gelangen. Vielleicht den Hund zu umgehen. Aber die Gabel brach an dem harten Stein ab. Und als sie später die Gabel vermißte, bestrafte sie ihn wieder. Es gab immer Strafen, wenn er etwas tat, was ihr nicht paßte. Ein anderesmal gab er vor, krank zu sein. Steckte sich den Finger in den Hals und erbrach die ganze Mahlzeit auf den Fußboden. Sagte zu ihr, er hätte vielleicht eine Blinddarmentzündung, dachte, er könne sie dazu bringen, einen Arzt zu rufen. Aber nein, sie erklärte, ein Arzt käme gar nicht in Frage. Er mußte das Erbrochene eigenhändig aufwischen. Er sagte, er würde womöglich sterben, aber sie meinte: »Nein, du stirbst nicht.« Ständig träumte er von Flucht. Hier herauszukommen, das Boot zu erreichen. Wieder frei zu sein.

Er hörte, daß die innere Tür aufgeschlossen wurde und wartete. Die Tür öffnete sich. Sie stand auf der Schwelle, Clarences Leine in der Hand, und lächelte. Ließ Clarence in das Zimmer, sagte: »Clarence, Platz!« und ging dann wieder hinaus, um Santos Tablett zu holen. Sie trug es zum Kaffeetisch vor der Couch, stellte es ab und fragte – noch immer lächelnd –: »Hast du Hunger, Liebling?«

Er gab keine Antwort, setzte sich nur unverzüglich hin und begann zu essen.

»Hast du mich vermißt?« wollte sie wissen.

Er schwieg noch immer und fuhr fort, das Essen in sich hineinzustopfen. Am Ende des Raums, direkt vor der Tür, hockte Clarence und beobachtete ihn.

»Ich mußte in der Stadt ein paar Dinge erledigen«, sagte sie.

»Interessiert mich nicht«, erwiderte er.

»Ich dachte, vielleicht doch.«

»Nein.«

Sie zuckte die Achseln, ging zur Tür und ergriff wieder die Leine des Hundes.

»Ich komme später zurück«, sagte sie.

»Hast du dir eigentlich einmal überlegt, was passiert, falls du sterben solltest?« fragte er plötzlich und blickte von seinem Essen auf. »Ich würde hier drin verhungern. Bist du dir darüber klar?«

»Ja«, versetzte sie. »Aber keine Sorge, Liebling. Wir haben noch ein schönes, langes Leben vor uns.«

Er schwieg.

»Was soll ich nachher anziehen?« erkundigte sie sich.

»Ist mir vollkommen egal«, antwortete er.

»Was hast du am liebsten? Ich will dich heute nacht glücklich machen.«

»Du kannst mich glücklich machen, indem du mich in Ruhe läßt.«

»Das glaube ich nicht.«

»Doch. Es ist wahr.«

»Soll ich die schwarze Perücke aufsetzen?«

»Ich habe dir doch gesagt, daß es mir egal ist.«

»Laß dir erst dein Abendessen schmecken«, sagte sie. »Ich werde dich überraschen, ja? Ich werde etwas tragen, was du noch nicht kennst.«

»Wenn du mich überraschen willst, kannst du nachher kommen und mir sagen, daß ich ein freier Mann bin.«

»Nein, das kann ich nicht.«

»Warum nicht?«

»Ich brauche dich, Santo.«

»Ich will hier weg.«

»Ja, das weiß ich.«

»Ich werde verrückt hier drin. Wenn du mich hier noch länger eingesperrt hältst, verliere ich den Verstand. Ich werde sterben, verstehst du? Ich sterbe hier in diesem Raum.«

»Du wirst nicht sterben«, sagte sie und lächelte wieder. »Es sei denn, ich will, daß du stirbst. Bitte denk daran, Santo.« Sie blickte auf die Wanduhr. »Ich komme in einer Stunde wieder. Wirst du in einer Stunde bereit für mich sein, Santo?«

»Nein.«

»Sei bereit«, sagte sie.

»Ich hasse dich.«

»Du liebst mich«, korrigierte sie ihn mit einem Lächeln. Sie hatte den Raum schon fast verlassen, als ihr etwas einzufallen schien. Sie wandte sich um, sah ihn an und sagte: »Ach, übrigens, J. C. wird uns nicht mehr besuchen.«

## 8. KAPITEL

Als Meyer am Montag vormittag, dem 18. September, am Telefon saß und bei der Vereinigung zur Bekämpfung von Muskeldystrophie und dem nationalen Schutzbund gegen multiple Sklerose festzustellen versuchte, ob einer der beiden Verbände oder beide zusammen Anfang September vor sieben Jahren einen Wohltätigkeitsball veranstaltet hatten, nahm Carella den Anruf eines Mannes namens Henry Gombes vom ballistischen Labor entgegen.

»Es handelt sich um die bei uns eingereichten Geschosse, die am Tatort gefunden wurden«, erklärte Gombes.

»Im Fall Chadderton?« fragte Carella.

»Chadderton, Chadderton«, murmelte Gombes und suchte dabei offenkundig in seinen Unterlagen. »Ja, Chadderton, Culver Ecke South Eleventh, am fünfzehnten September. Stimmt genau.«

»Also, was haben Sie Schönes für uns?« erkundigte sich Carella.

»Den Bericht werde ich Ihnen später noch rüberschicken«, erwiderte Gombes. »Wollen Sie sich inzwischen aber vielleicht schon ein paar Notizen machen?«

»Schießen Sie los«, sagte Carella.

»Am Tatort wurden keine ausgeworfenen Patronenhülsen gefunden, was darauf schließen läßt, daß es sich bei der Waffe um keine Automatik gehandelt hat. Fünf Kugeln konnten aber sichergestellt werden, drei davon stark deformiert ...«

»Das dürften die Kugeln sein, die die Opfer getroffen haben«, warf Carella ein.

»Es waren zwei Opfer?«

»Ja.«

»Ein Mann hat überlebt, wenn ich recht informiert bin.«

»Stimmt.«

»Hat er ausgesagt, wie viele Schüsse er gehört hat?«

»Er konnte sich nicht erinnern.«

»Der Grund, weshalb ich frage ... die Tatsache, daß nur fünf Geschosse gefunden wurden, beweist nicht notwendigerweise, daß der Revolver nur eine Kapazität von fünf Schuß hatte.«

»Die Waffe war leer, als der Mörder das zweite Opfer endgültig erledigen wollte«, erklärte Carella.

»Tatsächlich? Mmm. Nun, die aufgefundenen Kugeln haben jedenfalls einen Durchmesser von .3585 Inches, was uns sagt, daß wir es mit einer .38-Smith-&-Wesson-Patrone zu tun haben. Die Drehung in Inches gemessen war 183/4 nach rechts und der Furchendurchmesser .357, also Markierungen, die ein .38-Smith-&-Wesson-Revolver auf einem Geschoß hinterlassen würde, und die in Verbindung mit den sechs Rillen, die wir gefunden haben – ziemlich schlüssig auf einen .38 Smith & Wesson als Tatwaffe hinweisen. Wir haben den Regulation Police, Modell 33, der mit Smith-&-Wesson-Patronen vom Kaliber 38 gefüllt wird, sowie den Terrier, Modell 32, für den die gleichen Patronen benützt werden, und beide Waffen verfügen über eine Kapazität von fünf Schuß. Der Chiefs Special, der Bodyguard sowie der Centennial dagegen brauchen .38 Smith & Wesson *Specials*, die zwar dieselbe Drehung und Furchung haben wie die normalen .38, aber einen anderen Durchmesser. Da der Durchmesser, den wir festgestellt haben, wie ich Ihnen schon sagte, .3585 beträgt, kann es sich also nur um ein .38-Normal-Geschoß, nicht um ein .38 *Special* handeln. Unsere Feinmeßgeräte arbeiten mit einer Genauigkeit von einem Tausendstel Inch. Ich halte deshalb einen Fehler bei der Feststellung des Kalibers der Waffe für ausgeschlossen. Es ist ein .38 Smith & Wesson, entweder der Regulation Police oder der Terrier, die beide eine Kapazität von fünf Schuß haben. Der Regulation Police – welche Waffe tragen Sie, Carella?«

»Die *Special*.«

»Mm, also. Den Regulation gibt es nur mit einem Lauf von zehn Zentimetern Länge. Der Terrier hat dagegen einen Fünfzentimeterlauf und ist die leichtere Waffe. Siebzehn Unzen Gewicht im Gegensatz zu achtzehn Unzen für den Regulation. Haben wir es mit einem Mann oder einer Frau zu tun?«

»Das wissen wir noch nicht.«

»Nicht, daß diese eine Unze einen Unterschied machen würde, aber der kürzere Lauf könnte wichtig sein. Leichter in einer Handtasche unterzubringen, verstehen Sie?«

»Ja«, sagte Carella.

»Das wäre es also«, meinte Gombes abschließend. »Ein .38-Smith-&-Wesson-Revolver, entweder der Regulation Police, Modell 33, oder der Terrier, Modell 32. Ich hoffe, ich habe Ihnen helfen können.« Damit legte er auf.

Meyer saß noch immer am Telefon. Carella ging den Flur entlang zur Schreibstube und bat Miscolo, ein Rundschreiben an alle Reviere loszulassen, ob irgendwelche Informationen über eine Tatwaffe vom Kaliber 38 Smith & Wesson, entweder Regulation Police, Modell 33, oder Terrier, Modell 32, vorlägen, die am 15. September bei einem Mord benützt worden sei. Miscolo sagte, er würde sich darum kümmern, sobald er seinen Kaffee fertig habe. Carella kehrte in das Bereitschaftszimmer zurück, wo Meyer gerade den Telefonhörer auflegte. »Glück gehabt?« wollte Carella wissen.

»Es war nicht Muskeldystrophie, und es war nicht multiple Sklerose«, versetzte Meyer. »Vielleicht war es doch eine Hochzeit. Vielleicht war der Bräutigam ein Dr. Harvey Cooper und vielleicht ...«

»Versuchen wir es beim Berufsverband der Musiker«, schlug Carella vor. »Stell fest, ob sie ein Mitglied namens Harvey Cooper haben. Sollte das der Fall sein ...«

»Ja. Aber ob deren Unterlagen über irgendwelche Engagements sieben Jahre zurückreichen?«

»Ein Versuch kostet nichts. Falls du etwas herauskriegst, bleib weiter am Ball. Ich werde ein paar von den Leuten aufsuchen, die in Chaddertons Kalender gestanden haben.«

»Wie viele Namen sind denn das?«

»Etwa zehn. Warte mal.« Carella begann die Namen zu zählen, die er sich notiert hatte. »Acht, die Chloe Chadderton identifizieren konnte. Zwei, die sie nicht kannte und zweimal bloß die Initialen – C. J. und C. C.«

»Hast du schon mit irgend jemandem gesprochen?«

»Das wollte ich jetzt gerade tun.«

»Willst du die Liste mit mir aufteilen?«

»Kümmere du dich erst einmal um diesen Musikerverband.«

Cynthia Rogers Hargrove trug einen schottisch-karierten Hausmantel über einem Nachthemd im Großmutterlook mit spitzenverziertem Bubikragen und um den Hals einen Perlen-Choker. Mrs. Hargrove war sechsundsiebzig Jahre alt. Sie saß Meyer gegenüber an einem damastgedeckten Tisch in der Eßecke ihres Apartments in der Hall Avenue. Der Regen strömte über die Ostfenster, die bei besserem Wetter Sonnenschein hereingelassen hätten. Mrs. Hargrove besaß eine Sprechweise, die Meyer nur mit sehr reichen Leuten in Verbindung brachte – nicht nur in England ließen Tonfall und Wortwahl auf die Herkunft des Sprechenden schließen. Mrs. Hargrove konnte weder ihre Erziehung auf Privatschulen noch das Vassar-College verleugnen. Sie ließ an schnittige Segelyachten denken, an Nachmittagstees in Palm Beach, an Frühstück um zehn an einem Montagmorgen, wenn fast alle anderen Bürger der Stadt sich bereits seit sieben Uhr früh auf den Beinen befanden und die erste Mahlzeit des Tages noch vor acht Uhr eingenommen hatten. In diesem Land der Freien und Heimstatt der Tapferen, in dieser Nation, wo alle Menschen gleich geschaffen waren, verkörperte Mrs. Hargrove nichtsdestotrotz den lebenden Beweis für die Redensart, daß manche Menschen geschaffen waren, noch gleicher als andere zu sein. Meyer fühlte sich in ihrer Gegenwart etwas eingeschüchtert. Vielleicht, weil er noch niemals getoastete englische Muffins mit echter schottischer Stachelbeermarmelade gegessen hatte. Als er hineinbiß, war er überzeugt, das knusprige Krachen könne quer durch die Stadt bis in den Mannschaftsraum des 87. Reviers gehört werden. Er trank hastig einen Schluck Kaffee nach, in der Hoffnung, damit die Kaugeräusche zu dämpfen.

»Den Blondie-Ball nannten wir ihn«, erklärte Mrs. Hargrove.

Meyer blinzelte sie verständnislos an. »Den Blondie-Ball?« wiederholte er.

»Ja. Sie kennen doch sicher diese Figuren aus dem Comicstrip Blondie und Dankwart. Sind die Ihnen ein Begriff?«

»Ja, natürlich«, versicherte Meyer.

»Das war unser Thema. Die Comic-Serie. Noch etwas Kaffee?« erkundigte sie sich und griff nach der silbernen Kanne rechts von ihrem Teller. »Wie sind Sie überhaupt auf mich gestoßen?« fragte sie, während sie eingoß.

»Ich habe beim Berufsverband der Musiker angerufen und dort gefragt.«

»Ah, ja«, sagte Mrs. Hargrove.

»Ja«, sagte auch Meyer. »Und dort gefragt, ob sie in ihren Unterlagen nachsehen könnten … Ich hatte herausbekommen, daß Kapellmeister dort ihre Engagements registrieren lassen müssen …«

»Ah, so. Ja, das kann ich mir vorstellen«, meinte Mrs. Hargrove.

»Ja«, sagte Meyer. »Und dann bat ich sie, nach einem Bandleader namens Harvey Cooper zu forschen …«

»O ja.«

»Der Name sagt Ihnen etwas?«

»Ja, das ist der Mann, den ich damals engagierte.«

»Ja«, bestätigte Meyer. »Vor sieben Jahren. Am 11. September, um ganz genau zu sein. Das war die Auskunft, die ich von dem Verband bekam. Auch Ihren Namen und Ihre Adresse, die auf dem unterschriebenen Vertrag angegeben waren.«

»Ja, im Grunde wie einfach.«

»Es hat uns etwas Mühe gekostet, so weit zu kommen«, bekannte Meyer. »Zuerst suchten wir nach einer Veranstaltung, die entweder zugunsten der Bekämpfung von Muskeldystrophie oder multipler Sklerose organisiert worden war …«

»O nein, nicht ganz diese Größenordnung«, versicherte Mrs. Hargrove. »Nehmen Sie doch bitte noch ein Muffin, Mr. Meyer. Sie verderben sonst.«

»Aber es war ein Wohltätigkeitsball, nicht wahr?«

»Ja. Aber nur auf, wie man sagen könnte, privater Ebene. Nicht zugunsten irgendwelcher staatlicher Organisationen, verstehen Sie?«

»Und was war der Zweck, für den der Erlös gedacht war?«

»Wir wollten einen Stipendien-Fonds einrichten. Damit begabte junge Menschen auf die Universität können. Wir meinten, es müsse etwas Konkretes für die Chancengleichheit getan werden.«

»Ich verstehe«, sagte Meyer. »Und welchen Betrag hofften Sie aufzubringen?«

»Die geschätzten Kosten für ein vierjähriges Stipendium an einer qualifizierten Universität plus Lebensunterhalt des Studenten betragen etwa fünfundzwanzigtausend Dollar. Wir hofften, genug Geldmittel zusammenzubekommen, um drei Studenten für vier volle Jahre auf die Universität schicken zu können.«

»Also fünfundsiebzigtausend Dollar?«

»Ja.«

»Und was kam tatsächlich zusammen?«

»Sogar noch zwanzigtausend Dollar mehr. Der Ball war recht erfolgreich. Ich vermute, das Blondie-Thema trug viel dazu bei.«

»Was hatte das genau zu bedeuten«, fragte Meyer. »Dieses Blondie-Thema?«

»Nun ja, es war ein Kostümball, verstehen Sie? Die Damen mußten alle als Blondie kommen und die Herren als Dankwart. Manche brachten sogar ihre Hunde mit, um durch diese Tiere Daisy, den Hund aus der Serie, darstellen zu lassen. Ich bemühte mich, das zu unterbinden, indem ich schon in der Vorankündigung des Balls mitteilte, Haustiere seien nicht erwünscht. Selbstverständlich nahm ich an, die Leute würden begreifen, daß wir keine Überfülle von Daisys wünschten. Aber manche Gäste setzten sich einfach über meine eindringlich geäußerte Bitte hinweg. Wir hatten dreihundertachtzig Blondies, die gleiche Anzahl Dankwarts und mindestens ein Dutzend Daisys.«

»Soll das heißen, es rannten Hunde herum?«

»Ja. Nun, sie rannten nicht direkt herum. Wir waren nämlich auf die Situation vorbereitet und hatten uns mit einer Organisation in Verbindung gesetzt, die Leute zum Ausführen von Hunden vermittelt.«

»Zum Ausführen von Hunden?«

»Ja. Beispielsweise Collegestudenten, die die Tiere regelmäßig ins Freie bringen. Etwa tagsüber, wenn es sich bei den Hundebesitzern um ein berufstätiges Ehepaar handelt, oder des Nachts, wenn jemand einfach nicht mit seinem Tier hinaus will – eine Einstellung, die ich übrigens recht verständlich finde. Ich verabscheue Hunde. Sie auch?«

»Nun, so weit würde ich nicht gehen ...«

»Ich finde sie absolut verabscheuenswert«, erklärte Mrs. Hargrove mit Nachdruck. »Übrigens sind mir alle Tiere lästig. Warum sich Menschen freiwillig Viehzeug im Hause halten, übersteigt mein Verständnis. Diese kleinen Biester machen doch alle nur Schmutz. Wir hatten jedenfalls diese im Umgang mit Hunden geübten Studenten auf Abruf bereit, um die Tiere wieder dorthin zurückzubringen, wo sie hergekommen waren. Nur zwei der Hundebesitzer erhoben Einwände. Einer hatte einen Dackel, der Daisy sein sollte. Wie finden Sie denn das? Und der andere einen Pekinesen. Wir brachten die Hunde in zwei getrennten Garderoben unter und lösten das Problem auf diese Weise. Aber wirklich, können Sie sich das Chaos vorstellen, wenn wir allen Hunden Zutritt gewährt hätten? Manche Leute sind, wenn es um Tiere geht, wirklich zu unvernünftig. Dabei ist dieses Viehzeug alles gleich widerlich.«

»Sie sagten, es seien dreihundertachtzig Blondies dagewesen ...«

»Ja. So viele Eintrittskarten haben wir verkauft. Zweihundertfünfzig Dollar pro Paar. Dreihundertachtzig als Blondie gekleidete Damen und dreihundertachtzig Herren mit hochgekämmten Schmachtlocken, wie Dankwart sie zu tragen pflegt, und Fliegen um den Hals. Blondie und Dankwart.«

»Was war der Sinn dieser Maskerade, Mrs. Hargrove?«

»Der Sinn? Oh, es sollte nur ein Spaß sein, Mr. Meyer. Aber

er hat uns fünfundneunzigtausend Dollar eingebracht. Das war schließlich kein schlechtes Ergebnis. Und den Cadillac, den wir als ersten Preis für das gelungenste Paar vergaben, hatte ein ortsansässiger Händler gestiftet.«

»Gab es eine Prämierung des besten Kostüms oder so etwas?«

»Nun, nicht allein des Kostüms. Dazu sind Blondie und Dankwart nicht prägnant genug gekleidet. Sehen Sie, ich glaube, es war gerade die Einfachheit unserer Themenstellung, die den großen Erfolg der Veranstaltung ausmachte. Die Damen konnten eigentlich tragen, was sie wollten, so lange sie darauf achteten, blonde Haare zu haben. Und die Herren brauchten nur eine auffällige Fliege und etwas Haarpomade. Es ging bei der Preisverleihung mehr um den Gesamteindruck. Die Art und Weise, wie sich ein Paar benahm und bewegte, die Darstellung, die Verkörperung von Blondie und Dankwart. Alle Gäste waren maskiert, müssen Sie wissen ...«

»Maskiert. Ja.«

»Es kam also keinerlei Bevorzugung durch die Preisrichter in Frage. Sie waren gezwungen, objektiv zu urteilen. Ob ein Paar wirklich das Typische dieser Figuren aus dem Comic-Strip zum Ausdruck brachte.«

»Ich verstehe. Es trugen also alle anwesenden Damen blonde Perücken.«

»Nein. Alle nicht.«

»Sie sagten doch aber ...«

»Ja, schon. Aber einige von ihnen hatten schließlich naturblondes Haar.«

»O ja, natürlich.«

»Oder, falls sie nicht naturblond waren, nahmen sie zumindest die Hilfe eines guten Friseurs in Anspruch. Diese Damen brauchten selbstverständlich keine Perücken.«

»Nein, nein.«

»Aber Sie haben recht mit der Annahme, daß es der beherrschende Eindruck war, einen Ballsaal voll von dreihundertachtzig Blondinen vor sich zu haben.«

»Ja«, sagte Meyer.

»Ja.«

»Und alle maskiert«, stellte Meyer fest.

»Ja. Das war eben der Hauptspaß daran, meinen Sie nicht auch? Können Sie sich einen Saal voll maskierter blonder Frauen vorstellen? Finden Sie das nicht ungemein lustig?«

»Ja«, bestätigte Meyer. »In der Tat. Mrs. Hargrove, von diesem Musikerverband erfuhr ich, daß die Veranstaltung damals im Hotel *Palomar* stattfand ...«

»Ja, das stimmt. Direkt gegenüber dem *Palomar*theater.«

»In welchem Ballsaal? Erinnern Sie sich noch?«

»Ja, im *Stardust*-Ballsaal.«

»Ist das ein großer Saal?«

»Nein, nicht so groß wie der *Grand*-Ballsaal. Wir wollten nämlich keinen Raum, in dem die Leute sich halb verlieren. Wir fanden es stimmungsvoller, daß die maskierten blonden Damen und die maskierten Herren mit ihren getupften Fliegen auf Tuchfühlung tanzten. Deshalb haben wir den intimeren *Stardust*-Ballsaal gewählt. Der hatte mehr Atmosphäre.«

»Hatten Sie Gelegenheit, an jenem Abend mit einem der Musiker zu sprechen, Mrs. Hargrove?«

»Nur mit Mr. Cooper. Mr. Cooper erledigte alle Arrangements für mich. Mit ihm hatte ich den Vertrag abgeschlossen. Er sorgte auch für die zweite Kapelle. Die Leute waren recht gut, fand ich. Die andere Kapelle spielte lateinamerikanische Musik, wissen Sie?«

Mrs. Hargrove hob beide Hände und schnalzte mit den Fingern.

»Aber abgesehen von Mr. Cooper, haben Sie mit keinem der Musiker gesprochen?«

»Nein.«

»Dann sagt Ihnen der Name George Chadderton vermutlich nichts?«

»Nein, gar nichts.«

»Oder Santo Chadderton?«

»Auch nichts«, versetzte Mrs. Hargrove.

Den ganzen Weg in die Stadt zurück ging Meyer ein Ausdruck durch den Kopf, den Mrs. Hargrove benutzt hatte: eine Überfülle von Daisys. Wenn man nun den Eigennamen Daisy durch den Namen einer Blume ersetzte, zum Beispiel Rose, würde es heißen: ›Eine Überfülle von Rosen‹ – was ihm ein ungewöhnlich guter Titel für einen Roman zu sein schien. Meyer war in letzter Zeit aufgefallen, wie viele sauschlechte Romane ausgesprochen gute Titel hatten, und er begann allmählich zu argwöhnen, daß ein wirkungsvoller Titel ausreichte, selbst den schlimmsten Kitschroman zu verkaufen. Er konnte den Titel ›Eine Überfülle von Rosen‹ schon auf dem Schutzumschlag eines umfangreichen Bandes sehen. Und in etwas weniger aufwendiger Schrift später dann auf der Taschenbuchausgabe. EINE ÜBERFÜLLE VON ROSEN leuchtete in seiner Phantasie auch von einer Filmreklame. Dieser verdammte Titel gefiel ihm wirklich ausnehmend.

Als er in den Bereitschaftsraum trat, berichtete er Carella von seinem Treffen mit Mrs. Hargrove, und Carella erzählte Meyer von den Besuchen, die er inzwischen bei zwei Leuten gemacht hatte, die auf der Namensliste standen. Buster Greerson und Lester Hanley hatten beide mit George Chadderton nur verhältnismäßig losen, rein beruflichen Kontakt gehabt. Der eine war von Chaddertons Tod überrascht gewesen, der andere hatte davon bereits in der Zeitung gelesen. Carella und Meyer stimmten darin überein, daß die Anwesenheit so vieler Blondinen bei der Veranstaltung vor sieben Jahren – ob nun naturblond, gebleicht oder mit Hilfe einer Perücke erblondet – als Künstlerpech anzusehen sei, da sie eine große, geschmeidige Blondine kalifornischen Typs gewesen war. Bei dieser Gelegenheit tauchte das Wort ›geschmeidig‹ zum erstenmal auf. Es war Meyer, der es als Adjektiv benützte, vielleicht, weil er seit seinem Aufbruch von Mrs. Hargrove nur noch in Romanformulierungen dachte.

»Ich habe von ihr eine Liste aller Gäste bekommen«, sagte er, »und ich ...«

»Der Blondie-Ball«, murmelte Carella kopfschüttelnd.

»Ja, der Blondie-Ball. Nicht von den Leuten, die noch Karten an der Abendkasse gekauft haben, aber von allen anderen. Ich dachte, ich könnte mich im *Palomar* erkundigen, ob jemand von den Ballgästen auf der Liste damals dort für die Nacht ein Zimmer gemietet hat.«

»Das kannst du machen«, meinte Carella, »ich fürchte allerdings, es ist Zeitverschwendung. Wir haben einen solchen Haufen Blondinen …«

»Gar nicht zu reden von der Überfülle von Daisys«, ergänzte Meyer.

»Und wir wissen nicht einmal, welche der Damen nun naturblond waren«, fuhr Carella fort. »Selbst wenn eine von ihnen mit Santo zusammen ein Zimmer gemietet hat, wie soll man das aus dem Hotelregister ersehen können? Wir würden bestenfalls wissen, daß zwei Ballbesucher im Hotel übernachtet haben. Was noch immer nicht klären würde …«

In dem Augenblick läutete das Telefon.

Es war ein Detective Alex Leopold von Midtown South, der anrief, um ihnen mitzuteilen, daß er ihr Rundschreiben bezüglich der verdächtigen .38-Pistole erhalten habe und glaube, es könne da ein Zusammenhang zwischen ihrem Fall und dem, den er gerade zu bearbeiten habe, bestehen. In der Nacht von Freitag zu Samstag war auf der Straße eine Prostituierte mit einer Waffe erschossen worden, die die Ballistiker als .38 Smith & Wesson identifiziert hatten.

Alex Leopold war ein mürrischer kleiner Mann (klein nur für einen Polizeibeamten, eigentlich hatte er eine ganz normale Größe von ein Meter fünfundsiebzig), der Carella und Meyer sofort unter die Nase rieb, er sehne sich danach, noch in Calm's Point auf dem 11. Revier zu sitzen. Beim Elften hatte es Samstag nachts keine erschossenen Nutten gegeben. Beim Elften, zu dem das exklusive Calm's Point Heights gehörte (CePeHa, wie es von den Streifenpolizisten zärtlich genannt wurde, die das Glück hatten, es zu ihrer Runde zu zählen), war das gravierendste Verbrechen, das vielleicht einmal im Jahr an einem Sonntag gemeldet wurde, ein Einbruchsdiebstahl in der

Wohnung eines berühmten Schriftstellers. Oder die Entführung eines preisgekrönten Vierbeiners aus dem Stadthaus eines auswärts lebenden Künstlers, der die CePeHa-Adresse nur für gelegentliche Abstecher in die City benützte. In CePeHa brannten noch Gaslaternen auf den verwinkelten Straßen mit Kopfsteinpflaster, wo keine Nutten promenierten. Beim Elften wäre Alex Leopold sehr überrascht gewesen, eine tote Nutte auf seiner Schwelle vorzufinden.

Die Prostituierte, die Freitag nacht ermordet worden war (nun ja, es war schon vier Uhr zwölf gewesen, also eigentlich Samstag früh. Wegen der Dunkelheit hatte sich Leopold als Datum aber Freitag, den Fünfzehnten, eingeprägt, obwohl im Polizeibericht Samstag, der Sechzehnte, stand), hatte allerdings nicht auf seiner Schwelle gelegen, wenn auch in ziemlicher Nähe des Reviers, das sich auf Jefferson Ecke Purdy Street befand. Nur drei Häuserblocks entfernt von der Stelle nämlich, wo Clara Jean Hawkins blutend auf dem Bürgersteig zusammengesunken war, mit einem tödlichen Schuß in Brust und Herz, einem Loch im Kehlkopf und einem weiteren im Gesicht, rechts neben der Nase. Leopold hatte die Meldung um vier Uhr fünfzehn entgegengenommen, drei Minuten, nachdem ein Passant den Notruf 911 gewählt und die Polizei über eine blutende hilflose Person auf dem Bürgersteig informiert hatte. Als Leopold am Tatort erschienen war, hatten bereits Forbes und Phelps vom Morddezernat mißmutig im Regen gestanden. In all den Jahren seiner Tätigkeit beim 11. Revier hatte Leopold nie einen Mordfall bearbeitet. Dabei war er seit zweiundzwanzig Jahren bei der Polizei. Er beging jedoch den Fehler, diese Tatsache gegenüber Phelps oder Forbes zu erwähnen – die beiden konnte er nicht auseinanderhalten, und er hatte auch keine Lust, diesbezüglich irgendwelche Anstrengungen zu unternehmen –, und die Detectives vom Morddezernat ordneten ihn sofort als einen Papierpolizisten von einem Salondezernat ein, was zwar der Wahrheit ziemlich nahe kam, ihn aber trotzdem an diesem regnerischen Morgen neben der durchlöcherten Leiche einer jungen Farbigen zur Weißglut brachte.

Die einzige Legitimation in ihrer Handtasche war eine Sozialversicherungskarte mit ihrem Namen: Clara Jean Hawkins. Kein Führerschein, keine Kreditkarten, keine Telefon- oder Stromrechnungen, nur die Sozialversicherungskarte. Noch am Tatort gaben Forbes oder Phelps, oder vielleicht beide, der Vermutung Ausdruck, daß das Mädchen vielleicht eine Prostituierte sei – allein der frühe Morgen ließe darauf schließen –, aber Leopold schob diesen Verdacht beiseite, noch gewohnt an das hohe Niveau der Verbrechen, mit denen er es beim 11. Revier zu tun gehabt hatte. Er tat, was routinemäßig zu geschehen hatte, und kehrte dann aufs Revier zurück, um sich die Telefonbücher der Stadt vorzunehmen. Allein im Band für Isola waren achtundsiebzig Eintragungen auf den Namen Hawkins. Entschlossen, jede einzelne Nummer anzurufen – es war inzwischen zehn Minuten nach fünf Uhr früh, eine Zeit, zu der die meisten anständigen Bürger im Bett lagen –, begann er zu wählen und konnte bereits um fünf Uhr siebenundzwanzig Erfolg melden, als eine verschlafen klingende Frau namens Dorothy Hawkins bestätigte: Ja, sie kenne eine Clara Jean Hawkins, Clara Jean sei ihre Tochter.

Jetzt, mittags, Viertel nach zwölf, etwa fünfundfünfzig Stunden, nachdem Leopold die Mutter des Mädchens ausfindig gemacht hatte, gab er seinen Bericht an Carella und Meyer. »Es hat sich herausgestellt, daß sie in den letzten paar Monaten nicht zu Hause gewohnt hat«, erzählte er. »Ihre Mutter sagt, sie sei Prostituierte gewesen und hätte in einer Wohnung gehaust, die von einem Zuhälter namens Joey Peace unterhalten wird. Ich habe nie von ihm gehört, ich komme nämlich vom 11. Revier.«

»Ich habe auch noch nicht von ihm gehört«, erklärte Meyer.

»Nun, es wird sich zeigen.« Leopold wiegte philosophisch den Kopf.

»Haben Sie versucht, über den Fahndungsdienst etwas über ihn in Erfahrung zu bringen?« wollte Carella wissen.

»Die haben nichts. Jedenfalls nicht unter dem Namen Peace. Das dürfte wohl kaum sein richtiger Name sein, meinen Sie nicht auch? Joey Peace? So ist er bestimmt nicht getauft worden.«

»Und wie sieht es mit dem Telefonbuch aus?« fragte Carella.

»Auch kein Peace. Die Mutter des toten Mädchens weiß nicht, wer er ist. Sie kennt den Namen nur, weil ihre Tochter ihn erwähnt hat. Sie kennt auch keine von den anderen Nutten, den dreien, die angeblich mit ihrer Tochter und diesem Peace zusammen in der Wohnung gelebt haben. Wie soll ich damit weiterkommen? Ich habe eine positive Identifikation des Mädchens und weiß, womit sie ihren Lebensunterhalt verdient hat – nach Angaben der Mutter jedenfalls. Aber das ist auch alles. Ob Ihr Fall vielleicht etwas Licht in die Sache bringen kann?«

»Zuerst müssen wir ein paar Nachprüfungen anstellen«, versetzte Carella.

»Und zwar?« fragte Leopold.

»Ich meine, wir sollten uns sämtliche Absteigen in Midtown South vornehmen und festzustellen versuchen, ob dort jemand den Namen des Mädchens oder ihr Foto kennt. Vielleicht bekommen wir auf diese Weise einen Tip wegen des Zuhälters. Unter normalen Umständen dürften wir auf keine Unterstützung rechnen. Aber dies ist ein Mordfall, und vielleicht werden sie deshalb den Mund aufmachen. Des weiteren sollten wir uns um die Massagesalons kümmern. Dieselben Fragen: Kennen Sie jemand mit dem Namen Clara Jean Hawkins, kennen Sie jemand mit dem Namen Joey Peace? Sagen Sie den Leuten rund heraus, daß das Mädchen getötet worden ist und wir den Mörder zu finden versuchen. Deuten Sie an, daß es sich womöglich um einen Täter aus ihrem Kundenkreis mit einem psychologischen Knacks handelt. Machen Sie ihnen ruhig ein bißchen Angst. Drittens dürfte es kein Fehler sein, mit den Zuhältern zu reden, die im 11. Revier bekannt sind. Es dürften dort bestimmt Unterlagen vorhanden sein. Ich wundere mich sowieso, daß dieser Joey Peace noch nicht einmal in irgendeiner Zuhälterkartei zu finden ist. Stellen Sie jedenfalls fest, wer in diesem Bezirk arbeitet, und bringen Sie die Leute dann möglichst zum Reden. Keine Drohungen mit Festnahme oder dergleichen. Nur freundliches Geplauder von Mensch zu Mensch. Wir wollen bloß wissen, wer diese Clara Jean Hawkins ist und dieser Joey Peace. Vielleicht haben wir Glück damit, wer weiß? Also, okay. Zuerst die Absteigen und die Massagesalons und dann die Zuhälter persönlich. Inzwischen werden wir wegen dieses Joey Peace ein Rundschreiben loslassen. Eine interne Anfrage bei allen Revieren. Irgendwo ist er vielleicht doch registriert. Ich bin wirklich froh, daß Sie uns angerufen haben, Leopold. Wir waren auch in eine Sackgasse geraten.«

»Ja«, erwiderte Leopold mit leicht benommenem Gesichtsausdruck. Er zumindest wußte nicht recht, ob er ebenfalls froh war, daß er angerufen hatte.

## 9. KAPITEL

Es gibt nichts, was Polizisten mehr schätzen als Zusammenhänge, selbst wenn es zweier Leichen bedarf, um sie zu beweisen. Schon bevor Alex Leopold sich gemeldet hatte, waren Carella und Meyer auf der Suche nach einer Verbindung zwischen dem toten George Chadderton und seinem verschwundenen Bruder Santo gewesen. Jetzt, dank einiger Smith-&-Wesson-Kugeln vom Kaliber .38, suchten sie nach einer Verbindung zwischen einem toten Calypso-Sänger und einer toten Prostituierten, beide farbig, beide aus Diamondback, beide möglicherweise mit derselben Waffe getötet. Nachdem zumindest dieser erste, vage Zusammenhang aufgetaucht war, forderte Carella die Ballistiker auf, die Kugeln, die Clara Jean Hawkins getötet hatten, mit denen zu vergleichen, durch die George Chadderton ums Leben gekommen war, um positiv feststellen zu können, ob in beiden Mordfällen dieselbe Waffe benützt worden war oder nicht. Er bat, den Vergleichstest möglichst schnell durchzuführen, und Gombes versprach ihm, bis vier Uhr nachmittags zurückzurufen. Normalerweise würde es eher geklappt haben, entschuldigte sich Gombes, aber sie stünden gerade kurz vor dem entscheidenden Ergebnis im Fall eines Heckenschützen, der das 63. Revier monatelang in Atem gehalten habe, und das hätte leider Vorrang. Gombes meldete sich zehn Minuten vor fünf. Er bestätigte, daß derselbe Revolver, höchstwahrscheinlich ein .38 Smith & Wesson, entweder der Regulation Police oder der Terrier, zweifellos für beide Morde benützt worden war. Dann fragte er Carella, ob er sonst noch etwas für ihn tun könne. Carella verneinte, bedankte sich, legte den Hörer auf und starrte dann sekundenlang den Telefonapparat an.

Er hatte inzwischen fast den ganzen Nachmittag mit Leopold und Meyer die Laufarbeit erledigt, die am Vormittag von ihm selbst vorgeschlagen worden war. Gemeinsam hatten sie alle Absteigen und Massagesalons in Midtown South abgeklappert und mit den meisten registrierten Zuhältern gesprochen, aber trotzdem waren sie, was Joey Peace betraf, noch keinen Schritt weitergekommen. Seufzend griff Carella wieder nach dem Hörer und rief erst Danny Gimp und dann Fats Donner an, beides bewährte Polizeispitzel, um sie zu fragen, ob ihnen eine Prostituierte namens Clara Jean Hawkins oder ein Zuhälter mit dem Namen Joey Peace bekannt sei. Fats Donner, der ein stärker sexorientierter Typ war als Danny Gimp, lachte schallend, als er den Namen des Zuhälters hörte und erkundigte sich dann, ob er sich womöglich P-I-E-C-E schreibe. Das sei ein Name, den er für einen Zuhälter geradezu einmalig fände. Nichtsdestotrotz hatte er von dessen Träger aber noch nie etwas gehört. Auch Danny Gimp hatte nichts Positiveres zu berichten. Beide Männer versprachen, die Ohren offen zu halten, bezweifelten jedoch unabhängig voneinander, daß sie viel Erfolg haben würden. »Sehr häufig«, meinte Fats in seiner höchst salbungsvollen, blubberigen Art, »benutzen Zuhälter Spitznamen, die nur den Mädchen aus ihrem eigenen Stall bekannt sind. Zum Schutz gegen ihre Zuhälterkollegen und natürlich auch die Polizei.« Carella bedankte sich für unschätzbare Einblicke in das älteste Gewerbe der Welt. Dann legte er auf.

Er fühlte sich gereizt und mißmutig. George Chaddertons Kalender zufolge war der Sänger insgesamt viermal mit Clara Jean Hawkins verabredet gewesen, bevor sie beide ermordet worden waren. Ein weiteres Treffen mit ihr hatte am Tag nach den Morden stattfinden sollen. Bei den ersten beiden Eintragungen hatte er im Kalender nur ›Hawkins‹ notiert. Bei den drei folgenden hatte er sie ›C. J.‹ genannt. In Anbetracht der Tätigkeit der Dame war natürlich möglich, daß er diese neutrale Form gewählt hatte, um Chloe Chadderton auf eine falsche Spur zu locken. Falls der Sänger jedoch die gewerblichen Liebesdienste des ermordeten Mädchens in Anspruch genommen hatte, warum sollte er denn überhaupt riskiert haben, über seine Verabredungen mit ihr Buch zu führen? Wenn ihre Beziehung rein sexuell gewesen war, hätte er dann darüber etwas Schriftliches hinterlassen? Carella ging stirnrunzelnd zu Meyer, der dabei war, den Bericht über seinen Besuch bei Mrs. Hargrove zu tippen.

»Ich glaube, es ist Zeit, daß wir uns wegen dieses verdammten Falles einmal alle zusammensetzen«, sagte er.

Es war in der Tat Zeit, einmal neue Überlegungen anzustellen, ein paar Gedankenspiele zu treiben, Ideen und Vermutungen zu äußern. Deshalb versammelten sie sich zu einem Polizeiritual wie in alten Zeiten, um Theorien vorzubringen und gegebenenfalls wieder zu verwerfen, sich gegenseitig anzuregen und ein bißchen Gehirnschmalz anzuwenden. Die Männer, die an dieser Diskussionsrunde teilnahmen, waren Carella und Meyer als Detectives, die den Fall Chadderton offiziell bearbeiteten; Lieutenant Peter Byrnes als ihr Vorgesetzter, dem das Recht zustand zu wissen, was seine Leute trieben; Detective Cotton Hawes, dessen puritanischer Erziehung es oft gelang, allzu abenteuerliche Spekulationen wieder auf den Boden der Realität zurückzubringen, und Detective Bert Kling, dessen jungenhaftes Aussehen ein Gemüt verbarg, das so unschuldig war wie ein Kinderpopo.

»Er muß neu im Geschäft sein«, bemerkte Meyer.

»Jedenfalls ist er noch nie festgenommen worden«, sagte Carella.

»Deshalb liegt auch noch nichts über ihn beim Fahndungsdienst vor«, ließ sich Kling vernehmen.

»Oder bei der Sittenpolizei«, ergänzte Carella. »Wahrscheinlich hat er deshalb auch noch nicht mehr Pferdchen im Stall«, warf Hawes ein. Er hockte auf der Kante von Meyers Schreibtisch, und die regengestreiften Fensterscheiben warfen ein verschwommenes Muster auf sein Gesicht, was seine Miene etwas furchteinflößend wirken ließ. Dieser Eindruck wurde verstärkt durch die Tatsache, daß sich genau über der linken Schläfe eine weiße Strähne durch Hawes' rote Haare zog, das Andenken an einen messerschwingenden Hausmeister aus den Tagen, als Hawes noch frischgebackener Polizist gewesen war.

»Nichts im Telefonbuch?« wollte Kling wissen.

»Nichts.«

»Okay«, meinte Byrnes etwas brüsk, »bis jetzt habt ihr ja Leopolds Fall wunderbar im Griff. Ihr fahndet nach dem

Luden, für den das Mädchen gearbeitet hat, na fabelhaft, sicher werdet ihr ihn irgendwann auch finden. Womöglich stellt ihr dann fest, daß er etwas dagegen hatte, wie sie sich die Fingernägel lackierte oder die Haare kämmte, und daß er ihr deswegen Freitag nacht ein paar Kugeln verpaßt hat. Na prima. Solltet ihr also auf dem richtigen Dampfer sein, habt ihr damit Leopolds Fall gelöst, und er wird zum Detective First Grade befördert. Na, wie schön für ihn. Aber was unternehmt ihr inzwischen, um Chaddertons Mörder zu finden?«

Byrnes hatte die (für seine Verhältnisse) recht lange Ansprache in einem Ton gehalten, der völlig frei war von Ironie. Auch in seinen Augen funkelte kein Spott, ebensowenig verriet sein Mund die geringste Andeutung eines Lächelns. Seine Worte waren so sanft gewesen wie eine laue Frühlingsbrise, deren linden Hauch die um Meyers Schreibtisch versammelten Detectives ohne Frage in diesem Augenblick dem Dauerregen draußen vorgezogen hätten. Sie kannten Byrnes mittlerweile jedoch alle recht gut, hatten sich im Laufe der Jahre an seine trockene Art gewöhnt sowie an die unbewegte Miene, mit der er seine Argumente vorbrachte. Sie hörten seine Worte wie die schweren Regentropfen draußen auf Meyers Schreibtischplatte platschen, ploppeti-plop-plip, und auf den abgetretenen Linoleumboden darunter. Ploppiti-plip-plop, ergossen sie sich über ihren Fall wie das Bächlein eines jungen Hundes, der auf eine ausgebreitete, alte Zeitung in der Küchenecke pinkelt.

»Also, wir dachten …« begann Carella.

»Nun, was dachtet ihr?« erkundigte sich Byrnes, wieder ohne jeden Sarkasmus, aber irgendwie ließ seine Frage alles noch feuchter wirken.

»Wir dachten, die Verbindung zwischen dem Mädchen und dem Zuhälter …«

»Mmmh?«

»Besteht darin … äh … Chadderton hat ein Lied über eine Prostituierte geschrieben.«

» Ach, tatsächlich?« meinte Byrnes.

»Ja, Sir«, bestätigte Carella. »Und in dem Lied ermahnt er sie …«

»Er ermahnt sie?« unterbrach Byrnes.
»Ja, Sir. Er ermahnt sie doch?« wandte sich Carella fragend an Hawes.
»Ja, das stimmt. Er ermahnt sie«, bestätigte Hawes.
»Ermahnt sie, ihr Gewerbe aufzugeben.«
»Aha«, nickte Byrnes.
»Deshalb dachten wir …« ergriff Meyer das Wort.
»Wir dachten«, fuhr Carella fort, »wenn dieser Joey Peace das Mädchen erschossen hat, und die Ballistiker doch festgestellt haben, daß in beiden Fällen dieselbe Waffe benützt worden ist, könnte er auch George Chadderton aus dem Weg geräumt haben, weil Chadderton das Mädchen davon abbringen wollte, weiter auf den Strich zu gehen.«
»Wie kommt ihr denn darauf«, fragte Byrnes, »daß Chadderton die Hawkins wieder auf den Pfad der Tugend zurückbringen wollte?«
»Das ist nur eine Vermutung«, erklärte Carella.
»Ah«, machte Byrnes.
»Aber er hat tatsächlich ein Lied über eine Nutte geschrieben«, sagte Hawes.
»Über diese bestimmte Nutte?« wollte Byrnes wissen.
»Äh … das weiß ich nicht«, erwiderte Hawes. »Steve, geht es in dem Lied um diese bestimmte Nutte?«
»Harding sagt nein.«
»Wer ist Harding?« fragte Kling.
»Chaddertons Manager. Er sagt, Chaddertons Lied habe sich nicht an eine bestimmte Person gerichtet.«
»Dann hat er also gar nicht über diese Hawkins geschrieben«, meinte Byrnes.
»Nun … das wohl nicht«, räumte Carella ein.
»Wo ist dann der Zusammenhang?«
»Das weiß ich noch nicht. Aber, Pete, sie sind mit derselben verdammten Kanone erledigt worden. Ist das nicht Zusammenhang genug?«
»Doch«, versetzte Byrnes, »das ist Zusammenhang genug. Und es wäre wunderschön, wenn ihr diesen Joey Peace finden würdet und mit ihm einen .38 Smith & Wesson Special …«

»Nein, entweder einen Regulation oder einen Terrier«, korrigierte Carella.

»Was auch immer«, sagte Byrnes. »Es wäre wunderschön, wenn ihr die Mordwaffe in seinen Socken oder seinen Unterhosen versteckt finden würdet, und es wäre noch schöner, wenn er dazu auch noch beide Morde eingestehen würde. Aber, meine Herren, ich kann euch nach allzu vielen Jahren in diesem verdammten Geschäft sagen, daß nie etwas so leicht ist, wie es scheint. Und wenn es in dieser Minute zu regnen aufhören sollte, würde mich das sehr überraschen.«

Es hörte nicht in dieser Minute zu regnen auf.

Was in dieser Minute zu Ende ging, war ihre Versammlung. Hawes und Kling fuhren nach Hause, Byrnes kehrte in sein Büro zurück und Meyer an seinen Schreibtisch, um seinen Bericht fertigzutippen. Carella rief Midtown South an und verlangte Detective Leopold zu sprechen in der Absicht, ihn über das positive Ergebnis aus dem ballistischen Labor zu informieren. Er bekam von einem Detective namens Peter Sherman jedoch die Auskunft, daß Leopold bereits nach Hause gefahren sei. Carella legte auf, suchte in seinem Privatverzeichnis die Telefonnummer unter dem Namen Palacios, Francisco, heraus und begann sie zu wählen.

Francisco Palacios besaß und führte einen Laden, in dem medizinische Kräuter, Traumbücher, Heiligenfiguren, Zahlenbücher, Spielkarten und Ähnliches gekauft werden konnten. Gaucho Palacios und Cowboy Palacios führten ein anderes Geschäft hinter diesem Laden. Und dort wurden so medizinisch anerkannte ›Ehehilfen‹, wie Dildos, Massagestäbe (wahlweise fünfzehn oder zwanzig Zentimeter lang), Spezialpräservative, zwickellose Höschen, Vibratoren, Keuschheitsgürtel, Peitschen mit Lederriemen und Ben-Wa-Kugeln in Plastikausführung oder vergoldet angeboten. Der Verkauf dieser Artikel war in dieser Stadt nicht etwa ungesetzlich. Der Gaucho und der Cowboy verstießen damit nicht gegen irgendwelche Verbote. Das war nicht der Grund, weshalb sie ihre Geschäfte hinter dem Laden abwickelten, den Francisco besaß und betrieb. Sie taten das allein aus Verantwortungsgefühl gegenüber der puertorikanischen Gemeinde. Beispielsweise wollten sie vermeiden, daß eine alte Dame mit schwarzem Umschlagtuch in den Laden kam und in Ohnmacht sank, weil sie einen Satz Spielkarten erblickt hatte, auf dem Männer und Frauen, Polizeihunde und Zwerge in zweiundfünfzig familienfördernden Positionen abgebildet waren, sogar vierundfünfzig, wenn man die Joker mit dazurechnete. Sowohl der Gaucho als auch der Cowboy besaßen einen Sinn für die Gemeinde, der dem des Francisco nicht nachstand. Francisco, der Gaucho und der Cowboy waren nämlich ein und dieselbe Person und außerdem ein Polizeispitzel.

»Palacios«, meldete sich eine Stimme.

»Cowboy, hier spricht Steve Carella. Ich brauche Hilfe.«

»Um was geht es?« fragte der Gaucho.

»Ich suche nach einem Zuhälter, der sich Joey Peace nennt. Je von ihm gehört?«

»Nicht, daß ich im Moment wüßte. Ist er von hier im *El Infierno*?«

»Ich weiß nichts über ihn außer seinen Namen. Er soll angeblich vier Pferdchen in seinem Stall haben. Eins davon ist in der Nacht von Freitag auf Samstag ermordet worden.«

»Wie heißt die?«

»Clara Jean Hawkins.«

»Weiß oder schwarz?«

»Schwarz.«

»Okay, ich werde mich umhören. Sind Sie morgen auf dem Revier?«

»Ja«, erwiderte Carella.

»Ich rufe Sie an.«

»Vielen Dank.« Carella legte auf. Es regnete noch immer. Er trat zu Meyer heran, der weiter an seinem Bericht tippte, erklärte ihm, daß er nach Diamondback fahren wolle, um mit der Mutter des ermordeten Mädchens zu sprechen, und fragte, ob Meyer vielleicht mitkommen wolle. In Anbetracht des Tonfalls von Carellas Stimme hielt es Meyer für besser, die Aufforderung bereitwillig zu akzeptieren.

Dorothy Hawkins war eine hellhäutige Negerin von Anfang Fünfzig, wie Carella schätzte, eher sehnig als schlank und mit eher hageren als feingemeißelten Gesichtszügen. Selbst Meyer mit seinem neuentdeckten Sinn für Belletristik hätte wahrscheinlich diese herberen Adjektive gewählt, um die Frau zu schildern, die ihnen die Tür öffnete und sie in die Wohnung an der Pettit Lane eintreten ließ. Es war achtzehn Uhr dreißig. Mrs. Hawkins erklärte, daß sie gerade von der Arbeit nach Hause gekommen sei. Sie arbeitete draußen in Bethtown in einer Fabrik, wo sie Transistorradios zusammensetzte. Vor ihr auf dem Tisch stand ein Schnapsglas voll Whiskey. Es sei Bourbon, gab sie ungefragt Auskunft, ob die beiden Herren vielleicht auch einen Schluck wollten.

»Der vertreibt bei diesem scheußlichen Regenwetter ein bißchen die Kälte aus den Knochen«, meinte sie.

Als die beiden Detectives dankend ablehnten, kippte sie den Whiskey pur mit einem Schluck herunter. Dann trat sie an den Küchenschrank, holte die halbvolle Flasche heraus und füllte das Glas erneut. Die Detectives nahmen ihr gegenüber am Küchentisch Platz. Eine Wanduhr ließ Minuten in den Raum fallen. In der Wohnung roch es nicht nach Gekochtem. Carella überlegte, ob Mrs. Hawkins ihr Abendessen in flüssiger Form einzunehmen gedachte. Draußen färbte ein Blitz den herabströmenden Regen und verwandelte die Rinnsale auf der Fensterscheibe in Nester aufgescheuchter grüner Schlangen.

»Mrs. Hawkins«, begann Carella. »Mein Kollege und ich untersuchen einen Fall, der unserer Meinung nach mit dem Tod Ihrer Tochter im Zusammenhang steht. Deshalb möchten wir Ihnen ein paar Fragen stellen. Wenn Sie bereit wären, uns diese Fragen zu beantworten, würden wir das sehr begrüßen.«

»Ja. Fragen Sie, was Sie wollen«, erwiderte sie.

»Zuerst einmal: Kennen Sie jemanden mit dem Namen George Chadderton?«

»Nein«, antwortete sie.

»Wir haben Grund zu der Annahme, daß er Ihre Tochter kannte. Hat sie ihn je in Ihrer Gegenwart erwähnt?«

»Ich kann mich auch nicht erinnern, seinen Namen schon einmal gehört zu haben.«

»Santo Chadderton dann wohl ebenfalls nicht?« fragte Meyer.

»Nein, den Namen auch nicht«, erklärte Mrs. Hawkins.

»Madam«, sagte Carella, »Sie haben Detective Leopold die Auskunft gegeben, Ihre Tochter sei eine Prostituierte gewesen ...«

»Ja, das stimmt.«

»Woher wußten Sie das?«

»Clara Jean hat es mir erzählt.«

»Wann war das?«

»Vor etwa zwei oder drei Wochen.«

»Bis zu diesem Zeitpunkt hatten Sie keine Ahnung, daß sie ...«

»Eine Ahnung schon, aber ich war nicht sicher. Sie behauptete immer, nachts in einem Hotel in der Innenstadt zu arbeiten. Als Schreibkraft.«

»Hat sie den Namen des Hotels genannt?« wollte Carella wissen.

»Ja, aber ich habe ihn jetzt vergessen.«

»Wo in der Stadt soll das gewesen sein?«

»Ich erinnere mich nicht. Ich kenne mich in anderen Gegenden außer in Diamondback hier nicht so aus.«

»Wann zog sie von Ihnen weg, Mrs. Hawkins?« fragte Meyer.

»Das muß jetzt mindestens sechs Monate her sein. Sie sagte, sie müsse näher an ihrer Arbeitsstelle wohnen, dem Hotel, wo sie nachts als Schreibkraft tätig war. Es sei zu gefährlich nach der Arbeit, so um drei oder vier Uhr früh mit der U-Bahn hier herauszufahren. Das leuchtete mir ein.«

»Und Sie hatten damals noch keinen Verdacht?«

»Nein, sie war immer ein gutes Kind gewesen. Ich hatte niemals Schwierigkeiten mit ihr gehabt. Sie trieb sich nie mit diesen Straßenbanden herum, wie manche Mädchen aus der Nachbarschaft, ließ sich nie verleiten, Drogen zu nehmen. Sie war ein braves Mädchen, meine Clara Jean.«

»Sind Sie mit dem Rauschgift wirklich sicher?« hakte Meyer nach.

»Ganz sicher. Sie können den Arzt fragen, der die Autopsie gemacht hat. Fragen Sie ihn, ob er in ihrem Körper irgendwelche Drogen festgestellt hat, oder Einstichstellen an ihren Armen und Beinen. Fragen Sie ihn ruhig. Ich habe wie ein Habicht auf sie aufgepaßt und jeden Nachmittag, wenn sie aus der Schule kam, ihre Arme und Beine untersucht. Auch abends, wenn sie von einer Verabredung nach Hause kam. Hätte ich je einen Nadeleinstich entdeckt, hätte ich ihr den Schädel eingeschlagen.«

»Wo ging sie zur Schule, Mrs. Hawkins?«

»Hier in Diamondback. Edward Victor High.«

»Hat sie ihr Abschlußexamen gemacht?«

»Vergangenen Januar.«

»Und dann?«

»Sie machte einen Monat Ferien. Sagte, sie wolle sich ein bißchen erholen, bevor sie sich nach einem Job umsehen würde. Im März nahm sie eine Stellung als Serviererin hier in Diamondback an. Aber sie verdiente nicht viel, deshalb gab sie die Stellung wieder auf, das muß im April gewesen sein, und nahm den Job als Schreibkraft in dem Hotel an – jedenfalls erzählte sie mir das. Im Mai zog sie dann hier aus. Wieviel Monate ist das her?«

»Fünf, Madam.«

»Ich dachte, es seien sechs gewesen. Ich habe vorhin sechs gesagt, nicht wahr?«

»Ja, Madam.«

»Na, dann sind es eben fünf.« Sie schüttelte den Kopf. »Ist mir länger vorgekommen.«

»Wo hat sie als Serviererin gearbeitet?« erkundigte sich Meyer.

»*Caribou Corner*, hier in Diamondback. Das ist ein Steaklokal, ich weiß auch nicht, warum die sich so einen scheußlichen Namen zugelegt haben. Ein *caribou* ist doch so eine Art großer Elch oder so was, nicht wahr?«

»Ich glaube ja«, erwiderte Meyer.

»So ein Name könnte mich nicht dazu bringen, ein Steak essen zu wollen, das kann ich Ihnen sagen.«

»*Caribou Corner*«, sagte Carella. »C. C.«

»Wie bitte?« fragte Mrs. Hawkins.

»Genau, das hat es bedeutet«, versetzte Meyer. »Clara Jean im *Caribou Corner*.«

»Mrs. Hawkins«, sagte Carella, »sind Sie wirklich sicher, daß Ihre Tochter nie jemanden mit dem Namen George Chadderton erwähnt hat?«

»Ganz sicher.«

»Als sie auszog, hat sie da alle ihre Sachen mitgenommen? Auch ihre persönlichen Dinge? Tagebücher, Adreßbücher …«

»Sie hat kein Tagebuch geführt. Aber alles andere hat sie mitgenommen, ja. Sie meinen, wo sie ihre Telefonnummern und so was aufgeschrieben hatte?«

»Ja.«

»Hat sie mitgenommen.«

»Hat sie überhaupt nichts zurückgelassen?«

»Nun ja, ein paar Nachthemden, BHs und Höschen. Damit sie etwas hier hatte, wenn sie einmal über Nacht bleiben wollte.«

»Besuchte Ihre Tochter Sie oft?«

»Ab und zu.«

»Wann haben Sie sie zum letztenmal lebend gesehen?«

»Donnerstag.«

»Sie war vergangenen Donnerstag bei Ihnen?«

»In den letzten beiden Monaten kam sie jeden Donnerstag nach Hause.«

»Warum das?«

»Nur um ihre Mama zu besuchen, denke ich«, erwiderte Mrs. Hawkins und wich plötzlich Carellas Blick aus.

»Mhm-mhm«, machte er. »Das scheint aber etwas Neues gewesen zu sein, wie? Diese Besuche am Donnerstag?«

»Na ja, seit den vergangenen beiden Monaten.«

»Sie sagten, Clara Jean sei im Mai ausgezogen …«

»Ja, im Mai.«

»Jetzt haben wir September.«

»Ja.«

»Wenn sie also an einem Donnerstag vor zwei Monaten damit anfing, Sie regelmäßig zu besuchen …«

»Ja, immer donnerstags.«

»Dann heißt das, die Besuche begannen im Juli. Stimmt das?«

»Ich denke ja«, erwiderte Mrs. Hawkins.

»Hatte sie Ihnen im Mai und Juni überhaupt einen Besuch abgestattet?«

»Nein, da war sie ja gerade erst ausgezogen.«

»Aber im Juli fing sie an, regelmäßig jeden Donnerstag zu kommen.«

»Ja«, bestätigte Mrs. Hawkins. Sie vermied noch immer Carellas Blick. Plötzlich stand sie auf, ging zum Schrank, holte die Bourbonflasche heraus und goß sich einen neuen Whiskey ein. Sie leerte das Glas sofort und schenkte es wieder voll. Die Detectives beobachteten sie schweigend.

»Mrs. Hawkins«, sagte Carella, »haben Sie eine Ahnung, warum Ihre Tochter plötzlich anfing, jeden Donnerstag hierherzukommen?«

»Das habe ich Ihnen doch schon erklärt. Um ihre Mama zu besuchen«, antwortete Mrs. Hawkins und hob das Glas an die Lippen.

»Um wieviel Uhr kam sie gewöhnlich?«

»Irgendwann vormittags.«

»Können Sie uns das nicht genauer sagen?«

»Jedenfalls schon vor zwölf. Ich war dann ja immer noch in der Fabrik, verstehen Sie? Aber in meiner Mittagspause rief ich gewöhnlich an, dann war Clara Jean schon hier.«

»Schlief sie?«

»Was?«

»Wenn Sie anriefen, schlief sie dann?«

»Nein, nein, sie war wach.«

»Hat sie je erzählt, daß sie die Nacht zuvor gearbeitet hätte?«

»Nun, ich habe sie nie gefragt. Als sie anfing zu kommen,

dachte ich ja noch, sie würde in dem Hotel arbeiten. Mittwochabend bekäme sie immer ihren Lohn, sagte sie mir, und Donnerstag kam sie immer ihre Mama besuchen.«

»Mit ihrem Scheck?«

»Nein, nein, es war Bargeld.«

»Wieviel?«

»Zweihundert Dollar jeden Donnerstag.«

»Und Ihnen ist nie die Vermutung gekommen, sie könnte das Geld mit Prostitution verdient haben?«

»Nein. Clara Jean war ein braves Mädchen.«

»Aber schließlich erfuhren Sie es von ihr selbst.«

»Ja.«

»Vor zwei oder drei Wochen.«

»Ja.«

»Was hat sie Ihnen erzählt?«

»Daß sie sich auf der Straße verkaufe und daß der Mann, der sich um sie und noch vier andere Mädchen kümmere, Joey Peace heiße.«

»Das gestand sie Ihnen also?«

»Ja.«

»Wie kam das?«

»Wir waren uns an diesem Tag sehr nahe. Ich war krank und nicht zur Arbeit gegangen, und als Clara Jean mich besuchen kam, kochte sie mir eine Suppe, und dann saßen wir zusammen im Schlafzimmer und sahen uns das Fernsehprogramm an. Kurz bevor sie hinunterging, um ...« Mrs. Hawkins unterbrach sich.

»Ja?« drängte Carella.

»Etwas einzukaufen«, fuhr Mrs. Hawkins fort, »erzählte sie mir, was sie in den vergangenen Monaten getan hätte. Sich für Geld anzubieten.«

»Hat sie etwas über die zweihundert Dollar jede Woche gesagt?«

»Äh ... nein, das hat sie nicht.«

»Sie hat nicht beispielsweise erwähnt, daß sie dieses Geld nicht an Joey Peace abliefern wolle?«

»Nein, so etwas hat sie nie gesagt.«

»Sie wissen vermutlich, daß die meisten Zuhälter von den Mädchen verlangen, ihnen ihren ganzen Verdienst abzuliefern«, sagte Carella.

»Das habe ich mir schon gedacht.«

»Trotzdem erschien Ihre Tochter jeden Donnerstag mit zweihundert Dollar Bargeld bei Ihnen.«

»Ja. Ja, das stimmt.« Mrs. Hawkins ergriff ihr nachgefülltes Glas.

»Nahm sie das Geld wieder mit, wenn sie wegging?«

»Nun ... ich ... ich habe sie nie gefragt, was sie damit machte.«

»Woher wußten Sie, daß sie es jede Woche bei sich hatte?«

»Sie zeigte es mir einmal.«

»Zeigte Ihnen zweihundert Dollar in bar?«

»Ja.«

»Nur einmal?«

»Nein ... wohl öfter.«

»Wie oft, Mrs. Hawkins?«

»Nun, ich glaube ... es war wohl jedesmal, wenn sie kam.«

»Jedesmal? Jeden Donnerstag?«

»Ja.«

»Sie zeigte Ihnen jeden Donnerstag zweihundert Dollar in Bargeld?«

»Ja.«

»Warum?«

»Ich ... ich verstehe nicht, was Sie meinen.«

»Warum zeigte sie Ihnen jeden Donnerstag die zweihundert Dollar?«

»Direkt gezeigt hat sie mir das Geld nicht.«

»Was machte sie dann?«

»Sie sagte mir bloß, daß sie es hätte, das ist alles.«

»Warum?«

»Damit ich Bescheid wüßte ... damit ich ... falls ihr etwas passiert ...«

»Befürchtete sie denn, daß ihr etwas passieren könne?« fragte Meyer sofort.

»Nein, nein.«

»Warum sollten Sie dann wegen des Geldes Bescheid wissen?«

»Eben einfach nur so. Für alle Fälle.« Mrs. Hawkins streckte die Hand erneut nach der Bourbonflasche aus.

»Nun lassen Sie das Zeug doch mal einen Augenblick stehen«, sagte Carella. »Was hat Ihre Tochter mit diesen zweihundert Dollar jede Woche gemacht?«

»Das weiß ich nicht.« Mrs. Hawkins zuckte die Achseln.

»Versteckte sie das Geld hier vor ihrem Zuhälter?« wollte Meyer wissen.

»Nein.« Mrs. Hawkins schüttelte den Kopf.

»Wo bewahrte sie es dann auf?« fragte Carella.

Mrs. Hawkins schwieg.

»Wenn nicht hier, wo dann?« fragte Carella.

»Auf einer Bank?« fragte Meyer.

»Wo?« fragte Carella.

»Auf einer Bank, ja«, antwortete Mrs. Hawkins.

»Welcher Bank?«

»Der State National. Culver Ecke Hughes.«

»Ein Sparkonto?« wollte Carella wissen.

»Ja.«

»Wo ist das Sparbuch?«

»Ich weiß nicht. Clara Jean bewahrte es immer in ihrer Brieftasche auf. Wenn sie herkam, hatte sie es immer in ihrer Brieftasche.«

»Nein, in ihrer Brieftasche bewahrte sie es nicht auf«, versetzte Meyer. »Sie hatte es nicht bei sich in der Nacht, als sie getötet wurde.«

»Dann ist es vielleicht in dieser Wohnung, wo sie mit den anderen Mädchen gewohnt hat.«

»Nein, wenn sie das Geld vor ihrem Zuhälter verstecken wollte, hätte sie das Sparbuch nicht in dieser Wohnung aufbewahrt.«

»Wo ist es also, Mrs. Hawkins?«

»Ich habe keine Ahnung.«

»Mrs. Hawkins, ist es hier? Befindet das Sparbuch sich hier in dieser Wohnung?«

»Meines Wissens nicht. Es sei denn, Clara Jean hätte es hiergelassen, ohne mir davon zu sagen.«

»Mrs. Hawkins«, sagte Carella, »ich glaube, das Sparbuch befindet sich hier in dieser Wohnung, und Sie wissen auch sehr genau, wo. Und ich glaube des weiteren, Sie sollten es für uns hervorholen, weil es uns vielleicht ...«

»Warum?« fiel ihm Mrs. Hawkins in plötzlich aufwallendem Ärger ins Wort. »Damit Sie zur Bank gehen und das ganze Geld abheben können?«

»Wie sollten wir denn das schaffen?« fragte Carella.

»Wenn Sie das Sparbuch haben, könnten Sie alles Geld abheben.«

»Ist es das, was Sie vorhaben?« wollte Meyer wissen.

»Was ich vorhabe, geht Sie gar nichts an. Nur mich allein. Ich kenne die Polizei. Glauben Sie nicht, daß ich die Polizei nicht kenne. Genauso die Feuerwehrleute. Hier in der Nachbarschaft werden sie nicht umsonst ›Die vierzig Räuber‹ genannt. In meiner Wohnung in der St. Sebastian hat es einmal gebrannt, und da haben sie alles mitgehen lassen, was nicht niet- und nagelfest war. Erzählen Sie mir also nichts über die Polizei und die Feuerwehr. Sie haben diese Autopsie bei Clara Jean vorgenommen, ohne mich zu fragen, nicht wahr? Ihre eigene Mutter haben Sie nicht gefragt. Keiner hat das Recht gehabt, sie einfach so aufzuschneiden.«

»Eine Autopsie ist bei einem Mordfall unumgänglich«, erklärte Carella.

»Kein Mensch hat mich gefragt, ob ich einverstanden bin«, beharrte Mrs. Hawkins.

»Madam, es ist versucht worden ...«

»Ich weiß, was versucht worden ist. Glauben Sie, ich wüßte nichts von diesen Geschossen und dem ganzen Kram? Aber Sie hätten mich fragen können. Wenn ich eine weiße Frau gewesen wäre, die in der Hall Avenue wohnt, hätten Sie mich sofort gefragt. Denken Sie also, ich würde Ihnen ein Sparbuch mit einem Guthaben von zweitausendsechshundert Dollar in die Hand geben? Damit jemand hingehen und das ganze Geld abheben kann und ich nichts mehr davon sehe oder höre? Ich kenne die Polizei. Denken Sie nicht, ich wüßte nicht über die ganzen Schliche Bescheid. Es kostet mich sechs Monate harte Arbeit, um so viel Geld zu verdienen.«

»Mrs. Hawkins«, sagte Meyer, »das Sparbuch ist für uns vollkommen wertlos. Und vermutlich auch für Sie.«

»Es ist zweitausendsechshundert Dollar wert, dieses Sparbuch.«

»Höchstens, wenn es ein Gemeinschaftskonto ist«, sagte Meyer.

»Oder eine Vollmacht existiert«, ergänzte Carella.

»Ich verstehe nicht, was Sie damit meinen.«

»Auf welchen Namen ist das Sparbuch ausgestellt?« fragte Carella.

»Clara Jeans.«

»Dann, Madam, wird die Bank ohne Erbschein oder entsprechende Verfügungsberechtigung keine Unterschrift außer Clara Jeans anerkennen.«

»Clara Jean ist tot«, sagte Mrs. Hawkins. »Sie kann nicht mehr unterschreiben.«

»Das ist wahr und bedeutet, daß die Bank das Geld zurückhalten wird, bis ein Gerichtsbeschluß vorliegt, was damit zu geschehen hat.«

»Was wird denn Ihrer Meinung nach damit geschehen? Unsere Familie hat nur aus Clara Jean und mir bestanden. Jetzt bin ich ganz allein. Sie werden mir das Geld zusprechen.«

»Das nehme ich mit Sicherheit an. Aber in der Zwischenzeit kann niemand darüber verfügen, Mrs. Hawkins. Weder Sie noch wir noch irgend jemand anders.« Carella schwieg eine Sekunde. »Dürfen wir jetzt das Sparbuch sehen? Alles, was wir brauchen, ist die Kontonummer.«

»Warum? Damit Sie die Bank veranlassen können, Ihnen das Geld auszuzahlen?«

»Mrs. Hawkins, Sie können doch nicht im Ernst glauben, daß irgendeine Bank auf der Welt die Einlagen eines privaten Sparbuches einer fremden Person auszahlen würde ...«

»Ich weiß überhaupt nicht mehr, was ich glauben soll«, sagte Mrs. Hawkins und begann plötzlich zu weinen.

»Wo ist das Sparbuch?« fragte Carella.

»In der ... auf dem Fernsehgerät in meinem Schlafzimmer steht eine Vase. Es ist in der Vase. Ich dachte, in der Vase würde niemand nachsehen.« Sie trocknete ihre Augen und warf Carella über den Küchentisch einen flehenden Blick zu. »Stehlen Sie das Geld nicht«, sagte sie. »Auch wenn Sie die Möglichkeit haben, es mir wegzunehmen, tun Sie es bitte nicht. Es ist das Blut meiner Tochter da auf diesem Sparbuch. Es ist das Geld, mit dem sie sich von dem Strich freikaufen wollte.«

»Wie meinen Sie das?« wollte Carella wissen.

»Die Langspielplatte«, erläuterte Mrs. Hawkins. »Mit dem Geld wollte sie diese Langspielplatte finanzieren.«

»Welche Langspielplatte?« fragte Meyer.

»Sie hatte eine Idee für eine Langspielplatte.«

»Ja, aber was für eine Platte?«

»Über all ihre Erfahrungen auf dem Strich.«

»Auf dem Strich«, wiederholte Carella und sah Meyer an. »Das ist es. Da ist die Verbindung. Wer wollte diese Platte machen, Mrs. Hawkins? Hat sie das gesagt?«

»Nein. Sie hat mir bloß erzählt, daß sie dreitausend Dollar dafür braucht. Sie würde durch die Platte reich werden, meinte sie. Wir beide könnten dann aus Diamondback wegziehen, vielleicht nach Kalifornien. Also, bitte nehmen Sie mir das Geld nicht weg. Wenn ... wenn das Gericht erst, wie Sie sagen, darüber entscheiden muß, dann soll es das tun. Ich dachte daran, vielleicht in den Westen zu gehen, verstehen Sie? So wie es Clara Jean vorhatte. Aber wenn Sie mir das Geld wegnehmen ...«

Und plötzlich weinte sie wieder.

Sie nahmen das Sparbuch nicht mit, als sie die Wohnung von Dorothy Hawkins verließen, weil sie offen gestanden nicht genau wußten, ob sie überhaupt dazu berechtigt waren und keine Scherereien wegen widerrechtlicher Aneignung riskieren wollten. Noch dazu in diesem Monat, wo vierzehn Polizisten vom 21. Revier in Majesta in einer polizeiinternen Aktion wegen Verkaufs von Drogen verhaftet worden waren, die sie vorher verschiedenen Süchtigen und Dealern abgenommen hatten. Carella und Meyer waren zu erfahren, um sich auf vermeidbare Schwierigkeiten einzulassen, zumal sie wußten, daß sie nur die Nummer des Sparbuchs sowie einen Gerichtsbeschluß brauchten, der die Bank ermächtigte, ihnen eine Kopie der gesamten Kontounterlagen zu überlassen.

Am frühen Dienstag vormittag, dem 19. September, in einem konstant strömenden Regen, der sämtliche Meteorologen in der Stadt veranlaßte, Witze über den Bau von Archen zu machen, fuhren Carella und Meyer in die Stadt zur High Street, um sich von einem Verwaltungsrichter den benötigten Beschluß ausstellen zu lassen. Zehn Minuten vor elf am selben Vormittag las der Zweigstellenleiter der State National Bank in der Culver Avenue Ecke Hughes Street in Diamondback diesen Beschluß und gab seiner Sekretärin prompt Anweisung, den ›Herren von der Polizei‹ sofort ein Duplikat der Kontounterlagen anfertigen zu lassen. Carella und Meyer fühlten sich ein wenig geschmeichelt. Die Fotokopie war in wenigen Minuten fertig. Sie verließen die Bank genau eine Minute nach elf und setzten sich zusammen in Carellas Auto, um sich die Zahlen anzusehen. Der Tag war nicht nur naß, es hatte sich auch unverhältnismäßig abgekühlt. Der Motor lief, die Heizung war angestellt, die Windschutzscheibe beschlug, als die Männer das Kontoblatt lasen.

Clara Jean Hawkins hatte das Konto am 22. Juni mit einer Einzahlung von zweihundert Dollar eröffnet. Seitdem waren regelmäßig wöchentlich zweihundert Dollar hinzugekommen, einschließlich der Einzahlung, die noch am 14. September, einen Tag vor ihrem Tod, vorgenommen worden war. Insgesamt dreizehn Einzahlungen, die addiert einen Betrag von zweitausendsechshundert Dollar ausmachten. Ein Blick auf Carellas Taschenkalender zeigte, daß die Daten der Einzahlungen alle auf Donnerstage fielen, was Mrs. Hawkins' Aussage bestätigte, ihre Tochter habe sie jede Woche an diesem Tag besucht. Mehr erfuhren sie aus Clara Jean Hawkins' Sparkonto nicht.

Ein ziemlich langer Weg, um so wenig zu erreichen.

## 10. KAPITEL

So wie Meyer ganz spontan empfunden hatte, daß ›Eine Überfülle von Rosen‹ beispielsweise ein fabelhafter Titel für einen Roman über einen Mann gewesen wäre, der mit dem Stengel einer gefrorenen Rose ins Herz gestochen wird, wobei die Mordwaffe anschließend infolge der Körperwärme auftaut (hätte es nicht leider schon in Meyers Jugendzeit, als er noch von freundlichen Gojims durch die Nachbarschaft gejagt worden war, eine ähnliche Geschichte bei Dick Tracy gegeben), empfand er jetzt ebenso spontan – und in Übereinstimmung mit Mrs. Hawkins –, daß *Caribou Corner* wohl der scheußlichste Name war, den je ein Restaurant getragen hatte, besonders wenn es als Spezialität Steaks anbot. In dem Bemühen, sich ähnlich abstoßende Namen auszudenken, um Gäste zum Besuch eines Steakrestaurants zu animieren, fiel ihm nur *The Hairy Buffalo* ein. Der Held aus ›Eine Überfülle von Rosen‹ würde mit seiner Freundin ein Steaklokal mit dem Namen *The Hairy Buffalo* besuchen. Und dort würde er von jemandem hinter einem weinroten Vorhang hervor erschossen werden. Der Name des Helden würde entweder Matthew, John, Peter, Andrew, Thomas, Jude, Phillip, Bartholomew, Simon oder James sein, da die meisten guten Charaktere in Romanen nach den zwölf Aposteln benannt wurden, mit Ausnahme von Judas Ischariot. Sofern ein Typ dieses Namens in dem Roman auftauchte, konnte man natürlich wetten, daß es sich um einen Bösewicht handelte, der im übrigen bereits durch Matthias ersetzt worden war. Manchmal trugen die Guten auch die Namen weiterer Apostel, Paul oder Barnabas, oder anderer biblischer Gestalten wie Mark, Luke oder Thimothy. Üble Burschen hießen im allgemeinen Frank, Randy, Jug, Billy-Boy oder Baldy. Nette harmlose Knaben dagegen Larry, Eugene, Richie und Sammy (aber nicht Sam). Schlitzohren konnte man an Namen wie Morris, Irving, Percy, Toby und – nicht zuletzt – Meyer erkennen. Danke, Paps.

Der Mann, dem das *Caribou Corner* gehörte, hieß Bruce Fowles.

Der Name Bruce – in Romanen und aufgrund von Meyers

Erfahrungen – ließ nur auf zwei Möglichkeiten schließen. Bruce war entweder ein Schwuler oder ein Schläger mit haariger Brust, das genaue Gegenstück eines süßen Bubis. Der echte Bruce Fowles war ein Weißer Ende Dreißig, etwa einsdreiundsiebzig groß und hundertsechzig Pfund schwer, mit sandfarbenen Haaren, die sich am Hinterkopf bereits zu lichten begannen (was Meyer sofort bemerkte). Er trug Blue jeans und ein dunkelrotes T-Shirt mit dem Kopf eines zotteligen Elchs oder Rentiers bedruckt, dessen ausladendes Geweih sich über Bruce Fowles Brustkasten erstreckte und auch noch seine Kehle zu umklammern drohte. Er kam aus der Küche des Restaurants und trocknete sich dabei die Hände an einem Geschirrtuch ab. Hätte Meyer ihm einen Namen geben müssen, hätte er ihn Jack genannt. Bruce Fowles sah wie ein Jack aus. Er streckte die Hand aus und ergriff Meyers Hand mit einem kräftigen Jack-Fowles-Druck, der allen Bruce-Vorstellungen widersprach.

»Hallo«, sagte er, »ich bin Bruce Fowles. Meine Serviererin hat mir ausgerichtet, daß Sie von der Polizei sind. Was haben wir diesmal für Gesetze übertreten?«

»Mir ist keine Gesetzesübertretung bekannt«, antwortete Meyer lächelnd. »Ich bin hier, um Ihnen ein paar Fragen über ein Mädchen zu stellen, das unseren Informationen nach im März bei Ihnen gearbeitet hat.«

»Handelt es sich um Clara Jean Hawkins?« erkundigte sich Fowles.

»Sie erinnern sich also an das Mädchen?«

»Ich habe die Geschichte in der Zeitung gelesen. Es ist eine Schande. Sie war ausgesprochen nett.«

»Wie lange hat sie hier gearbeitet, Mr. Fowles?«

»Hören Sie, wir müssen doch nicht hier stehenbleiben, nicht wahr? Möchten Sie eine Tasse Kaffee? Louise«, rief er nach der Serviererin, »bring uns zwei Kaffee, bitte. Nehmen Sie doch Platz«, wandte er sich wieder an Meyer. »Es tut mir leid, aber ich habe Ihren Namen nicht verstanden.«

»Detective Meyer«, stellte Meyer sich vor und faßte in die Tasche, um sich auszuweisen.

»Ihre Marke brauchen Sie mir nicht zu zeigen«, wehrte Fowles ab. »Wenn jemand wie ein Polizist aussieht, dann sind Sie es.«

»Ich?« sagte Meyer. »Tatsächlich?« Er hatte immer angenommen, er sähe eher wie ein Versicherungsvertreter aus, besonders seit er sich diesen Professor-Higgins-Hut gekauft hatte. Der Hut saß jetzt auf seinem Kopf, durchweicht und formlos von dem Regen draußen. Beide Männer ließen sich an einem Tisch in der Nähe der Schwingtür nieder, die zur Küche führte. Es war jetzt zwanzig Minuten vor zwölf, noch etwas früh für die Mittagspause.

»Polizisten haben ein ganz typisches Aussehen«, erklärte Fowles. »Gastronome übrigens auch. Es ist meine feste Überzeugung, daß sich Menschen ihren Beruf entweder aufgrund ihres Äußeren wählen, oder aufgrund ihrer ausgeübten Tätigkeit ein bestimmtes Aussehen annehmen. Sagen Sie mir die Wahrheit, wenn Sie mich auf der Straße sehen würden, wüßten Sie nicht sofort, daß ich ein Restaurant besitze? Ich meine, Sie würden mich doch nicht als Rauschgifthändler festnehmen, nicht wahr?«

»Nein«, bestätigte Meyer lächelnd.

»Ebenso brauchte ich nicht zu wissen, daß Sie Polizist sind, um Sie als solchen zu erkennen. Selbst wenn mir Louise nicht gesagt hätte, daß mich draußen ein Polizist erwartet, hätte ich im selben Moment gewußt, was Sie sind, als ich durch die Tür trat. Wo bleibt übrigens der Kaffee? Die Bedienung in diesem Laden ist schrecklich«, bekannte er grinsend und machte der Serviererin erneut ein Handzeichen. Als sie an den Tisch trat, sagte er: »Louise, ich weiß ja, wir müssen dich erst über die Straße schicken, um Kaffee zu besorgen, aber meinst du, wir könnten noch vor Mitternacht zwei Tassen bekommen?«

»Was?« fragte sie.

»Der Kaffee«, wiederholte Fowles mit unendlicher Geduld. »Der Kaffee, den zu bringen ich dich gebeten hatte. Zwei Kaffee, bitte. Detective Meyer hier ist gerade aus diesem Unwetter gekommen, durchnäßt bis auf die Haut, und hätte gern eine Tasse Kaffee gehabt. Ich könnte es natürlich auch ohne

Kaffee aushalten, aber da ich nun einmal der Chef hier bin, würde ich es zu schätzen wissen, wenn ich trotzdem auch eine Tasse bekäme. Was meinst du, Louise?«

»Was?« fragte sie erneut.

»Kaffee. Zwei Kaffee«, sagte Fowles mit Nachdruck und scheuchte Louise mit den Händen weg. »Louise wird ihr Leben lang nichts anderes als Serviererin werden«, wandte er sich an Meyer. »Auch mit achtundsiebzig wird sie noch mit fassungslosem Gesichtsausdruck und blinzelnden Augen hier herumtapern. Eine Menge Muskeln, aber kein Gehirn.« Fowles tippte sich beziehungsvoll mit dem Finger an die Stirn.

»Wie war das mit Clara Jean Hawkins?« kam Meyer zum Thema zurück.

»Die war von einem anderen Schlag«, erwiderte Fowles. »Ich wußte gleich, daß sie nicht lange bleiben würde, und war nicht überrascht, als sie kündigte. Servieren ist für die meisten Mädchen nur eine Zwischenstation. Zumindest das Servieren in einem Laden wie diesem hier, der eine Kombination zwischen Kaffeestube, Imbißhalle und schlichter Kneipe ist. Ich hatte ja schon mal gedacht, ihn in *Zirkuszelt* umzunennen, entsprechend zu dekorieren und dann Elefantensteak und Tigerblut auf die Speisekarte zu setzen. Wenn dann jemand Elefantensteak bestellen will, würden wir einfach erklären, daß das nur bei Gesellschaften ab zwölf Personen möglich ist, weil wir dazu den ganzen Elefanten schlachten müssen. Was halten Sie von dem Namen *Zirkuszelt*?«

»Kaum überzeugender als *Caribou Corner*.«

»Schrecklich, nicht? Ich habe eine perverse Ader in mir, das weiß ich. Vielleicht liegt es daran, daß ich das Restaurant mit dem Geld meiner Frau aufgemacht habe. Vielleicht will ich, daß es pleite geht. Halten Sie das für möglich?«

»Läuft es denn nicht gut?«

»Im Gegenteil, es ist ein Riesenerfolg.« Er warf einen Blick auf seine Armbanduhr. »Sie sind ziemlich früh dran. Wenn Sie um halb eins gekommen wären, hätten wir uns in den Lokus zurückziehen müssen. Und abends geht es hier wie in einem

Tollhaus zu. Ich sollte es lieber nicht beschreien«, fügte Fowles hinzu und klopfte mit den Fingerknöcheln auf die hölzerne Tischplatte.

»Erzählen Sie mir mehr über Clara Jean Hawkins.«

»Vor allen Dingen hatte sie ein helles Köpfchen. Das gefällt mir an Frauen, wenn sie nicht auf den Kopf gefallen sind. Ihnen auch?«

»O ja, mir auch«, bestätigte Meyer.

»Da wir gerade von Genies sprechen, wo bleibt Louise?« Fowles wandte sich zur Schwingtür um und brüllte aus Leibeskräften: »Louise, wenn du jetzt nicht in drei Sekunden mit dem Kaffee erscheinst, laß dich dich wegen Herumtreiberei festnehmen!«

Die Schwingtür flog augenblicklich auf. Louise erschien erhitzt und aufgelöst mit einem Tablett, auf dem zwei Kaffeetassen standen. Meyer konnte sich gut vorstellen, wie es sein mußte, wenn sie zur Hauptbetriebszeit Tische zu bedienen hatte. Er fragte sich, warum Fowles sie überhaupt behielt.

»Vielen Dank, Louise«, sagte Fowles und schob die Zuckerdose näher zu Meyer heran. »Zucker?« fragte er. »Oder Sahne? Danke, Louise, du kannst in die Küche zurückgehen und Nägel kauen. Verschwinde, vielen Dank.« Louise zog sich mit gekränkter Miene in die Küche zurück. »Eine komplett Schwachsinnige«, bemerkte Fowles. »Sie ist meine Nichte. Die Tochter eines Bruders meiner Frau. Ein *Trombenik*, verstehen Sie Jiddisch? Sie sind doch Jude, nicht wahr?«

»Ja«, bestätigte Meyer.

»Ich auch. Mein richtiger Name ist Feinstein. Ich habe ihn in Fowles umgeändert, als ich ins Schaugeschäft ging. Der Bruce ist echt. Die großartige Idee meiner Mutter. Sie war in Bruce Cabot verknallt, als er den Magua im ›Letzten der Mohikaner‹ spielte. Zwar zweihundert Jahre, bevor ich geboren wurde, aber sie hatte ihn noch nicht vergessen und nannte mich also Bruce Feinstein. Fabelhaft, wie? Vor vier oder fünf Jahren habe ich ein bißchen Fernsehen gemacht. Nie mit besonderem Erfolg, deshalb beschloß ich, lieber ein Restaurant aufzumachen. Aber damals wurde ich jedenfalls Bruce

Fowles, als ich die Rolle von Dr. Andrew Malloy in *Time and the City* ergatterte. *Time and the City* ist Ihnen zweifellos ein Begriff? Nein? Soll das heißen, die Polizei verbringt ihre Zeit nicht im Tagesraum vor dem Fernsehgerät und sieht sich Kitschfilme an?«

»Aufenthaltsraum«, korrigierte Meyer.

»Ich dachte, es hieße Tagesraum. Wir drehten mal eine Episode – eine ziemlich lange Episode, sie dauerte sechs Monate – wo ein paar Polizisten im Revier unter Quarantäne gehalten wurden. Einer von ihnen hatte die Pest oder so was Ähnliches, und der Autor benutzte den Ausdruck Tagesraum.«

»Aufenthaltsraum«, wiederholte Meyer.

»Sie müssen es schließlich wissen. Wo waren wir stehengeblieben?«

»Wir sprachen über intelligente Mädchen wie Clara Jean Hawkins.«

»Richtig. Sie blieb sogar ein wenig länger hier, als ich gedacht hatte. Aufgeweckt, jung und außerdem noch hübsch. Erstaunlich sauber für diese bescheidene Nachbarschaft. Dabei meine ich, daß sie nichts mit Drogen im Sinne hatte. Mittags drücken sich hier genug Händler herum, um ganz Istanbul im August zwei Wochen lang mit Stoff zu versorgen.«

»Wie steht es mit Zuhältern?« wollte Meyer wissen.

»Davon haben wir auch genug. Hier ist Diamondback, was wollen Sie verlangen? Ein Lokal irgendwo in der Innenstadt wäre mir auch lieber.«

»Kennen Sie jemanden mit dem Namen Joey Peace?«

»Nein, wer soll das sein?«

»Ein Zuhälter.« Meyer zögerte. »Der Zuhälter von Clara Jean Hawkins.«

»Sie wollen mich auf den Arm nehmen«, sagte Fowles. »Ist sie wirklich auf dem Strich gelandet?«

» Ja.« Meyer nickte.

»Ich kann es nicht glauben. Clara Jean? Das hätte ich in Millionen Jahren nicht gedacht. Eine Nutte? Clara Jean?«

»Eine Nutte«, wiederholte Meyer. »Clara Jean.«

»Wie, um aller Welt, ist sie denn dazu gekommen?« fragte Fowles kopfschüttelnd.

»Ich hatte gehofft, Sie würden mir darüber Aufschluß geben können«, erwiderte Meyer. »Haben Sie Clara Jean je in eine Unterhaltung mit jemandem vertieft beobachtet, der ihr vielleicht eine große Karriere versprochen haben könnte?«

»Nein, nie. Sie war heiter und freundlich mit allen Gästen, aber ich habe nie gesehen, daß irgendwelche Zuhälter sie belagert hätten. Sie wissen ja, wie diese Burschen vorgehen. Sie halten gewöhnlich nach etwas haltlosen Mädchen Ausschau, verlorene Seelen, diese Erfahrung haben Sie sicher auch schon gemacht. Clara Jean wirkte ausgesprochen selbstbewußt. Ich kann einfach nicht glauben, daß sie so geendet haben soll. Es ist mir wirklich unerklärlich.«

»Sind Sie ganz sicher, was das Rauschgift angeht?« fragte Meyer.

»Warum? War sie süchtig, als sie starb?«

»Nach dem Autopsiebericht nicht.«

»Ich kann auch nur Fehlanzeige melden. Hundert Prozent sauber.«

»Versuchten sich irgendwelche Dealer an sie heranzumachen?«

»Bei wem versuchen es diese Typen nicht? Selbst wenn eine Nonne mit ihrem Rosenkranz hier hereinkäme, würden sie ihr einen kleinen Gratisfix antragen. Das ist ihr Geschäft, nicht wahr? Ohne Süchtige gibt es keine Dealer. Natürlich wollten sie auch Clara Jean ihr Zeug aufschwatzen. Anders kann man es in dieser Stadt wohl auch nicht erwarten. Aber sie stieg nicht drauf ein, ließ die Kerle abblitzen. Sehen Sie, Mr. Meyer, Clara Jean war in diesem Abfalloch, das sich Diamondback nennt, geboren und aufgewachsen. Wenn ein Mädchen neunzehn wird und nicht schwanger ist oder eine Nutte oder süchtig – oder manchmal alles drei –, ist das ein verdammtes Wunder. Okay. Clara Jean war eine Persönlichkeit. Nicht ganz frei, aber wie soll man das in Diamondback jemals schaffen? Nicht ganz einundzwanzig und nicht mit der Möglichkeit, je weiß werden zu können – aber mit einem intelligenten Kopf auf den Schultern und einer Menge Chancen. Wie ist es also möglich, daß sie als Nutte um vier Uhr morgens auf der Straße erschossen worden ist? So hieß es doch in der Zeitung. Um vier Uhr morgens, nicht wahr?«

»Ja, das stimmt.«

»Ich hätte bei der Uhrzeit gleich hellhörig werden müssen. Ich meine, welche Frau hält sich sonst noch am frühen Morgen allein auf der Straße auf?«

»Vielleicht war sie nicht allein«, sagte Meyer. »Vielleicht ist sie von einem Kunden umgebracht worden. Oder sogar von ihrem Zuhälter.«

»Joey Peace, sagten Sie, heißt er?«

»Joey Peace.«

»Wovon abgeleitet? Joseph Pincus?«

»Das ist möglich«, versetzte Meyer. »Viele Zuhälter ...«

»Ich bin mit einem Jungen namens Joseph Pincus zur Schule gegangen«, bemerkte Fowles träge. »Joey Peace, hm?« Er schüttelte den Kopf. »Läßt bei mir keine Glocke läuten. Ich kenne die meisten Gäste, die hier hereinkommen, aber dieser Name ist mir unbekannt.«

»Okay, lassen wir das vorläufig. Vielleicht fällt Ihnen später noch etwas ein. Sie sagten, Clara Jean hätte nicht viel mit Ihren zweifelhafteren Kunden im Sinn gehabt ...«

»Nur ein Lächeln oder ein freundliches Wort, mehr nicht.«

»Ist je ein Mann namens George Chadderton hier aufgetaucht?«

»Chadderton, Chadderton. Nein, ich glaube nicht. Weiß oder farbig?«

»Farbig.«

»Chadderton. Der Name klingt mir irgendwie bekannt, aber ...«

»Er war ein Calypsosänger.«

»War?«

»War. Er wurde Freitag abend erschossen, sechs Stunden, bevor Clara Jean mit derselben Waffe getötet wurde.«

»Vielleicht habe ich davon gelesen«, meinte Fowles. »Aus dem Restaurant hier kenne ich den Namen, glaube ich nicht.«

»Er wollte sich vergangenen Samstag um zwölf Uhr mittags hier mit Clara Jean treffen. Das wäre der sechzehnte gewesen.«

»Nein, da kann ich Ihnen leider nicht helfen.«

»Okay, wie war es, als sie noch hier arbeitete? Hatte sie einen Freund? Wurde sie jemals nach der Arbeit abgeholt? Bekam sie Telefonanrufe?«

»Nein, nicht daß ich wüßte.«

» Haben Sie hier auch Kellner?«

»Nur Serviererinnen.«

»Lehrlinge?«

»Vier.«

»Wie sieht es in der Küche aus? Gibt es da männliches Personal?«

»Ja, Köche und Tellerwäscher.«

»Stand sie in freundlichen Beziehungen mit jemandem davon?«

»Ja, sie war von Natur aus freundlich.«

»Ging sie mit jemand von den in der Küche beschäftigten Männern aus, meine ich?«

»Ich glaube nicht. Jedenfalls habe ich nichts davon bemerkt, und ich bin tagein, tagaus im Lokal. Entweder in der Küche oder draußen an der Kasse. So etwas hätte mir bestimmt auffallen müssen, meinen Sie nicht?«

»Arbeitet jemand mit dem Namen Joey hier?« fragte Meyer plötzlich.

»Joey? Nein. Ich habe einen Tellerwäscher, der Johnny heißt. Und früher hatte ich einen Lehrling namens José – das könnte allerdings auch Joey sein, wie?«

»Wann war das?«

»José hat hier ... warten Sie mal ... irgendwann im Frühling gearbeitet.«

»Kann es März gewesen sein?«

»März, April, so um diese Zeit herum.«

»Als Clara Jean hier beschäftigt war?«

»Ich glaube schon, wenn ich es mir recht überlege.«

»Wann gab er seine Stellung auf?«

»Zur selben Zeit wie Clara Jean, jetzt erinnere ich mich.«
»Mhmhm«, machte Meyer. »Wie hieß dieser José weiter?«
»La Paz«, antwortete Fowles.

Etwa zehn Häuserblocks von der Stelle entfernt, wo Meyer entdeckte, daß das spanische Wort *paz* in der englischen Übersetzung Peace hieß, stellte Steve Carella fest, daß Ambrose Harding ein sehr verängstigter Mann war. Carella war nur gekommen, um Chaddertons Manager zu fragen, ob er etwas von einer Plattenaufnahme wisse, die der Sänger mit Clara Jean Hawkins besprochen hatte. Statt dessen zeigte ihm Harding sofort eine frische Ansteckblume, die zehn Minuten zuvor abgegeben worden war. Es hatte an der Tür geklopft, und als Harding aufmachte – die Kette ließ er sicherheitshalber vorgelegt –, stand die Schachtel auf dem Flur draußen. Es war nicht die übliche Art von Karton, in der Blumen sonst geliefert wurden. Kein weißer, rechteckiger Kasten mit grünem Papier ausgeschlagen und dem Namen der Blumenhandlung auf dem Deckel aufgedruckt. Die Schachtel sah ganz anders aus.

Carella fühlte sich von ihr an eine Art von Geschenkverpackungen aus einem der großen Warenhäuser der Stadt erinnert. Die Schachtel kam ihm auf Anhieb bekannt vor, wenn er sie auch nicht gleich mit dem passenden Warenhaus in Verbindung zu bringen wußte. Sie war etwa fünfzehn Zentimeter lang, zehn Zentimeter breit und zehn Zentimeter hoch und auf grünem Grund mit einem durchgehenden blauen Lilienmuster bedruckt. Die Blume in der Schachtel war eine rosa Orchidee.

»Warum versetzt Sie diese Blume in Angst?« fragte Carella.

»Erstens und vor allem«, antwortete Harding, »wer sollte mir, verdammt noch mal, eine Orchidee schicken wollen?«

Er hatte sich in einem Sessel in seinem Wohnzimmer niedergelassen. Gegen das Fenster hinter ihm schlug der Regen, der entschlossen zu sein schien, die Stadt unter Wasser zu setzen. Obwohl es erst kurz nach zwölf Uhr mittags war, wirkte der Himmel draußen eher wie an einem frühen Winterabend.

Die rosa Orchidee stand vor ihm auf dem Kaffeetisch, noch in der Schachtel mit dem grün-blauen Lilienmuster. Sie sah völlig harmlos aus. Carella konnte nicht einsehen, warum sie auf Harding so beängstigend wirkte.

»Eine ganze Menge Leute werden Ihnen Blumen schicken wollen«, sagte Carella. »Sie sind schließlich verletzt worden und waren im Krankenhaus ...«

»Blumen vielleicht«, versetzte Harding. »Einen Blumenstrauß. Aber keine Ansteckblume. Ich bin immerhin ein Mann. Warum sollte mir jemand eine Ansteckblume zugedacht haben?«

»Nun, vielleicht ... äh, ich weiß auch nicht«, gab Carella zu. »Möglicherweise hat die Blumenhandlung einen Fehler gemacht.«

»Das wäre der zweite Punkt«, bemerkte Harding. »Wenn jemand sich extra die Mühe gemacht hat, mir eine Ansteckblume zu kaufen – sogar eine Orchidee –, warum wird sie dann von jemandem abgeliefert, der verschwindet, bevor ich die Tür öffnen kann? Wie kommt es, daß sie nicht in einer richtigen Blumenschachtel verpackt ist? Wie kommt es, daß keine Karte beigefügt ist? Warum wird einfach nur an der Tür geklopft, und dann steht diese Schachtel draußen auf dem Flur? Auf diese Frage hätte ich gern eine Antwort.«

»Was glauben Sie denn, was dahinter steckt?« wollte Carella wissen.

»Eine Warnung«, erwiderte Harding.

»Wie kommt es ... äh ... daß sie in eine Ansteckblume ... äh ... eine Warnung hineinlesen?«

»Die Blüte ist von einer Nadel durchbohrt«, erklärte Harding. »Vielleicht will mir jemand damit zu verstehen geben, daß mir auch irgendwas in den Körper gerammt wird. Daß ich so enden werde wie Georgie.«

»Ich begreife, daß Sie derartige Befürchtungen haben ...«

»Da haben Sie verdammt recht. Wenn ich bedenke, daß mir jemand den Revolver schon an den Kopf gehalten hat ...«

»Aber eine Blume«, meinte Carella. »Eine Orchidee ...« Er ließ den Satz unbeendet und zuckte nur mit den Achseln.

»Nehmen Sie das Ding mit«, sagte Harding.

»Wozu?«

»Geben Sie die Blume Ihren Leuten im Labor. Die sollen untersuchen, ob sie vergiftet ist oder so was.«

»Das werde ich tun. Einverstanden«, versetzte Carella. »Aber ich glaube wirklich nicht ...«

»Jemand hat sehr ernsthaft versucht mich umzubringen, Mr. Carella«, beharrte Harding. »Und es hat nicht geklappt. Weil die Waffe leergeschossen war. Okay. Vielleicht schickt mir dieselbe Person jetzt Blumen vor der Beerdigung, Mr. Carella. Verstehen Sie mich? Ich habe Angst. Ich bin nicht mehr im Krankenhaus, wo ich durch die Ärzte, die Schwestern und all die Leute um mich herum geschützt war. Jetzt bin ich zu Hause, nur ich ganz allein, und gleich legt mir jemand eine rosa Orchidee vor die Tür. Ich kann nur sagen, daß mir das mächtig an die Nerven geht.«

»Ich werde mit dem Lieutenant sprechen«, beruhigte ihn Carella. »Vielleicht können wir einen Mann zur Bewachung für Sie abstellen.«

»Das wäre mir sehr angenehm«, erwiderte Harding. »Und jemand soll sich die Blume vornehmen.«

»Das wird erledigt«, versprach Carella. »Aber jetzt möchte ich Ihnen ein paar Fragen stellen.«

»Schießen Sie los«, sagte Harding.

»Kennen Sie jemand mit dem Namen Clara Jean Hawkins?«

»Nein. Wer ist das?«

»Ein Mädchen, das George Chadderton kannte. Wußten Sie über alle seine Geschäftsverbindungen Bescheid?«

»Ja.«

»Aber nicht über Clara Jean Hawkins.«

»Hatte er geschäftlich mit ihr zu tun?«

»Offenbar stand sie mit George wegen einer Plattenaufnahme in Verhandlung.«

»Ist sie im Plattengeschäft tätig?«

»Nein, sie war eine Prostituierte.«

»Eine Prostituierte? Und sie verhandelte mit George wegen einer Plattenaufnahme?«

»George hat sie Ihnen gegenüber nie erwähnt?«

»Nein. Was sollte das denn für eine Platte werden?«

»Lieder, die auf ihren Erfahrungen als Prostituierte beruhten«, antwortete Carella.

»Na, die wären bestimmt in der Hitliste gelandet«, meinte Harding kopfschüttelnd.

»Das Mädchen schien überzeugt zu sein, daß die Platte gemacht werden würde.«

»Von wem?«

»Von jemandem, der ihr für dieses Privileg dreitausend Dollar abknöpfen wollte.«

»Ah!« Harding nickte. »Das alte Spiel mit der Eitelkeit.«

»Was soll das heißen?«

»Es gibt Schallplattenfirmen, die gegen eine Gebühr von zwei- bis dreihundert Dollar eine, wie sie es nennen, Testpressung anfertigen. Danach lassen sie ...«

»Eine Testpressung sagten Sie?«

»Ja. Wenn der sogenannten Jury der Firma die Aufnahme gefällt, empfiehlt sie, die Nummer in die Produktion aufzunehmen.«

»Für noch mehr Geld?«

»Nein, nein, das ist in der Gebühr enthalten. Trotzdem sahnt die Firma noch immer genug ab, glauben Sie mir. Die Produktion ist gewöhnlich eine LP mit acht oder neun Titeln pro Seite, alle von Leuten, die gern berühmt werden möchten. Das sind also achtzehn Titel à zweihundert, manchmal sogar dreihundert Dollar auf einen Schlag, insgesamt vier- bis fünftausend Dollar. Es wird eine Auflage von tausendfünfhundert Platten gepreßt – die in der Herstellung höchstens zweitausendfünfhundert Dollar kosten –, jeder beteiligte ›Künstler‹ bekommt zehn Exemplare davon, der Rest wird an Diskjockeys geschickt, die die Platten gleich in den Müll werfen oder an Plattenläden, die die Pakete gar nicht erst auspacken. Ein Gaunergeschäft, ganz schlicht und einfach. Es sollte also eine LP werden?«

»Ja.«

»Und George hat damit zu tun gehabt? Ich kann gar nicht

glauben, daß sich George für so etwas hergegeben haben sollte. Viele dieser Plattenfirmen liefern Texter oder Komponisten gleich mit dazu. Aber George? Sind Sie da ganz sicher?«

»Er war im vergangenen Monat fünfmal mit dem Mädchen verabredet. Die Worte ›Auf dem Strich‹ waren mehrfach in sein Notizbuch gekritzelt. Wir nehmen an, daß das der Titel für die LP werden sollte.«

»Tja, ich weiß nicht, was ich Ihnen da sagen soll. Er hat mir gegenüber diese Sache nie erwähnt. Allerdings weiß ich, daß er darauf brannte, mehr Geld zu verdienen, als er es in letzten Zeiten getan hat. Schon um Chloe dazu zu bringen, ihren Job aufzugeben. Vielleicht hat er also doch dieses Mädchen an so ein Gaunerunternehmen vermittelt und vielleicht ... ich weiß es einfach nicht. Selbst wenn George mit abkassiert hätte, wäre es für die Plattenfirma wahrscheinlich noch profitabel gewesen. Statt nach achtzehn verschiedenen unentdeckten Talenten suchen zu müssen, hätte ihnen dieses Mädchen allein dreitausend Dollar hingeblättert, und nach Abzug von Georges Anteil wäre immer noch genug übrig geblieben. Ja, vielleicht. Mit Gewißheit kann ich es nicht sagen.«

Carella zog sein Notizbuch heraus und schlug die Seite auf, wo er sich die Namen aus Chaddertons Kalender aufgeschrieben hatte. »Ich habe hier zwei Namen, die Chloe nicht identifizieren konnte«, sagte er. »Ob womöglich einer davon in Zusammenhang mit diesen dubiosen Plattenaufnahmen steht?«

»Lassen Sie mal hören«, versetzte Harding.

»Jimmy Talbot?«

»Nein, das ist ein Baßspieler. Noch dazu ein sehr guter.«

»Harry Caine.«

»Damit haben wir es! Caine gehört eine Firma mit dem Namen *Hurricane*. Er ist ein Ganove, wie er im Buche steht.«

»Vielen Dank«, sagte Carella und klappte sein Notizbuch zu.

»Vergessen Sie nicht, mit Ihrem Lieutenant wegen des Mannes zu sprechen, der hierhergeschickt werden soll.«

»Das vergesse ich nicht«, versicherte Carella.

»Und lassen Sie diese Blume untersuchen«, sagte Harding.

Die Rund-um-die-Uhr-Bewachung von Ambrose Hardings Wohnung trat nicht vor drei Uhr fünfundvierzig an diesem Nachmittag in Kraft. Die Gründe für die fast vierstündige Verzögerung waren vielfältig und alle verbürgt. Erstens fuhr Carella nicht direkt zum Revier zurück, sondern gleich in die Stadt zum Crescent Oval, wo sich die Büroräume von Hurricane Records befanden. Crescent Oval war in diesem Stadtteil als ›The Quarter‹ bekannt und Crescent Oval Nr. 17 ein dreistöckiger Ziegelbau zwischen dem Laden eines Sandalenherstellers und eines Geschäfts für Reformkost. Ein Messingschild rechts neben der Türklingel trug lediglich die eingravierte Aufschrift *Hurricane Records*. Carella drückte die Klingel und wartete. Das Antwortsummen ertönte innerhalb von Sekunden. Er öffnete die Tür und gelangte in ein holzgetäfeltes Entree. Eine gerade Treppe führte in das obere Stockwerk hinauf. Dann ging ein schmaler Flur rechts entlang bis zu einer Tür, an der ein weiteres Messingschild mit der Aufschrift *Hurricane Records* angebracht war. Keine Klingel. Carella klopfte, und eine weibliche Stimme rief: »Herein.«

Die Tür führte in ein elegantes, in verschiedenen Violettfarbtönen gestrichenes Vorzimmer, alles gedämpft und augenfreundlich. Das Mädchen, das hinter einem weißen Schreibtisch saß, war schätzungsweise achtzehn oder neunzehn, eine gutaussehende Farbige in einem pflaumenblauen Kostüm, das sich den Violettschattierungen der Wände und des Teppichs harmonisch anpaßte. Sie lächelte liebenswürdig und fragte: »Kann ich Ihnen behilflich sein, Sir?«

»Ich bin Polizeibeamter«, sagte Carella und zeigte ihr unaufgefordert seine Dienstmarke.

»Oh«, erwiderte das Mädchen lächelnd. »Ich hätte Sie eher für einen Rocksänger gehalten.«

»Ist Mr. Caine da?« fragte Carella.

»Einen Augenblick.« Sie hob den Telefonhörer ab, drückte einen Knopf, wartete und sagte dann: »Ein Polizeibeamter möchte Sie sprechen, Mr. Caine.« Sie hörte zu, lachte und sagte: »Ich glaube nicht«, hörte wieder zu und meinte abschließend: »Ich schicke ihn sofort hinein.«

»Was hat er denn so Komisches gesagt?« erkundigte sich Carella.

»Er wollte wissen, ob es sich um seinen Wagen handelt. Er hat nämlich eine Parklücke ein Stück weiter die Straße hinauf gefunden, aber auf der falschen Seite. Heute dürfen Wagen nur auf der gegenüberliegenden Straßenseite abgestellt werden. Weil es so regnete, hatte er aber keine Lust, extra bis zum Parkhaus in der Chauncey Street zu fahren. Ich habe ihm gesagt, Sie hätten wohl nicht vor, ihm ein Mandat zu verpassen. Das stimmt doch, nicht wahr?«

»Nein, es handelt sich um etwas anderes«, bestätigte Carella.

»Okay, dann können Sie passieren«, sagte das Mädchen. Sie lächelte und wies auf eine Tür hinter ihrem Schreibtisch. »Halten Sie sich rechts«, erklärte sie. »Es ist die zweite Tür auf dem Flur.«

Harry Caine war etwa dreiundzwanzig Jahre alt, ein dunkelhäutiger Neger, mit perlgrauen Hosen und einem rosa Hemd bekleidet, dessen Ärmel er über den schmalen Handgelenken und schlanken Unterarmen hochgerollt hatte. Als Carella hereinkam, stand er auf und streckte ihm die Hand entgegen. Carella schätzte seine Größe auf etwa einen Meter achtzig. Dünn, mit schmalen Hüften und Schultern, hätte man ihn leicht für einen Teenager halten können. Die Rock-'n'-Roll-Plattenhüllen, die die Wände rund um seinen Schreibtisch zierten, verstärkten diesen ersten Eindruck noch – Carella hätte sich in der Bude eines Jugendlichen befinden können. Es fehlte nur das Geplärre einer Stereoanlage.

»Es tut mir leid«, sagte Caine, »aber meine Sekretärin hat mir Ihren Namen nicht genannt. Ich bin Harry Caine.«

»Detective Carella«, stellte er sich vor und ergriff Caines Hand.

»Ich stehe im Parkverbot«, bekannte Caine lächelnd. »Ich weiß es.«

»Ich bin wegen einer anderen Sache hier.«

»Phuhh!« Caine strich sich mit gespielter Erleichterung mit

der Hand über die Stirn. Carella bemerkte zum erstenmal, daß seine Augen fast gelb waren. Ungewöhnliche Augen. Ihm war noch nie ein Mensch mit solchen Augen begegnet. »Bitte nehmen Sie Platz«, sagte Caine. »Darf ich Ihnen eine Tasse Kaffee anbieten?«

»Nein, danke«, erwiderte Carella.

»Was kann ich für Sie tun?«

»Sie haben vergangenen Donnerstag mit George Chadderton Mittag gegessen«, erklärte Carella.

»Ja?« versetzte Caine.

»Ja. Um ein Uhr.«

»Ja?«

»Stimmt das?«

»Das stimmt«, bestätigte Caine.

»Worüber haben Sie gesprochen?«

»Warum wollen Sie das wissen?« Caine sah äußerst verblüfft aus.

Carella musterte ihn. »Wissen Sie nicht, daß er tot ist?« fragte er.

»Tot? Nein. George?«

»Er wurde Freitag abend ermordet.«

»Ich war verreist. Ich bin erst vergangenen Abend zurückgekommen. Ich hatte keine Ahnung. Es tut mir leid.« Er zögerte. »Wie ist es denn passiert?«

»Jemand hat ihn erschossen.«

»Wer?«

»Das wissen wir noch nicht.«

»Nun, ich bin … also, ich bin ziemlich betroffen«, erklärte Caine. »Ich kann nicht behaupten, daß ich echte Trauer fühle – George war nicht der Typ, der sehr viel Zuneigung weckt. Aber ich habe ihn als Künstler respektiert. Deshalb trifft mich sein Tod natürlich doch.«

»Wie lange haben Sie ihn gekannt, Mr. Caine?«

»Oh, sechs Monate, würde ich sagen. Wir haben über die Möglichkeiten von Plattenaufnahmen verhandelt.«

»Auch am vergangenen Donnerstag?«

»Ja, auch vergangenen Donnerstag. George rief mich

irgendwann Anfang vergangener Woche an und sagte, er habe eine Idee für eine LP, die er mit mir besprechen wolle. Nun ja«, Caine lächelte, »George hatte immer irgendwelche Plattenideen, die er besprechen wollte. Das Problem war natürlich, daß er Calypsonummern aufnehmen wollte, mit denen auf dem Plattenmarkt keine Geschäfte zu machen sind.«

»Wollte er tatsächlich über eine Calypsoproduktion mit Ihnen reden?«

»Ja. Aber mit einem bestimmten Dreh.«

»Worin bestand dieser Dreh?«

»Nun, erst einmal möchte ich vorausschicken ...« Caine zögerte. »Ich weiß nicht, ob ich das erwähnen sollte. Ich möchte nicht, daß Sie annehmen, *Hurricane Records* sei ein Unternehmen, das Leuten Geld aus der Tasche zieht. Das ist nicht der Fall.«

»Mhmhm«, machte Carella.

»Von Zeit zu Zeit allerdings, um Personen, die sonst kein Hörerforum erreichen würden, beim Start einer Karriere zu helfen ...«

»Hmmhm.«

» ... berechnen wir eine gewisse Gebühr. Aber nur um die Herstellungskosten zu decken sowie die Kosten für Verpackung und Vertrieb.«

»Ich verstehe«, sagte Carella.

»Trotzdem gewähren wir aber auch in solchen Fällen Gewinnanteile. Genauso wie Motown oder RCA oder Arista oder andere der großen Gesellschaften.«

»Es kommt also nur gelegentlich vor ...«

»Ja, recht selten ...«

»Daß Sie ein Honorar nehmen.«

»Ja, um unser Risiko zu verringern.«

»Soviel wir erfahren haben, war C. J. Hawkins ... Sagt Ihnen dieser Name etwas?«

»Ja, das ist das Mädchen, über das George und ich gesprochen haben.«

»War C. J. Hawkins bereit, dreitausend Dollar aufzubringen ...«

»Ja.«

»Um von Ihrer Firma eine Langspielplatte produzieren zu lassen.«

»Ja.«

»Sollte George Chadderton von dem Geld auch etwas bekommen?«

»Ja.«

»Wieviel?«

»Tausend Dollar.«

»Und *Hurricane Records* sollte die restlichen zweitausend kassieren, stimmt das?«

»Ja.«

»Ist das nicht verhältnismäßig wenig? Meines Wissens berechnen die meisten Firmen zwischen zweihundert und dreihundert Dollar pro Titel.«

»Das ist richtig«, bestätigte Caine.

»Was nimmt Hurricane pro Titel?«

»Zweihundertfünfzig.«

»Und wie viele Nummern nehmen Sie normalerweise auf einer LP auf?«

»Acht oder neun pro Seite.«

»Was bei einer LP … oh … viertausend Dollar einbringen würde, nicht wahr?«

»Mehr oder weniger.«

»Aber Hurricane war bereit, C. J.s Platte für zweitausend zu produzieren.«

»Insgesamt dreitausend.«

»Ihr Anteil war aber nur zweitausend. Achtzehn Titel für zweitausend Dollar. Wie kommt das?«

»Es waren ja nicht achtzehn«, erklärte Caine.

»Nein? Wie viele dann?« wollte Carella wissen.

»Die Sache war mehr als Demonstrationsplatte gedacht. Im Gegensatz zu einer Platte zur Verteilung an Diskjockeys und den Handel.«

»Mit wie vielen Titeln?«

»Wir hatten vor, nur eine Seite zu pressen.«

»Neun Titel?«

»Acht.«
»Für ein Honorar von dreitausend Dollar.«
»Hurricans Anteil betrug nur zweitausend.«
»Warum hatten Sie Chadderton tausend Dollar zugesichert? Weil er Ihnen das Mädchen gebracht hatte?«
»Nein, er wurde dafür bezahlt, die Lieder zu schreiben und zu instrumentieren.«
»Was für Lieder?«
»Calypso natürlich. Etwas anderes kam für George nicht in Frage. Nur Calypso.«
»Der plötzlich der große Knüller für die Plattenindustrie werden würde, wie?« meinte Carella.
Caine lächelte. »Das wohl nicht, aber doch wohl einen Versuch wert. Miss Hawkins besaß eine Menge Kenntnisse, die George in seinen Liedern zu verwerten gedachte.«
»Die beiden wollten also zusammenarbeiten?«
»Dieser Punkt war noch nicht geklärt. Ich glaube, es war Georges Absicht, sich nur ihrer Erfahrungen zu bedienen. Offenbar hatte sie unzählige Geschichten auf Lager. So viel ich weiß, ging sie zwar erst seit April auf den Strich, aber man lernt wohl sehr schnell auf der Straße.«
»Bedauerlich, daß sie nicht auch auf anderen Gebieten ein wenig schneller lernte«, bemerkte Carella.
»Entschuldigen Sie«, sagte Caine. »Ich weiß nicht, was Sie meinen.«
»Ich meine, Sie verlangten von ihr dreitausend Dollar, um acht Lieder aufzunehmen, was nach meiner Rechnung dreihundertfünfundsiebzig Dollar pro Titel ergibt, also hundertfünfundzwanzig mehr, als Sie sonst berechnen.«
»George sollte tausend davon bekommen.«
»Ich verstehe. Sie kassierten also nur Ihr übliches Honorar, wie?«
»Wenn Sie es so betrachten wollen.«
»Wie würden Sie es denn betrachten, Mr. Caine? Sie beide wollten die Kleine doch richtig verladen.«
»Sie war schließlich kein heuriger Hase mehr«, versetzte Caine lächelnd.

»Nein«, sagte Carella. »Bloß, sonst hat sie ihre Kunden ausgenommen.«

Das Lächeln verschwand aus Caines Gesicht. »Sie haben bestimmt noch sehr viel zu tun«, meinte er. »Ich will Sie nicht länger aufhalten.«

»Es war nett, Sie kennengelernt zu haben, Mr. Caine«, sagte Carella und verließ den Raum. Im Vorzimmer blieb er am Schreibtisch stehen und erkundigte sich bei dem Mädchen, welchen Wagen Mr. Caine fahre. Das Mädchen nannte ihm Baujahr, Modell und Farbe. »Oh«, meinte sie dann erschrocken, »habe ich eben etwas Falsches gemacht?« Carella beruhigte sie, daß alles seine Ordnung habe.

Draußen im strömenden Regen suchte er die Straße von einem Ende zum anderen ab, bis er den Wagen entdeckte, auf den die Beschreibung des Mädchens zutraf. Von einer Telefonzelle an der Ecke rief er bei der Zulassungsstelle an, gab die Autonummer durch und bat, den Eigentümer des Wagens festzustellen. Minuten später wurde ihm mitgeteilt, der Wagen sei auf einen Mr. Harry Caine, wohnhaft in Riverhead, zugelassen und nicht als gestohlen gemeldet. Die nächsten zehn Minuten irrte Carella auf der Suche nach einem Streifenpolizisten durch die Gegend. Als er ihn schließlich gefunden hatte, wies er sich aus und führte ihn dann zu Caines Wagen zurück, der vorschriftswidrig auf der falschen Straßenseite geparkt stand.

»Verpassen Sie dem Wagenbesitzer einen Strafzettel«, sagte Carella.

Der Polizist starrte ihn an. Der Regen trommelte auf Carellas unbedeckten Kopf, hatte seinen Mantel, seine Schuhe und seine Hosenbeine durchweicht. Alles in allem sah er aus wie eine ersäufte Ratte. Schließlich zuckte der Streifenpolizist die Achseln, sagte: »Ist gut« und begann, den Strafzettel auszuschreiben. Die Uhrzeit, die er in die rechte Ecke eintrug, war dreizehn Uhr fünfundvierzig.

Carella kam an diesem Nachmittag erst um halb drei aufs Revier zurück, als der Lieutenant gerade einen Reporter von der Morgenzeitung bei sich hatte, der nichts über einen am vergangenen Freitag abend ermordeten ziemlich obskuren Calypsosänger wissen wollte und etwa über eine noch obskurere Nutte, die sechs Stunden später erschossen aufgefunden worden war, sondern über eine Serie von Einbrüchen in Juweliergeschäfte, die sich über den Bereich des 87. Reviers hinaus nach Westen in eine feinere Gegend verlagert zu haben schienen. Der Reporter befragte Lieutenant Byrnes, ob er der Ansicht sei, es handele sich bei den Dieben, die gerade ein Geschäft in der Hall Avenue gleich westlich der Monastery Road ausgeräumt hatten, um dieselben, die bereits seit Monaten das 87. Revier unsicher machten. Byrnes lehnte es ab, gegenüber irgendeinem Reporter auf der Welt zuzugeben, daß irgendwelche verdammten Diebe sich in seinem Revier mausig machten. Abgesehen davon betrachtete er sechs Einbrüche noch lange nicht als eine Serie. Trotzdem hielt ihn der Reporter aber bis Viertel vor drei beschäftigt, dem Zeitpunkt nämlich, als Carella endlich, eine Schachtel mit grün-blauem Lilienmuster in der Hand, der Zutritt in Byrnes' Büro gelang. Mit einem Taschentuch über seine Hand gestülpt hob Carella den Deckel der Schachtel ab.

»Du mußt aufhören, mir Blumen mitzubringen«, sagte Byrnes trocken. »Die Männer fangen sonst an zu reden.«

»Diese Orchidee ist heute vor Hardings Wohnung abgestellt worden«, erklärte Carella. »Er meint, sie bedeutet etwas.«

»Mm«, brummte Byrnes.

»Ob das nun stimmt oder nicht, ist nicht so wichtig«, fuhr Carella fort. »Jedenfalls hat er eine Heidenangst, und vielleicht nicht mal zu Unrecht. Wer immer versucht hat ihn umzulegen ...«

»Könnte einen zweiten Versuch unternehmen«, vollendete Byrnes und nickte.

»Ist es möglich, ihm einen Mann zur Bewachung zu stellen?«

»Für wie lange?«

»Zumindest bis wir Joey Peace geschnappt haben.«

»Hast du schon mit Meyer gesprochen?«

»Ja, und er hat mir gesagt, daß es José La Paz ist. Ich habe gleich dem Goucho Bescheid gegeben.«

»Wie lange wird es deiner Meinung nach dauern, bis wir ihn aufstöbern?«

»Keine Ahnung, Pete. Es können zehn Minuten, und es können zehn Tage sein.«

»Und wie lange willst du Harding bewachen lassen?«

»Könntest du mir eine Woche bewilligen? Rund um die Uhr?«

»Ich werde mit dem Captain reden.«

»Würdest du das tun, Pete? Ich will den Karton mit der Blume nämlich noch schnell ins Labor bringen. Sam hat versprochen, mir bis morgen früh einen Bericht zu liefern, wenn ich gleich zu ihm komme.« Beide Männer blickten auf ihre Armbanduhren. Als Carella das Büro verließ, hob Byrnes den Telefonhörer ab.

Captain Frick war gern der Leiter des gesamten 87. Polizeireviers, einschließlich der Kriminalabteilung, deren Raum sich im zweiten Stock befand. Zum Revier gehörten hundertsechsundachtzig Streifenpolizisten, und zusammen mit den sechzehn Detectives im Obergeschoß bildete die kleine Armee unter Fricks Kommando ein mächtiges Bollwerk gegen die Kräfte des Bösen in dieser Stadt. Byrnes bat nun darum, drei uniformierte Polizisten aus dem aktiven Dienst irgendwo draußen abzuziehen, um sie vor der Tür eines schwarzen Musikagenten (nicht daß seine Hautfarbe eine Rolle spielte) in Achtstundenschichten eine Woche lang rund um die Uhr Wache stehen zu lassen. Diese Verantwortung wollte Frick nicht allein übernehmen. Seiner Meinung nach waren drei Männer weniger im Einsatz gegen die Kräfte des Bösen drei Männer mehr auf der Gegenseite. Er sagte Byrnes, er würde ihn zurückrufen, und genau eine Minute nach drei telefonierte er seinerseits mit dem Headquarter in der High Street und fragte den Leiter des Einsatzdienstes, ob er drei Streifenpolizisten pro Tag ab sofort für die Dauer einer Woche zur Rund-um-die-Uhr-Bewachung eines schwarzen Musikagenten abstellen dürfe, dessen Klient vergangenen Freitag abend Opfer eines Mordanschlages geworden sei. Der Einsatzleiter wollte wissen, was denn, verdammt noch mal, die Tatsache, daß der Musikagent ein Schwarzer sei, damit zu tun habe, und Frick versicherte sofort »Nichts, Sir. Das hat natürlich gar nichts damit zu tun«, worauf der Einsatzleiter seine Einwilligung gab, die drei Männer für die Bewachung einzuteilen. Es war mittlerweile drei Uhr neun, und es regnete noch immer.

Frick wußte aus der Zeit, als er selbst noch Dienst auf der Straße getan hatte, bevor er Sergeant, dann Lieutenant und später Captain geworden war, daß die Acht-bis-vier-Uhr-Schicht um drei Uhr fünfundvierzig endete, wenn der ablösende Polizist im Mannschaftsraum bereit stand, um auf seinen zurückkehrenden Kollegen zu warten. Er wußte ferner, daß raffinierte Verbrecher in dieser Stadt die Ausführung ihrer Taten am günstigsten jeweils für die Viertelstunde vor acht, die Viertelstunde vor vier oder die Viertelstunde vor Mitternacht hätten planen müssen, weil es dann eine Überschneidung zwischen jenen Polizisten gab, die etwas vorzeitig zum Revier zurückkehrten, während die Ablösung erst pünktlich zum Schichtbeginn ausrückte. Eine Achtstundenschicht ist eine lange Zeit, und deshalb ist es vielleicht verzeihlich, wenn ein Polizist es eilig hat, zum Revier zurückzukommen. Frick wußte jedenfalls, daß es sinnlos war, einen Mann, dessen Schicht fast beendet war, noch zur Bewachung von Hardings Wohnung abzurufen. Deshalb telefonierte er zur Wache hinunter und bat den diensthabenden Sergeanten, einen Mann von der Vier-bis-zwölf-Uhr-Schicht einzuteilen, die bis auf weiteres eine Woche lang durchgeführt werden würde.

Der erste Mann, der zur Bewachung von Hardings Wohnung antrat, ein Neuling namens Conrad Lehman, war auch zugleich der letzte. Als er nämlich eintraf, fand er die Tür offen und einen Farbigen tot auf dem Küchenboden liegend, mit zwei wohlplazierten Einschußlöchern im Gesicht.

## 11. KAPITEL

Carella konnte sich nicht daran gewöhnen, an Sam Grossman als Captain Sam Grossman zu denken. Nicht nachdem er so lange Jahre Lieutenant Sam Grossman gewesen war. Hoch oben in der Fensternische auf der Ostseite eines Turms – oder präziser ausgedrückt in dem Stockwerk der neuen turmartigen Konstruktion aus Glas, Stahl und Beton, in dem sich das Polizeilabor des Präsidiums befand – lehnte Grossman in halb sitzender Haltung an einem langen weißen Tisch mit einer Reihe schwarzer Mikroskope. Er trug einen weißen Laboratoriumskittel über seinem grauen Anzug, und seine Brillengläser reflektierten den grauen Regen auf den Fensterscheiben, den grauen Himmel, der sich bis zum verhangenen Horizont erstreckte, sowie die wie mit schwarzen Bleistiftstrichen skizziert wirkenden Brücken, die die Insel mit der regenverhangenen City verbanden. Der Farbeffekt war höchst modern, beinahe monochromatisch – die Weiß-, Schwarz- und Grautöne wurden nur von dem kühlen Blau und Grün des Lilienmusters auf der Schachtel und dem leuchtenden Rosa der Orchidee auf dem Laboratoriumstisch unterbrochen.

»Was willst du zuerst?« fragte Grossman. »Die Schachtel oder die Blume?« In seiner Stimme lag eine Sanftheit, die in direktem Widerspruch zu der Kälte der wissenschaftlichen Erkenntnisse stand, die von ihm erwartet wurden. Wenn Grossman über die Ergebnisse seiner Labortests sprach, klang das eher wie gemütliches Plaudern.

»Fangen wir mit der Schachtel an«, versetzte Carella.

»Das Muster scheint dir nicht bekannt zu sein.«

»Bekannt schon. Ich weiß es bloß nicht unterzubringen.«

»B. Renaud in der Hall Avenue.«

»Genau. Das ist es!«

»Ihr Standardgeschenkkarton. Ab und zu wechseln sie die Farbzusammenstellung, aber das Lilienmuster ist immer dasselbe. Du kannst dich ja erkundigen, wann sie die Farben zum letztenmal verändert haben.«

»Das werde ich machen. Sonst noch etwas, das ich wissen müßte?«

»Nicht ein einziger Fingerabdruck. Auch innen nichts als ein bißchen Staub.«

»Wäre über den Staub etwas Besonderes zu sagen?«

»Diesmal nicht. Tut mir leid, Steve.«

»Wie sieht es mit der Blume aus?«

»Daß es sich um eine Orchidee handelt, dürfte dir wohl nicht entgangen sein.«

»Nein«, bestätigte Carella lächelnd.

»Eine Art, die in der nördlichen gemäßigten Zone heimisch ist«, fuhr Grossman fort, »und charakterisiert wird durch die rosa Blüte und die pantoffelförmige Lippe. Du kannst sie in jeder Blumenhandlung der Stadt kaufen. Frag einfach nach einer Calypso bulbosa.«

»Du machst Witze!« sagte Carella.

»Meinst du?« erwiderte Grossman überrascht.

»Calypso bulbosa? *Calypso?*«

»So heißt sie. Warum? Was ist los?«

Carella schüttelte den Kopf. »Ich bin sicher, Harding hatte keine Ahnung von dem Namen dieser verdammten Blume. Aber trotzdem hat sie ihm Heidenangst gemacht. Calypso bulbosa. Der Mörder sagte damit ›Sieh die schöne Blüte – sie bedeutet Tod.‹ Und Harding wußte das instinktiv.« Er schüttelte noch einmal den Kopf.

»Er hat etwas Unheimliches gespürt«, meinte Grossman.

»Und leider hat er damit recht gehabt«, sagte Carella.

Carellas Anruf bei B. Renaud wurde von einem weiblichen Wesen namens Betty Ungar entgegengenommen. Ihre Telefonstimme war präzise, aber nicht unangenehm, eher wie die Stimme eines mit Sirup geölten Roboters.

»Ja«, bestätigte sie, »das Lilienmuster wird nur von uns verwendet. Wir benutzen es in allen Zeitungsreklamen, in der Fernsehwerbung, auf unseren Rechnungen, den Einkaufstüten und selbstverständlich auf all unseren Geschenkkartons.«

»Wie ich gehört habe, verändern Sie aber gelegentlich die Farben.«

»Immer zu Weihnachten, ja«, versetzte Miss Ungar.

»Die Schachtel, die ich hier vor mir auf dem Schreibtisch habe«, sagte Carella, »hat ein blaues Lilienmuster auf grünem Grund. Ich hätte von Ihnen nun gern ...«

»Oh, du meine Güte«, unterbrach Miss Ungar.

»Ist das ein Problem für Sie?«

»Blau und grün. O Gott, das muß ziemlich lange vor meiner Zeit gewesen sein, fürchte ich.«

»Wollen Sie damit sagen, daß die Schachtel schon alt ist?«

»Ich bin seit sechs Jahren in der Firma«, erwiderte Miss Ungar. »Und ich erinnere mich an sämtliche Farbkombinationen, die wir benutzt haben – das Rot auf Rosa vergangene Weihnachten zum Beispiel, das Schwarz auf Weiß Weihnachten davor, das Braun auf Beige noch ein Jahr früher ...«

»Mhmhm«, machte Carella. »Aber dieses Blau auf Grün ...«

»Vor meiner Zeit.«

»Müßte also länger als sechs Jahre zurückliegen, meinen Sie?« fragte Carella.

»Ja.«

»Können Sie mir sagen, wie lange genau?«

»Nun ja ... ist es von besonderer Wichtigkeit für Sie?«

»Das könnte es sein«, erklärte Carella. »Ob eine neue Information wichtig ist, kann man niemals vorher sagen. Erst wenn sie sich als wichtig erweist, läßt sich das erkennen, verstehen Sie?«

»Mm«, machte Miss Ungar, wobei es ihr gelang, mit diesem einsilbigen Grunzen ihre ernsthaften Zweifel an der Dringlichkeit von Carellas Mission sowie an seiner handgestrickten Philosophie über die Bedeutung von Hinweisen zum Ausdruck zu bringen. »Würden Sie bitte am Apparat bleiben?« sagte sie dann.

Carella blieb am Apparat. Während er wartete, ließ ihm die Firma B. Renaud Musik ins Ohr dudeln. Carella hörte zu und überlegte, warum es die Amerikaner wohl für notwendig fanden, jede Stille mit irgendwelchen Geräuschen zu füllen. Es war unmöglich, in ein Taxi oder in einen Fahrstuhl zu steigen, oder sogar auch nur ein Beerdigungsinstitut zu betreten, ohne daß Lautsprecher dröhnten oder Musikboxen plärrten. Was war mit den grasbewachsenen Hügeln geschehen? Carella meinte sich zu erinnern, daß er früher einmal auf die Farm seiner Tante in dem Staat jenseits des Flusses gefahren war und auf einem Hügel gesessen hatte, zu dessen Fuß die Welt in völliger Stille hingestreckt gewesen war. Derartige Gedanken verbunden mit dem schmalzigen Arrangement von *Sunrise, Sunset* in seinem rechten Ohr ließ ihn fast in Schlaf sinken. Miss Ungars leicht mechanisch klingende Stimme riß ihn in die Wirklichkeit zurück.

»Mr. Coppola?« sagte sie.

»Carella«, korrigierte er.

»Mm«, machte sie, diesmal Zweifel weckend, ob Carella seinen eigenen Namen kannte. »Ich habe mich bei jemandem erkundigt, der schon länger hier arbeitet als ich«, erklärte sie. »Das Blau auf Grün wurde tatsächlich zu Weihnachten des Jahres benutzt, bevor ich meine Stellung in der Firma antrat.«

»Das muß dann also Weihnachten vor sieben Jahren gewesen sein.«

»Ja«, bestätigte Miss Ungar. »Wenn ich hier vor sechs Jahren zu arbeiten begonnen habe, und wenn das Blau auf Grün zu dem Weihnachtsfest des Jahres benützt wurde, bevor ich meine Tätigkeit begann, ja, dann muß das sieben Jahre her sein.«

Carella hatte das Gefühl, soeben als Idiot bezeichnet worden zu sein. Er bedankte sich bei Miss Ungar, ihm ihre Zeit geopfert zu haben, und legte auf. Vor sieben Jahren, überlegte er und starrte dabei auf die Schachtel. Allen Theorien über Polizeiarbeit zum Trotz weigerte sich diese neue Information, plötzlich wichtig zu werden.

Die Labortechniker, die sich in Ambrose Hardings Wohnung umsahen, suchten nicht unbedingt nach Hinweisen, die diesen Mord mit den Morden an George Chadderton und Clara Jean Hawkins in Verbindung brachten. Die sichergestellten Kugeln – eine hatte im Fensterbrett über dem Küchenausguß gesteckt, die andere war bei der Autopsie aus Hardings Kopf entfernt worden – würden den Ballistikern verraten, ob bei allen drei Morden dieselbe Waffe benützt worden war, und das würde Verbindung genug sein. Statt dessen hielten sie nach Spuren irgendwelcher Art Ausschau, Spuren, die es vielleicht ermöglichten, den Fall ein Stück weiter zu bringen.

Auch ohne den noch ausstehenden Bericht des ballistischen Labors gab es bereits eine gewisse Kontinuität, der an Serienmorde denken ließ. Noch einen Mord mehr, und die Massenmedien würden voll einsteigen. In einer Stadt wie dieser versetzte ein einzelner Mord niemanden in Aufregung. So etwas kam beinahe alle Tage vor. Zwei Morde mit derselben Waffe jedoch, oder auch zwei Morde, die sich innerhalb einer relativ kurzen Frist im gleichen Stadtteil ereigneten, oder zwei Mordopfer, die etwa gleichaltrig waren, die gleiche Tätigkeit ausübten oder die gleiche Haarfarbe hatten, boten den phantasievolleren Journalisten der Stadt schon eher Anlaß zu Spekulationen, ob womöglich ein geisteskranker Täter die Straßen unsicher machte, während die Polizei untätig herumsaß. Aber drei Morde? Drei Morde in einer Zeitspanne von fünf Tagen? Drei Morde, die aller Wahrscheinlichkeit nach mit derselben Waffe begangen worden waren? Drei Morde an drei farbigen Mitbürgern, wobei zumindest die Frau dabei wenn auch nicht direkt zur Unterwelt, so doch zumindest zur Halbwelt gehört hatte, zu jener zwielichtigen Atmosphäre geflüsterter Einladungen und diskret erfüllter Versprechen.

Es gab nichts, was die Vorstellungskraft der Öffentlichkeit mehr stimulierte als der Mord an einer Prostituierten. Den moralisch Gefestigten verschaffte er ein Gefühl äußerster Dankbarkeit, war die Schuldige doch, wenn auch nicht durch die Hand Gottes, so wenigstens durch die Hand eines Menschen gestraft worden, der die Gefahren erkannt hatte, die Prostitution in einer Gesellschaft darstellte, in der die Männer mit geöffneten Hosenschlitzen herumliefen. Für viele andere – Männer und Frauen, die irgendwann einmal mit dem Gedanken gespielt hatten, entweder die Dienste einer Prostituierten in Anspruch zu nehmen oder selbst solche Dienste zu leisten – war dieser Mord ein Beweis, sofern es dessen überhaupt bedurfte, daß es in dieser Stadt in der Tat eine große Anzahl von Frauen gab, die bereit waren, jedem Mann, gleichgültig welcher Rasse, Herkunft, Hautfarbe, Wesensart oder Glaubensrichtung zu Willen zu sein. Daß diese fraglichen Liebesdienste zuweilen gewisse Gefahren mit sich brachten, war eine Tatsache, die dieser Mord nur unterstrich. Der Lohn der Sünde ist Tod, Bruder – aber Herr des Himmels, es klang trotzdem mächtig aufregend. Und für jene, die tatsächlich gelegentlich Stundenhotels oder einen der zahlreichen Massagesalons in der Stadt aufgesucht hatten oder gar jene drittklassigen Motels jenseits des Flusses, wo man Pornostreifen betrachten konnte, während man sich gleichzeitig auf dem Wasserbett dem Laster hingab, für all jene also kurz gesagt, die die Grenze überschritten hatten, die schlichten Sex aus Spaß und Vergnügen (gehen wir in deine Wohnung oder in meine, Baby?) von dem Sex aus Profitgier trennte, Sex als Sünde, Sex als dem ältesten Gewerbe der Welt (deine Welt oder meine, Baby?) – für jene simplen Gemüter lag in dem Mord an einer Prostituierten eine gewisse Faszination, weil sie a) überlegten, ob ein Kunde wie sie selbst die Nutte womöglich umgebracht hatte, oder b) ob einer dieser schrägen Zuhältertypen mit den breitkrempigen Hüten der Täter war oder c) ob das ermordete Mädchen womöglich dasjenige war, mit dem sie sich selbst schon einmal amüsiert hatten. Nach einer gewissen Zeit sahen diese kleinen Huren sowieso alle gleich aus. Ja, es gab allerhand aufregende Möglichkeiten in Betracht zu ziehen, wenn eine Prostituierte ermordet wurde. Kam ein durchschnittlicher Calypsosänger ums Leben oder sein durchschnittlicher Manager, so regte das niemanden besonders auf, selbst wenn die beiden Morde in Zusammenhang standen. Aber der Mord an einer Prostituierten? Eine blonde Perücke auf dem Bürgersteig. Donnerwetter! Und der Rock bis zum Po hochgerutscht! Eine Kugel in ihrem Herzen und zwei weitere in ihrem Kopf! *Das* war doch interessant und ungewöhnlich.

Ebenso wie Sand.

Was die Techniker in Ambrose Hardings Wohnung entdeckten, war Sand.

»Sand«, teilte Grossman Carella am Telefon mit.

»Was meinst du damit: Sand?«

»Sand, Steve.«

»Wie am Strand?«

»Ja, wie am Strand.«

»Das freut mich zu hören«, sagte Carella, »besonders, da es in Diamondback keine Strände gibt.«

»Aber in Riverhead gibt es welche«, versetzte Grossman.

»Ja, und noch viel mehr draußen in Sands Spit.«

»Und am meisten auf den Iodine Inseln.«

»Wieviel Sand haben deine Jungens denn bei Harding gefunden?« wollte Carella wissen.

»Nicht genug, um einen Strand aufzuschütten.«

»Genug, um einen Bürgersteig damit zu streuen?«

»Eine winzige Menge, Steve. Der Staubsauger hat ihn zum Vorschein gebracht. Sein Vorhandensein schien uns aber ungewöhnlich genug, dir davon zu berichten. Sand in einer Wohnung in Diamondback. Ich finde das jedenfalls bemerkenswert.«

»Und interessant«, gab Carella ihm recht.

»Bemerkenswert und interessant, ja.«

»Sand«, wiederholte Carella.

Ein Blick auf die Karte dieser Stadt zeigte fünf klar umrissene Bezirke. Einige waren durch Wasserstraßen voneinander getrennt und wie siamesische Zwillinge an Hüften oder Schultern durch Brücken miteinander verbunden, andere von normalen Grenzen, die trotzdem politische und geographische Einheiten bildeten. Ein Bezirk bestand aus einer Insel, ringsherum von Wasser umgeben und – in den Köpfen und den Herzen ihrer Bewohner – auch von Feinden. Dies war keine so schizophrene Stadt wie Neapel, das in dieser Beziehung den unbestrittenen Rekord hält, aber jedenfalls eine recht fragwürdige. Eine Stadt nämlich, die die Meinung vertrat, jede andere Stadt auf Gottes Erde spiele nur ihren verwaltungsmäßigen Zusammenbruch hoch, weil sie eben zufällig die bedeutendste Stadt dieser Welt war. Das verdammte Problem mit dieser verrückten, paranoiden Annahme bestand leider darin, daß sie nun einmal der Wahrheit entsprach. Dies war nicht nur *eine* Stadt, sondern *die* Stadt überhaupt. Carella betrachtete es folgendermaßen: Wenn man erst fragen mußte, was eine Stadt eigentlich war, lebte man in keiner Stadt, selbst wenn man das dachte. Diese Stadt war die gottverdammteste Stadt der Welt, und Carella teilte mit ihren sämtlichen Bewohnern – ob Weltenbummlern oder Wohnungseinsiedlern – die unumstößliche Gewißheit, daß es auf dem ganzen Erdball keinen vergleichbaren Ort gab. Es war einfach der einzige Platz, wo man leben konnte.

Die Karte vor sich und den Blick nach Sand suchend darauf gerichtet, studierte Carella die langgestreckte Landzunge, die eigentlich nicht zum Stadtgebiet, sondern zum benachbarten Kreis gehörte, wenn die Bewohner der Stadt sie auch mit Fug und Recht als ihr Freizeitgebiet betrachteten. Elsinore County, so benannt von einem englischen Einwanderer, der mit dem Werk seines berühmten Landsmannes gut vertraut gewesen war, bestand aus acht Gemeinden an der östlichen Küste, die – bei allem angemessenen Verständnis für die chauvinistische Haltung der Stadt – ein paar der herrlichsten Strände der Welt besitzt. Sands Spit erstreckte sich nach Norden und Süden und bildete einen natürlichen Deich, der dem Innenland Schutz bot, wenn auch nicht der Landzunge selbst oder den vorgelagerten kleinen Inseln, die sich um sie herum scharten wie Pilotfische um einen Hai. Sie hießen die Iodine-Inseln.

Insgesamt waren es sechs. Zwei davon befanden sich in Privatbesitz, eine dritte beherbergte einen öffentlichen Park. Die übrigen drei, größer als ihre Schwestern, waren mit Hotels und Hochhäusern bebaut, deren furchtlose Bewohner offenbar bereit waren, den Wirbelstürmen zu trotzen, die gelegentlich Sands Spit, die vorgelagerten Inseln und manchmal sogar die Stadt heimsuchten.

Die ›Jod-Inseln‹ trugen einen seltsamen Namen, aber schließlich war in- und außerhalb der Stadt alles recht eigenartig benannt. Es war beispielsweise eine wohlbekannte Tatsache, daß es in dem Stadtteil, der Riverhead hieß, weder den Kopf (noch den Schwanz) irgendeines Flusses gab. Nur einen Bach, der sich *Five Mile Pond* nannte, jedoch weder fünf Meilen lang noch fünf Meilen breit war und sich auch nicht etwa fünf Meilen von irgendeinem bedeutenden geographischen Punkt entfernt befand. Tatsächlich – und das wurde wenig von jenen Bewohnern Riverheads geschätzt, die immer wieder fragten: »Hey, wie kommt es eigentlich, daß es hier keine Flüsse gibt?« – hatte die Gegend ursprünglich Ryerhurt's Farm geheißen, nach dem holländischen Siedler, dem das weitläufige Gelände früher gehört hatte. Dann war es nur noch als Ryerhurt bekannt gewesen und schließlich 1919 in Riverhead umbenannt worden, weil während des Ersten Weltkrieges und kurz danach Holländer mit Deutschen gleich gegolten hatten. Es war eine merkwürdige Stadt.

Auf den Iodine-Inseln gab es keine Spur von Jod. Auch keine anderen nützlichen Vorkommen – und das war ein Glück, weil die Inseln sonst wahrscheinlich von den ausbeutenden Industrieunternehmen überrollt worden wären. So befanden sie sich noch in fast jungfräulichem Zustand. Niemand wußte genau zu sagen, wie sie zu ihrem Namen gekommen waren. Ganz gewiß hatte es keinen holländischen Vorbesitzer namens Iodine gegeben. Auch keinen Engländer gleichen Namens, obwohl das sogar noch wahrscheinlicher gewesen wäre, weil der historische Beweis dafür existierte, daß einmal eine englische Festung eine Schlüsselposition auf der größten der Inseln innegehabt hatte. Die kleinste der Inseln war früher im Besitz eines Räuberbarons gewesen, der im Jahre 1904 seine junge Braut dorthin gebracht hatte. Seitdem hatte sie ein dutzendmal den Besitzer gewechselt. Auf der anderen Insel in Privatbesitz stand nur ein einziges Haus. Es war grau und verwittert und erinnerte an ein Gefängnis.

Er hörte das Motorboot zurückkommen. Das hohe Aufjaulen der Maschinen sowie das wechselnde Gedröhn beim Schalten der Gänge, wenn sie das Boot zum Anlegesteg manövrierte, gehörte zu den wenigen Geräuschen, die durch die Doppeltüren drangen. Sie handhabte das Boot wie andere Leute ein Auto oder ein Fahrrad. Sie konnte wirklich phantastisch damit umgehen. An jenem ersten Tag, als sie mit ihm hierhergefahren war, nachdem sie die Nacht in dem Hotel verbracht hatten, waren sie zuerst eine lange Strecke hinaus nach Sands Spit gefahren. Sonst war er dort höchstens einmal am Strand gewesen, zusammen mit seinem Bruder und Irene. Er fragte sich, wie es seinem Bruder gehen mochte. Ob er und Irene inzwischen Kinder hatten? Ob sie …

Damals hatte sie einen flotten, kleinen weißen Jaguar besessen. Was sie jetzt wohl für einen Wagen fuhr? Den Jaguar hatte sie einfach am Dock stehenlassen, wo das Motorboot gelegen hatte. Ein ziemlicher Kasten, der viel zu groß gewirkt hatte für eine Frau. Selbst für eine Frau, die diesen Jaguar beherrschte wie ein französisches Rennfahreras. Er hatte sie mächtig aufregend gefunden damals. Das Boot mußte noch immer dasselbe sein. Er hatte seinerzeit einen kurzen Blick darauf erhascht, als er beinahe entkommen war. Beinahe hatte er es geschafft damals. Inzwischen dachte er nicht mehr an Flucht. Seine Gedanken kreisten nur noch um Sterben.

Diesmal hatte sie ihm genug zu essen zurückgelassen. Er brauchte nicht zu befürchten, verhungern zu müssen. Bevor sie aufgebrochen war, hatte sie ihm gesagt, daß sie etwas in der Stadt erledigen müsse, eine kleine Besorgung, hatte sie mit diesem seltsamen Lächeln hinzugefügt. Dabei hielt sie eine kleine Schachtel in der Hand, wollte wissen, ob er sich daran erinnern könne. Sie erwartete, daß er sich an jede Kleinigkeit erinnerte, an alles, was sie ihm je gegeben oder geschenkt hatte. Das Toilettenwasser sei in der Schachtel gewesen, hatte sie ihm erklärt. Erinnerte er sich etwa nicht mehr an das Toilettenwasser? Ihr erstes Weihnachtsgeschenk für ihn vor sieben Jahren? Ja, natürlich, hatte er versichert, er erinnere sich. Dabei hatte er keine Ahnung mehr gehabt von diesem dämlichen Eau de Cologne. Genug zu essen für mindestens eine Woche hatte sie ihm hereingestellt. Er fragte sich, ob sie so lange wegzubleiben gedachte, aber sie fragte er nicht danach. Sie hatte die Angewohnheit, einen hinterher zahlen zu lassen, wenn man sie um etwas bat. Für die einfachsten Dinge. Wie zum Beispiel diese Wanduhr. Immer verlangte sie etwas dafür. Vorher und nachher. Er hatte sich angewöhnt, sie um gar nichts mehr zu bitten. Die meiste Zeit schwieg er einfach. Und tat, was sie wollte. Alles, was sie verlangte. Er wußte, daß sie ihm irgendwelche Drogen ins Essen tun konnte, wenn sie dazu Lust hatte. Schließlich mußte er essen, was sie ihm brachte, wenn er nicht verhungern wollte. Wenn es ihr gefiel, konnte sie ihn für Tage bewußtlos machen und dann mit ihm anstellen, was sie wollte. Einmal hatte sie es mit diesen … mit diesen Nadeln gemacht. Er war aufgewacht, und die ganzen Nadeln hatten in ihm gesteckt. Er zitterte jetzt noch, wenn er daran dachte. Die schlimmsten Schmerzen seines Lebens waren das gewesen. Ein Dutzend Nadeln. Er war beinahe ohnmächtig geworden, als er sie gesehen hatte. Sie sagte ihm, die Nadeln seien eine Bestrafung. An jenem Abend betäubte sie ihn erneut. Es war eine Periode gewesen, während der er öfter betäubt als bei Bewußtsein gewesen war. Als er am nächsten Tag zu sich kam, hatte sie alle Nadeln wieder entfernt gehabt. Meinte, es würde bald wieder heilen. Und wenn es ihm besser ginge, erwarte sie wieder Leistung von ihm. Das war ein Wort, das sie oft benutzte. Leistung erbringen. Als sei er noch Musiker und stünde auf dem Podium. So wie in der Nacht vor sieben Jahren, als er in den Pausen, wenn die andere Kapelle dran gewesen war, mit ihr getanzt hatte. Dicht an sie geschmiegt, das glatte weiße Kleid unter den Händen und darunter ihr nacktes Fleisch. Auch damals hatte es wie mit Nadeln in seinen Lenden gestochen.

Er hörte das Öffnen des Schlosses an der Innentür. Wenn die Außentür geöffnet wurde, hörte er das nicht. Dazu war das Holz zu dick. Dann ging die Tür auf, und sie stand auf der Schwelle, lächelnd, die Hundeleine in der Hand.

»Guten Abend«, sagte sie.

»Hallo«, antwortete er.

Der Hund sah ihn an. Er begann jedesmal zu zittern, wenn er den Hund erblickte. Sie hatte ihm einmal gedroht, wenn er sich noch einmal schlecht betrage, wenn er etwas täte, das ihr mißfiele, würde sie ihn betäuben und, während er bewußtlos sei, den Hund auf ihn ansetzen. Sie sagte nicht, was sie den Hund tun lassen würde. Er ... er mußte nur noch immer an die Nadeln denken. Womöglich hetzte sie den Hund auf, ihn zu beißen, wenn er bewußtlos war. Wenn er dann später aufwachte, war er vielleicht verstümmelt ... zerbissen. Der Hund ängstigte ihn. Aber sie ängstigte ihn noch mehr als der Hund.

»Hab' ich dir gefehlt?« wollte sie wissen.

Er antwortete nicht.

»Ich sehe, du hast nicht aufgegessen«, stellte sie fest.

»Es war eine ganze Menge.«

»Ja, aber ich wußte, daß ich über Nacht wegbleiben würde. Deshalb habe ich dir genug zu essen dagelassen. Wäre es dir lieber gewesen, du hättest weniger gehabt?«

»Nein, nein, es ist nur ...«

»Warum hast du dann nicht aufgegessen, was ich dir hergestellt habe?«

»Ich werde es jetzt essen, wenn du willst.«

»Ja, das wäre mir recht. Ich möchte, daß du dein ganzes Essen aufißt. Ich mache mir all die Mühe, damit du richtig ernährt wirst ...«

»Wenn du mich fortgehen lassen würdest, brauchtest du mich nicht mehr zu ernähren.«

»Nein«, versetzte sie. »Ich lasse dich nicht weg.«

»Warum willst du mich hier haben?«

»Weil ich deine Anwesenheit genieße. Iß jetzt dein Essen. Du hast gesagt, du würdest alles aufessen.«

Er ging zur Couch, setzte sich und begann in dem Essen auf dem Tablett herumzustochern. Er war nicht hungrig. Er hatte wirklich genug gehabt. Aber sie beobachtete ihn.

»Möchtest du wissen, warum ich so oft in die Stadt gefahren bin?« fragte sie.

Er betrachtete sie mißtrauisch. Zu oft stellte sie ihm Fallen und legte ihn dann herein.

»Möchtest du es wissen?« wiederholte sie.

»Wenn du es mr erzählen willst«, erwiderte er vorsichtig und stach mit der Gabel in das Essen.

»Um dich zu schützen«, erklärte sie.

»Mich wie zu schützen?«

»Dein Leben zu retten«, sagte sie.

»Natürlich«, nickte er. »Um mein Leben zu retten.«

»Iß weiter, Santo.«

»Ich esse ja.«

»Oder magst du nicht, was ich für dich gekocht habe?«

»Doch, ich mag es sehr.«

»Du scheinst es aber doch nicht zu mögen.«

»Ich esse es ja. Ich habe gesagt, daß ich es esse, und das werde ich auch tun.«

»Jetzt«, befahl sie. »Während ich hier bin.«

»Also schön, während du hier bist.«

»Ich will nicht, daß du es die Toilette hinunterspülst, wie du es einmal mit der Leber gemacht hast.«

»Leber esse ich nicht gern.«

»Ja, aber das wußte ich damals noch nicht.«

»Doch. Ich hatte dir gesagt, daß ich Leber nicht mag. Du hast mir absichtlich Leber gebracht. Weil …«

»Wenn ich das getan habe, dann nur, weil du mich irgendwie geärgert hattest.«

» Ich scheine dich immer irgendwie zu ärgern.«

»Nein, das ist nicht wahr. Du gefällst mir sehr. Warum sollte ich dich sonst hierbehalten, wenn du mir nicht gefallen würdest?«

»Um mich zu quälen. Darum.«

»Habe ich dich jemals gequält?«

»Ja.«

»Das ist eine Lüge, Santo.«

»Die Nadeln …«

»Das war eine Bestrafung. Und du hast geschlafen. Weißt du nicht mehr?«

»Sie steckten in mir, als ich aufwachte.«

»Ja, um dich zu kräftigen.«

»Wie sollte das denn funktionieren?«

»Ich rede nicht gern über Sex«, versetzte sie.

»Du bist geradezu sexbesessen. Aber darüber reden willst du nicht.«

»Auf keinen Fall möchte ich darüber reden, was deine Unfähigkeit betrifft ...«

»Meine Unfähigkeit! So ein Quatsch! Du schlägst mich, du folterst mich, du setzt mich unter Drogen, und dann erwartest du von mir, daß ich vor Geilheit platze, wenn du bloß ins Zimmer kommst!«

»Ja«, sagte sie und lächelte dabei. »Das erwarte ich. Da hast du recht. Iß jetzt weiter, Santo.«

»Ich will nichts mehr.« Er schob das Tablett weg. »Ich bin satt.«

»Na gut«, meinte sie.

Ihre Stimme klang merkwürdig milde. Das beunruhigte ihn.

Er beobachtete sie. Sie stand unmittelbar neben der Tür, in einer Hand die Hundeleine. Sie war von Kopf bis Fuß schwarz gekleidet, schwarze Hosen, eine schwarze Seidenbluse, schwarze Stiefel.

»Ich werde das Essen dem Hund geben. Wäre dir das recht, Santo? Wenn Clarence dein Essen bekommt?«

»Wenn ich keinen Hunger habe ...«

»Morgen werde ich für den Hund kochen. Ich werde dein Essen für Clarence zubereiten. Wäre dir das lieber, Santo?«

»Hör mal, mir hat das Essen wirklich geschmeckt. Aber jetzt habe ich einfach keinen Hunger mehr. Du kannst doch nicht von mir erwarten ...«

»Doch, das kann ich, Santo. Ich kann das von dir erwarten.«

Sie ließ die Hundeleine fallen und trat an den Kaffeetisch. Dann nahm sie das Tablett auf, trug es zur Tür zurück und stellte es vor den Hund auf die Erde. Der Hund schnüffelte daran, rührte das Essen jedoch nicht an, bevor sie sagte: »In Ordnung, Clarence.« Erst dann begann er zu fressen.

»Er ist besser erzogen als du«, stellte sie fest.

»Ich bin kein Tier«, versetzte Santo.

»Ich sollte dich sterben lassen«, meinte sie. »Statt all die Mühe auf mich zu nehmen.«

»Welche Mühe?«

»In der Stadt«, erklärte sie unbestimmt. »Hier. All diese Mühe, um dich zu retten.« Sie beobachtete den Hund beim Fressen. »Wie findest du, daß C. J. nicht mehr kommt?« wollte sie wissen.

»Ich mag C. J.«, antwortete er.

»O ja, und wie du sie magst«, sagte sie kichernd.

»Warum kommt sie nicht mehr?«

»Vielleicht hat sie keine Lust.«

»Ich dachte ...«

»Ja, es schien ihr Spaß zu machen, nicht wahr? Aber vielleicht hat sie genug bekommen von deinem Benehmen. Nicht jeder hat meine Geduld, mußt du wissen.«

»Mein Benehmen? Du warst es doch, die ...«

»Wie dem auch sei, ich will nicht über Sex reden. Du weißt, daß ich es hasse, über Sex zu sprechen. Ich dachte, ich könnte C. J. vertrauen. Bist du fertig?« wandte sie sich an den Hund. »Bist du fertig, Liebling?«

»Wie meinst du das? Warum kannst du ihr nicht vertrauen?«

»Sie war sehr jung. Zu jung, meine ich. Junge Menschen scheinen sich nicht darüber klar zu sein ...«

»War jung? Was soll das heißen: *war* jung?«

»Ich werde dir jetzt etwas erklären, Santo. Komm her. Komm, zieh mich aus.«

» Nein, ich will nicht. Nicht jetzt.«

»Doch. Jetzt. Tu, was ich dir sage.«

»Ich habe gerade gegessen. Ich fühle mich im Augenblick nicht ...«

»Nein, du hast nicht richtig gegessen. Clarence hat dein Essen aufgefressen, nicht wahr, Liebling? Und ich bin sicher, du willst Clarence nicht noch weiter ärgern, indem du dich weigerst, zu tun, was ich dir sage. Ich würde Clarence ungern …«

»Also gut«, sagte er. »Also gut, verdammt noch mal!«

»Besonders da du so überaus empfindlich auf Verletzungen deines fabelhaften Körpers reagierst.«

»Ja, sehr empfindlich.«

»Selbst wenn die Verletzungen nur zu deinem Guten sind.«

»Ja, zu meinem Guten. Natürlich.«

»Knöpf meine Bluse auf«, sagte sie. »Ja, zu deinem Besten.«

»Die Zigarettenbrandstellen …«

»Langsam, Santo. Knopf um Knopf. Ja, so ist es gut.«

»Waren zu meinem Besten.«

»Ja, um dir das Rauchen abzugewöhnen. Gefall' ich dir ohne Büstenhalter, Santo?«

»Ich habe aber gern geraucht.«

»Ja, aber Zigaretten waren ungesund für dich. Magst du meine Brüste, Santo? Küß meine Brüste. Küß meine Brustwarzen.«

»Du hast mich am ganzen Körper verbrannt.«

»Ja.«

»Erst hast du mich betäubt, und dann …«

»Ist es nicht besser, daß du zu rauchen aufgehört hast? Laß uns nicht über Dinge reden, die getan werden mußten, um einen besseren Menschen aus dir zu machen, Santo. Du bist ein besserer Mensch, seit du zu rauchen aufgehört hast. Du bist gesünder, du bist …«

»Du hättest mich nicht mit diesen verdammten Zigaretten zu verbrennen brauchen! Ich bin dein Gefangener hier. Du hättest mir einfach nur …«

»Nein, nein.«

» … die Zigaretten sperren können. Das hätte genügt! Sieh dir diese vielen Narben an! Du hast mich am ganzen Körper verbrannt! Überall!«

»Nein, nicht überall«, widersprach sie lächelnd. »Zieh mich weiter aus, Santo. Ich will dich ganz haben.«

»Wann willst du mich nicht haben?«

»Still jetzt, trag mich zum Bett.«

»Du verdammter Sexteufel.«

»Sag das nicht.«

»Das bist du aber. Ein sexbesessenes Ungeheuer.«

»Nein«, flüsterte sie. »Nein, das bin ich wirklich nicht. Du sollst mit mir machen, was C. J. immer so gern getan hat.«

»C. J. tut überhaupt nichts gern. Sie ist eine Hure, die für ihre Dienste bezahlt wird.«

»Ja, sie war nur eine Hure. Sie hat nichts verstanden, Santo. Hätte sie mehr Verständnis gehabt, hätte sie auch nichts erzählt.«

»Erzählt? Was erzählt?«

»Anfangs wußte niemand etwas. Nicht einmal der Mann, der die Schlösser an den Türen verändert hat. Ich habe ihm einfach gesagt, ich wolle meinen Hund hier drin einsperren. Ich hätte einen bissigen Hund.«

»Du *hast* einen bissigen Hund.«

»Sanfter, Santo. Du genießt es doch, nicht wahr? Sag mir, daß du es genießt.«

»Was hat sie erzählt? Was hat C. J. erzählt?«

»Über uns, bin ich überzeugt. Über ihre Erfahrungen, sagte sie. Kannst du dir das vorstellen? Auf der Rückfahrt im Boot am vergangenen Donnerstag hat sie es erwähnt. Die Erfahrungen einer Hure. Mmmm, ja, Santo, das ist sehr gut. Ich bin mir nicht einmal mehr wegen des Mannes, der die Schlösser ausgewechselt hat, sicher. Meinst du, er vermutet etwas? Glaubst du er wird darüber reden, so wie sie es getan hat? Ich weiß es einfach nicht. Santo, o Gott, das ist wunderbar. Ich will nicht, daß noch einmal irgendwer etwas von dir erfährt. Diesen Fehler werde ich nicht wiederholen.«

»Wem hat C. J. etwas erzählt?«

»Jemandem, der uns nicht mehr gefährlich werden kann.«

»Wer ist das?«

»Hör nicht auf, Santo. Hör nicht auf!«

»Wer?«

»Ja, das ist es, Santo. Ja, o ja.«

## 12. KAPITEL

Donnerstag vormittag war alles im Bereitschaftsraum feucht und pappig. Die Berichtsformulare klebten aneinander und an dem Kohlepapier, das eigentlich dazu gedacht war, die dreifachen Durchschläge voneinander zu trennen. Aus den Schubkästen herausgenommene Karteikarten wurden innerhalb von Minuten klamm. Unterarme blieben auf Schreibtischplatten haften, Radiergummis versagten den Dienst, Kleidungsstücke schienen eine schwammartige Konsistenz anzunehmen – und noch immer strömte es vom Himmel. Der Regen fiel in unterschiedlicher Stärke, als Wolkenbruch oder als durchdringendes Nieseln, aber er fiel unaufhörlich. Die Stadt hatte in den vergangenen acht Tagen keinen Zipfel blauen Himmel gesehen.

Als gegen zehn Uhr Gaucho Palacios anrief, war Meyer gerade mitten dabei, einen Witz über Regen zu erzählen. Seine Zuhörerschaft bestand aus Bert Kling und Richard Genero. Genero besaß keinen Sinn für Humor, wenn seine Mutter ihn auch für einen sehr witzigen Burschen hielt. Der lustigste Witz, den Genero je in seinem Leben gehört hatte, war der mit dem Affen, der Fußball spielt. Jedesmal, wenn Genero diesen Witz erzählte, wollte er sich schier ausschütten vor Lachen. Die meisten anderen Witze hielt er für weniger vergnüglich. Er hörte jedoch stets höflich zu und lachte ebenso höflich, wenn sie zu Ende waren. Danach vergaß er sie auf der Stelle. Jeden Sonntag, wenn er seine Mutter besuchte, kniff er ihr in die Wange und sagte fröhlich zu ihr: »Du setzt ein bißchen Speck an, nicht wahr, Mama?« was seine Mutter umwerfend komisch fand. Generos Mutter liebte ihren Sohn sehr. Sie nannte ihn Ritchie. Auf dem Revier wurde er von allen Genero gerufen, was merkwürdig war, weil sich die anderen gegenseitig mit ihren Vornamen anredeten. Selbst der Lieutenant war entweder Pete oder Loot, aber ganz gewiß niemals Byrnes. Genero war indessen Genero. Er hörte jetzt zu, als sich Meyer mit Schwung der Schlußpointe näherte.

»Ja«, sagte Carella in den Telefonhörer. »Was hast du für mich, Cowboy?«

»Vielleicht einen Hinweis auf diesen Joey La Paz. Besteht noch Interesse?«

»O ja.«

»Es kann sich natürlich auch als Niete herausstellen«, meinte der Gaucho. »Aber womöglich ist es ein Volltreffer. Also passen Sie auf. Vor etwa einer halben Stunde kam so ein kleines Mädchen in meinen Laden, das sich für meine Spezialitäten interessierte. Wir kamen beide ins Gespräch dabei, und es hat sich herausgestellt, daß sie zu Joeys Pferdchen gehört.«

»Wo ist er? Weiß sie das?«

»Das habe ich noch nicht aus ihr herausbekommen. Sie macht nicht recht den Mund auf. Joey ist jedenfalls untergetaucht, weil er befürchtet, die Polizei könnte ihm den Mord an dieser Nutte anhängen. Aber was das Komische ist – dieses Mädchen hier, das jetzt noch in meinem Laden ist, hat eine Heidenangst, sie könne als nächste drankommen. Sie möchte am liebsten gar nicht mehr in die Wohnung zurück ...«

»Hat sie dir gesagt, wo diese Wohnung ist?«

»Nein. Aber Joey ist momentan nicht dort. Wie schon gesagt, er ist erst einmal auf Tauchstation gegangen.«

»Hier in der Stadt?«

»Angeblich weiß sie das nicht.«

»Kannst du sie, bis ich komme, festhalten?«

»Ich werde versuchen, sie mit meinen Sonderangeboten zu fesseln«, meinte der Gaucho.

»In fünf Minuten bin ich da. Laß sie nicht laufen«, sagte Carella.

An seinem Schreibtisch sitzend sagte Meyer gerade: »Und ich dachte, es regnet!« und brach in Gelächter aus. Kling schlug mit der Hand auf die Schreibtischplatte und schrie: »Er dachte, es regnet!«

Genero blinzelte und lachte dann höflich.

Das Mädchen im Hinterzimmer vom Laden des Gauchos war umgeben von Gebrauchsgegenständen eines Gewerbes, für das sie noch entschieden zu jung zu sein schien. Ein zierlicher, recht hübscher kleiner Rotschopf mit Sommersprossen auf Nase und Wangen, wirkte sie wie eine Dreizehnjährige, die wegen einer geringfügigen Missetat in das Büro des Direktors gerufen worden ist. Ihre Kleidung – ihre Kostümierung, um genauer zu sein – steigerte noch den Eindruck, daß hier ein Kind gerade in die Pubertät kam. Sie trug eine weiße Baumwollbluse und einen grauen Flanellrock mit weißen Kniestrümpfen und schwarzen Lackschuhen mit Spangenverschluß. Mit ihren kleinen Brüsten, der schmalen Taille sowie den zerbrechlichen Fesseln und Handgelenken erweckte sie allein durch ihren Anblick vor der Kollektion von Lederriemen, aufblasbaren, lebensgroßen, nackten Gummipuppen, Kondomen in allen Farben des Regenbogens, künstlichen männlichen Gliedern, Stimulierungsmitteln und pornographischer Lektüre aller Art Gedanken an Schändung, nein sogar an Entweihung. Die Lider über ihre großen blauen Augen gesenkt, schien sie sich verloren zu haben in einem erotischen Dschungel, der sie einschüchterte. Doch plötzlich öffnete der kleine Unschuldsengel den Mund, und eine Ladung Kröten und Schlangen quoll daraus hervor.

»Warum hast du einen Bullen gerufen, du alter Sack?« fragte sie Gaucho.

»Ich habe mir Sorgen um dich gemacht«, log er.

»Wie heißen Sie?« fragte Carella.

»Verduften Sie, Mister«, erwiderte sie. »Wollen Sie mir etwa was anhängen? Oder bloß ein paar heiße Höschen kaufen? Trägt Ihre Frau keine Reizwäsche?«

»Ich will Ihnen nichts anhängen«, erklärte Carella. »Der Cowboy hat mir gesagt, Sie hätten Angst, daß jemand …«

»Ich habe vor gar nichts Angst. Der Cowboy irrt sich.«

»Du hast doch aber …« wandte der Gaucho ein.

»Du irrst dich, Cowboy«, beharrte sie. »Pack mir dieses Zeug ein, dann zahle ich und bin weg.«

»Wo ist Joey La Paz?« wollte Carella wissen.

»Ich kenne niemanden, der so heißt.«

»Sie arbeiten für ihn, nicht wahr?«

»Ich arbeite in einem Warenhaus.«

»In welchem?«

»An der Twelfth Ecke Rutgers. Das können Sie nachprüfen.«

»Und wo arbeiten Sie nachts?«

»Ich arbeite tagsüber. In dem Warenhaus an der Twelfth Ecke Rutgers.«

»Ich werde mich dort erkundigen.« Carella zog sein Notizbuch aus der Innentasche seines Jacketts. »Wie heißen Sie?«

»Ich brauche Ihnen meinen Namen nicht zu nennen. Ich habe nichts verbrochen. Ich brauche Ihnen überhaupt nichts zu sagen.«

»Miss, ich bearbeite zwei Mordfälle, und ich habe keine Zeit für dummes Gerede, verstanden? Also los jetzt, wie heißen Sie? Sie haben doch eben selber gesagt, daß ich Ihre Angaben nachprüfen soll. Dazu gehört als erstes Ihr Name. Okay?«

»Ja, prüfen Sie nach, Sie Schlaumeier. Ich heiße Nancy Elliott.«

»Wo wohnen Sie, Nancy?«

Das Mädchen zögerte.

»Ich habe gefragt, wo Sie wohnen? Wie ist Ihre Adresse?«

Sie schwieg.

»Wie lange wollen Sie es sich noch überlegen?« sagte Carella.

»Ich brauche Ihnen meine Adresse nicht zu geben.«

»Nein, das stimmt. Dann werden wir eben anders verfahren, Miss Elliott, falls das Ihr richtiger Name ist …«

»Es ist mein richtiger Name.«

»Na, fein. Dann werde ich Ihnen sagen, was wir tun. Ich habe Grund zu der Annahme, daß Sie Informationen über eine Person besitzen, die wir im Zusammenhang mit Ermittlungen in einem Mordfall suchen. Es handelt sich um Joey La Paz, dessen Namen ich vorhin erwähnt habe, falls Sie das inzwischen vergessen haben sollten. Wenn Sie sich weigern, meine Fragen zu beantworten, lasse ich Sie gerichtlich vorladen, und dann wird Ihnen der Staatsanwalt dieselben Fragen stellen, bloß mit einem kleinen Unterschied. Sollten Sie dann immer noch nicht reden, ist das Mißachtung des Gerichts. Und falls Sie lügen, so ist das Meineid. Also was sagen Sie? Wir können das Spiel auf meine Art spielen oder auf Ihre. Mir ist das egal.«

Nancy schwieg weiter.

»Okay«, sagte Carella. »Ich nehme an, Sie wollen ...«

»Ich weiß nicht, wo er ist«, erklärte sie.

»Aber Sie kennen ihn.«

»Ja.«

»Wollen Sie mir sagen, in welcher Beziehung Sie zueinander stehen?«

»Das wissen Sie doch. Können wir nicht die ganze Herumrederei lassen?«

»Gut. Kannten Sie auch Clara Jean Hawkins?«

»Ja, ich kannte sie.«

»Wann haben Sie Clara Jean zum letztenmal lebend gesehen?«

»Am Morgen des Tages, als es sie erwischt hat.«

»Also vergangenen Freitag vormittag?«

Nancy nickte.

»Wo?«

»In der Wohnung.«

»Wo ist das?«

»Joey bringt mich um«, sagte sie.

»Wo ist die Wohnung?«

»In der Laramie Ecke German.«

»Aber Sie sagen, er hält sich jetzt nicht dort auf?«

»Nein. Er ist Sonntag abgehauen. Gleich nachdem er von der Sache mit C. J. gehört hatte.«

»Warum ist er verschwunden?«

»Er hat Angst, Sie hängen ihm den Mord an.«

»Hat er Ihnen das gesagt?«

»Mir und den anderen Mädchen.«

»Wie viele seid ihr?«

»Mit C. J. waren wir vier. Jetzt sind wir nur noch drei.« Sie zuckte die Achseln. »Das heißt, falls Joey überhaupt zurückkommt.«

»Meinen Sie, er wird kommen?«

»Wenn er C. J. nicht umgebracht hat.«

»Glauben Sie, er hat es getan?«

Nancy zuckte erneut die Achseln.

»Der Cowboy hat mir erzählt, Sie hätten Angst vor ihm. Weil Sie glauben, daß er C. J. erschossen hat?«

»Ich weiß nicht, was er getan hat.«

»Warum haben Sie dann Angst vor ihm?«

Wieder kam nur ein Achselzucken.

»Sie glauben, er hat sie umgebracht, nicht wahr?«

»Ich denke, er hat Grund gehabt, sie umzubringen.«

»Was für einen Grund?«

»Ihre Extratouren.«

»Wie meinen Sie das?«

»C. J. hat ihn betrogen.«

»Um zweihundert Dollar pro Woche. Habe ich recht?« fragte Carella.

»Ich weiß nicht, wieviel ihr ihre kleine Party jede Woche einbrachte.«

»Was für eine Party? Hat sie je davon erzählt?«

»Irgend so eine Strandparty.« Nancy verzog die Mundwinkel.

»Jede Woche?«

»Jeden Mittwoch. Sie fuhr morgens schon hinaus.«

»Hinaus wohin?«

»Irgendwo an den Strand.«

»Welchen Strand?«

»Draußen in Sands Spit.«

»Welchen Strand dort genau?«

»Das weiß ich nicht.«

»Wie kam sie dorthin?«

»Mit dem Zug. Und dann wurde sie mit dem Auto abgeholt.«

»Draußen in Sands Spit?«

»Ja. Irgendwo am Strand dort.«

»Und Sie meinen, Joey ist dahinter gekommen?«

»Falls er sie umgebracht hat, dann bestimmt, weil er davon erfahren hat.«

»Könnte es ihm jemand gesteckt haben?«

»Ich habe ihm jedenfalls nicht davon erzählt, und C. J. wird sich erst recht gehütet haben.«

»Wer käme noch in Frage?«

»Vielleicht Sarah.«

»Wer ist Sarah?«

»Eine von den anderen Mädchen. Sarah Wyatt. Sie ist neu und noch immer ziemlich in Joey verschossen. Vielleicht hat sie es ihm verraten.«

»Hat C. J. die Sache ihr gegenüber denn erwähnt?«

»C. J. hatte einen großen Mund«, meinte Nancy und nickte.

»Wie steht es mit dem anderen Mädchen? Der dritten?«

»Lakie?«

»Ist das ihr Name?«

»Sie wird nur so genannt. Joey hat den Namen erfunden, weil sie aus der Gegend der Großen Seen stammt.«

»Wußte sie von C. J.s Extratouren?«

»Ich glaube nicht. Die beiden kamen nicht gut miteinander aus. Lakie ist ziemlich hochnäsig. Meint immer, sie hätte einen besonderen Honigtopf. Sie verstehen, was ich meine? Damit kam sie bei C. J. nicht an.«

»Aber den anderen hat sie davon erzählt?«

»Ja.«

»Warum war sie Ihrer Meinung nach so unvorsichtig?«

»Vielleicht wollte sie aussteigen und machte sich einfach keine Gedanken mehr darum.«

»Hätte sie nicht die Gefahr erkennen müssen, die …«

»Das schon. Joey ist ein gemeiner Kerl.«

»Besitzt er eine Waffe?«

»Ja.«

»Haben Sie diese Waffe gesehen?«

»Ja.«

»Was für eine Waffe ist es?«

»Keine Ahnung. Jedenfalls besitzt er einen Waffenschein dafür.«

»Einen Waffenschein? Wie hat er denn das gedreht?«

»Seinem Vetter gehört ein Juwelierladen oben in Diamondback. Joey hat ihn dazu gebracht zu sagen, Joey liefere Schmuck und solche Sachen für ihn aus. Deshalb bekam er die Erlaubnis zum Führen einer Waffe.«

»Wie heißt dieser Vetter?«

»Ich weiß nicht. So ein spanischer Name. Wie Joeys.«

»Wo in Diamondback?«

»Der Juwelierladen? Das weiß ich nicht.«

»Wohnt dieser Vetter auch in Diamondback?«

»Ich glaube schon. Er ist verheiratet und hat haufenweise Kinder wie die verdammten anderen Puertorikaner in dieser Stadt auch.«

Der Gaucho räusperte sich.

»Du nicht, Cowboy«, sagte Nancy. »Du bist anders.«

Der Gaucho schien nicht recht überzeugt zu sein.

»Werden Sie in diese Wohnung in der City zurückkehren?« wollte Carella wissen.

»Ich weiß nicht recht. Eigentlich habe ich davor Angst. Aber ... wo soll ich sonst hingehen?«

»Falls Joey auftaucht, greifen Sie zum Telefon und rufen Sie diese Nummer an«, versetzte Carella etwas aufschreibend.

»Na klar, und er bricht mir dann den Arm«, meinte Nancy.

»Wie Sie wollen«, Carella reichte ihr die Karte, auf der er ihr die Nummer des 87. Reviers notiert hatte. »Wenn er allerdings C. J. umgebracht hat ...«

»Ja, ja.« Nancy kaute unentschlossen an der Innenseite ihres Mundes. »Was ist dagegen schon ein gebrochener Arm, nicht wahr?«

Eine Anfrage bei der Zulassungsstelle für Schußwaffen stellte klar, daß Jose Louis La Paz tatsächlich einen Waffenschein besaß, der am dritten Mai ausgestellt worden war, etwa zu der Zeit, als Joey damit begonnen hatte, Herren mit gutem Geschmack junge Damen zuzuführen. Im Antragsformular war als Grund für die Notwendigkeit zum Führen einer Waffe angegeben, daß er durch seine Beschäftigung im Juweliergeschäft Corrosco in der 1727 Cabot Street häufig mit kostbaren

Schmuckstücken unterwegs sei. Der Inhaber des Geschäfts, der den Antrag bestätigt und unterschrieben hatte, war Eugene Corrosco. Carella bedankte sich für die Auskunft, suchte aus dem Telefonbuch von Isola die Nummer des Corroscoschen Juwelierladens heraus und rief gleich dort an. Ein Mann, der mit starkem spanischen Akzent sprach, erklärte Carella, daß sich Eugene Corrosco auf einer Urlaubsreise befände. Wann Mr. Corrosco zurückkäme, wisse er leider nicht. Carella bedankte sich, wählte die Privatnummer von Eugene Corrosco und geriet an eine Frau, die behauptet Mrs. Corrosco zu sein. Sie wisse nicht, wo ihr Mann sich aufhalte oder wann er zurückkäme, erklärte auch sie. Etwas verspätet erkundigte sie sich dann erst, wer am Apparat sei.

»Hier spricht Marty Rosen«, sagte Carella. »Ich habe vergangene Woche mit Ihrem Mann über ein paar hübsche Saphire gesprochen, und er meinte, ich solle ihn anrufen.«

»Tja, Mr. Rosen, aber er ist leider nicht da«, erwiderte die Frau.

»Und Sie wissen wirklich nicht, wann er zurück sein wird?« fragte Carella.

»Nein.«

»Freitag muß ich nämlich nach Chicago zurück.«

»Das tut mir leid«, sagte die Frau.

»Na ja, vielen Dank jedenfalls«, sagte Carella und legte auf.

Er öffnete sein oberstes Schreibtischschubfach und zog die Polizeikarte heraus, die die Stadt in Reviere unterteilte. 1721 Cabot Street lag genau in der Mitte des Dreiundachtzigsten oben in Diamondback.

Das Dreiundachtzigste bedeutete nur eines. Fat Ollie Weeks.

Die knubbelige Hand ausgestreckt, den Hemdkragen offen, die Krawatte herabgezogen und die Ärmel über den stämmigen Unterarmen hochgekrempelt kam Fat Ollie Weeks aus dem Dienstzimmer des 83. Polizeireviers herausgewatschelt, um Carella und Meyer zu begrüßen, die vor der Holzbarriere stehengeblieben waren. Beide Männer trugen durchnäßte

Regenmäntel. Meyer hatte seinen Professor-Higgins-Hut auf dem Kopf, aber Carella war barhäuptig. Die paar Schritte vom Wagen zum Revier hatten genügt, seine Haare wie ein verklebtes Büschel braunes Seegras aussehen zu lassen.

»Hey, Jungs!« sagte Ollie und packte Carellas Hand. »Ich habe euch ja eine Ewigkeit nicht mehr gesehen! Seit sie Kling damals die Braut direkt aus dem Bett weggestohlen haben! Wie geht es euch denn? Ich wollte längst einmal anrufen. Hast du wenigstens koschere Salami mitgebracht?« wandte er sich an Meyer und ergriff auch dessen Hand. »Wie geht's denn unserem alten koscheren Salami-Oscar-Meyer?« Er brach in Gelächter aus.

Meyer nahm seinen Professor-Higgins-Hut ab und schleuderte ihn hin und her, um die Regentropfen abzuschütteln.

»Was führt euch denn zum Dreiundachtzigsten? Setzt euch doch. Ich freu' mich wirklich, euch mal wiederzusehen«, erklärte Ollie. »He, Gonzales«, schrie er zur Schreibstube hinüber, »bring uns ein paar Tassen Kaffee her. Aber pinkel vorher nicht rein, verstehst du?« Er lachte erneut. »Gonzales ist Puertorikaner«, erklärte er dann. »Ich ärgere ihn immer ein bißchen. Also, nun erzählt mal, was treibt ihr so im Siebenundachtzigsten? Ich wollte wirklich schon längst bei euch anrufen, das schwöre ich. Es macht mir immer Spaß, mit euch zusammenzuarbeiten.«

»Wir suchen hier nach einem Zuhälter namens Joey La Paz«, erklärte Carella. »Kennst du ihn?«

»Nein, läutet keine Glocke bei mir.« Ollie schüttelte den Kopf. »Nein.«

»Joey Peace?«

»Auch nicht.«

»Wie steht es mit Eugene Corrosco?«

»Ja, natürlich kenne ich Gene. Aber das ist kein Zuhälter. Gene hat einen Juwelierladen auf der Cabot. Ganz unter uns gesagt, betätigt er sich nebenbei auch noch ein bißchen als Hehler. Ich warte bloß darauf, ihn hochgehen zu lassen, wenn ich auch noch höre, daß er Einbrüche organisiert, wie es diese Kerle öfter machen, versteht ihr? Verkauft dir erst einen Brillantschmuck für deine Frau, läßt ihn wieder klauen und verscheuert ihn dann irgendwo nach außerhalb. Ganz clever, wie?« Ollie grinste. »Bis jetzt macht Gene noch kleinere Nebengeschäfte, die nicht lohnen, daß ich aktiv werde. Aber ich liege auf der Lauer, um gegebenenfalls zuzupacken. Was habt ihr für ein Interesse an ihm?«

»Wir interessieren uns nur im Zusammenhang mit diesem La Paz für ihn. Die beiden sind Vettern.«

»Handelt es sich um diese Nutte, die in Midtown South umgebracht worden ist?«

»Ja«, bestätigte Carella.

»Dachte ich mir doch. Wenn ihr nach einem Zuhälter sucht, muß auch eine Nutte dabei sein, stimmt's?« Ollie tippte sich mit dem Zeigefinger gegen die Schläfe, grinste Meyer an und sagte: »*Tochis*, Meyer.«

Meyer grinste nicht zurück. Meyer konnte Ollie nicht leiden. Meyer kannte niemanden, der Ollie leiden konnte. Ollie war nicht nur fett, was ihn in den Vereinigten Staaten automatisch zum Schurken abstempelte, er war auch voreingenommen. Und er roch. Sein Atem roch. Sein Körper roch. Er war eine riesige wilde Müllkippe. Außerdem war er ein guter Polizist. In mancher Beziehung.

»Genes Geschäft ist hier gleich um die Ecke«, meinte Ollie. »Was ist also das Problem?«

»Er scheint verreist zu sein«, erwiderte Carella.

»Verreist? Blödsinn«, versetzte Ollie. »Kommt mit. Wir werden das kleine Arschloch schon aufstöbern.«

Den Namen des puertorikanischen Viertels von Diamondback hatten seine Bewohner selbst gewählt, die – vielleicht als Reaktion auf eine Stadt, die entschlossen zu sein schien, sie in den Staub zu treten – bei der Taufe den feinen Sinn für Humor verloren hatten, durch den sie veranlaßt worden waren, die schlimmste Slumgegend von Puerto Rica ›*La Perla*‹ zu nennen. Bei unveränderter Lust zur Satire hätten sie ihr amerikanisches Getto vielleicht ›*El Paradiso*‹ getauft. Statt dessen entschlossen sie sich, das Kind beim Namen zu nennen. Das Viertel hieß *El Infierno*, und die Gerüche in den Mietshäusern waren spanischen Ursprungs, das hieß eine Mischung aus dem allgemeinen Mief menschlicher Ausdünstungen und den exotischen Aromen von *sancochado, ajiaco de papas, frijoles negros, arroz con salchicha* und *cabrito criollo.*

»Macht einen direkt hungrig, wenn man in diese verdammten Bruchbuden kommt«, stellte Ollie fest. »Gleich um die Ecke gibt es ein spanisches Restaurant, falls ihr nachher einen Happen essen wollt, Jungs. Die Preise sind sehr vernünftig, falls ihr meine zarte Andeutung versteht. In der Tat, o ja«, sagte er augenzwinkernd und in seine weltberühmte Imitation von W. C. Fields verfallend. »Wo wir jetzt hinkommen«, fuhr er mit seiner normalen Stimme fort, die irgendwo zwischen einem Grunzen und Knurren angesiedelt war, eine Art whiskyverbranntes Brummen, das aus seinem tonnenartigen Brustkasten kam und über die Kiesgrube seiner Kehle ratterte, um begleitet von einem Gestank nach Schwefel und Galle seinen fleischigen Lippen zu entweichen. Meyer überlegte, wann sich Ollie wohl zum letztenmal die Zähne geputzt haben mochte. Am Guy-Fawkes-Tag? Der in den Vereinigten Staaten nicht gefeiert wurde? »Wo wir jetzt hinkommen«, erklärte Ollie, »ist die Bude, wo Gene seine heiße Ware lagert. Jawohl, Freunde, und er weiß nicht, daß der alte Ollie darüber im Bilde ist. Wird eine ganz hübsche Überraschung sein für dieses kleine puertorikanische Arschloch. Hier im dritten Stock ist es. Haltet eure Kanonen bereit, Freunde, falls Corrosco meint, seine Schätze beschützen zu müssen.«

Sie waren bereits im dritten Stock angekommen und folgten Ollie den Flur entlang zu den beiden Wohnungen, die sich an dessen Ende befanden. »Es ist 3 A, die Wohnung rechts«, erläuterte Ollie. »Laßt mich erst mal kurz horchen.« Er preßte ein Ohr an die Wohnungstür und lauschte, wie es jeder gute Polizist getan hätte, bevor er anklopfte oder gar die Tür eintrat. Seine Pistole hielt er in der rechten Hand. Er atmete schwer nach dem Treppensteigen bis zum dritten Stock hinauf, und sein Atem stank zum Himmel. »So viel ich hören kann, sind zwei drin«, flüsterte er. »Ich drücke die Tür ein, und ihr beide gebt mir Deckung.«

»Ollie«, sagte Carella, »wir haben keinen Haftbefehl. Ich denke ...«

»Scheiß auf den Haftbefehl«, unterbrach ihn Ollie. »Wir sind hier in Diamondback.« Er trat ein Stück von der Tür weg, nahm dann mit der Grazie eines Nilpferdes Anlauf und rammte die Tür mit seiner Schulter, statt den Fuß zu benutzen. Meyer vermutete, daß Ollie Schwierigkeiten hatte, das Knie hochzubekommen. Die Tür splitterte aus dem Rahmen, wobei die Scharniere durch die Luft flogen, während Ollie in den Raum stürzte, die linke Schulter nach dem Aufsprengen der Tür noch immer gesenkt. Er schnellte herum und brachte die Rechte mit der Pistole in Schußstellung. Carella und Meyer standen dicht hinter ihm. In dem Raum sah es aus wie in einem kleinen Warenhaus. Auf dem Fußboden, buchstäblich von Wand zu Wand, stand eine reiche Auswahl nagelneuer Fernsehgeräte, Mikrowellenkochherde, Haartrockenhauben, Fahrräder, Skier, Stereoplattenspieler, Verstärker, Tuner und Lautsprecher. An einem langen Kleiderständer hing eine Kollektion eleganter Pelzmäntel aus kostbaren Fellen: Nerz, Zobel, Rotfuchs, Lux, Oppossum, Silberfuchs, Ozelot und Persianer. Zwei Männer standen vor einem Tisch voller funkelnder Armbänder, Colliers, Diademen, Broschen, Uhren, Anhängern, Ohrringen, silbernem Besteck, silbernen Pokalen, silbernen Kannen, silbernen Tabletts und etlicher goldener Ringe. Fat Ollie machte ein paar Schritte in den Raum hinein, gefolgt von einem zaudernden Steve Carella, der seine Bedenken wegen des unbefugten Eindringens noch nicht ganz überwunden hatte, und einem vorsichtigen Meyer, der befürchtete, sein Hut könne ihm herunterfallen, und er würde womöglich vor diesen beiden Ganoven samt ihrem Warenlager darüber stolpern.

»Schau, schau«, sagte Ollie, »wie interessant! Keine Bewegung, Gene, meinen Freunden sitzt der Finger sehr locker am Abzug.«

Eugene Corrosco hatte sich in der Sekunde umgewandt, als die Tür nach innen gedrückt worden war. Er war ein kleiner Mann mit pockennarbiger Haut und einem dicken schwarzen Zapataschnurrbart, fast so kahlköpfig wie Meyer, aber nicht ganz. Sein Freund war ein blonder Weißer. Der Blonde blickte zuerst auf die Polizisten und dann auf Corrosco. Sein Augenausdruck schien Corrosco zu beschuldigen, ihm wichtige Informationen vorenthalten zu haben, zum Beispiel die Möglichkeit, daß die Polizei hier hereinplatzen könne. Er wirkte den Tränen nahe.

»Hallo, Detective Weeks«, sagte Corrosco. Er hatte eine sehr hohe Stimme und grinste verlegen, als sei er gerade mit einem Mädchen auf dem Dach erwischt worden, statt mit einem ganzen Zimmer voller Diebesgut.

»Kleiner Spezialverkauf, Gene?« fragte Ollie.

»Nein, nein, hier sind bloß ein paar Sachen eingelagert«, erwiderte Corrosco.

»O ja«, sagte Ollie mit seiner W.-C.-Fields-Stimme. »Ziemlich viele Sachen, in der Tat.«

»Ja.« Corrosco nickte noch immer grinsend.

»Betreibst du mit deinem Kumpel Handel mit heißer Ware, Gene?« erkundigte sich Ollie.

»Nein, nein«, protestierte Corrosco. »Diese Sachen sind hier nur eingestellt.«

»Wessen Sachen?«

»Sie gehören meiner Mutter«, erklärte Corrosco.

»Deiner Mutter?« wiederholte Ollie echt überrascht. »Sieh mal einer an. Deiner Mutter.«

»Ja«, bekräftigte Corrosco. »Sie hat zu Hause nicht so viel Platz.«

»Scheint besonders versessen auf Fernsehen zu sein, deine Mutter«, meinte Ollie.

»Ja, das ist sie.«

»Vierzehn Geräte habe ich gezählt.«

»Ja, vierzehn«, bestätigte Corrosco. »Sie hat vierzehn Zimmer.«

»Und in allen Räumen sieht sie also fern, wie?«

»Ja, in allen Räumen«, versetzte Corrosco.

»Auch auf dem Klo?«

»Wie?«

»Guckt sie auf dem Klo auch in die Röhre?«

»Nein, da nicht«, sagte Corrosco.

»Was macht sie denn da?« wollte Ollie wissen. »Macht sie auf dem Klo Fotos?«

»Wie?«

»Es sind so viele Kameras hier. Fotografiert deine Mutter auf dem Klo?«

»O ja, auf dem Klo«, nickte Corrosco grinsend.

»Corrosco«, sagte Ollie. »Ich werde dich festnehmen wegen Hehlerei.«

»Machen Sie keinen Ärger, Detective Weeks«, meinte Corrosco.

»Es sei denn ...«

»Wieviel?« fragte Corrosco unverzüglich.

»Habt ihr das gehört?« Ollie wandte sich mit schockiertem Gesichtsausdruck zu Carella und Meyer um, die mit gezückten Pistolen neben der Tür standen. »Habt ihr gehört, was dieser Mann gerade gesagt hat?«

»Ich habe gar nichts gesagt«, erklärte Corrosco.

»Und ich auch nicht«, ergriff der Blonde das Wort.

»Ich hoffe doch sehr, daß das kein Bestechungsversuch sein sollte«, meinte Ollie.

»Nein, nein«, versicherte Corrosco eilfertig. »Nein, Sir. So was würde ich nie tun.«

»Ich auch nicht.« Der Blonde schüttelte den Kopf.

»Hör mal zu«, sagte Ollie.

»Ja?« reagierte Corrosco sofort.

»Wir suchen da nach jemand.«

»Nach wem?« fragte Corrosco beflissen.

»Einen Mann namens Joey La Paz.«

»Nie von ihm gehört«, sagte Corrosco.

»Du hast noch nie von deinem eigenen Vetter gehört?«

»Er soll mein Vetter sein?« fragte Corrosco. »Das halte ich für unmöglich. Wie kann er mein Vetter sein, wenn ich noch nie von ihm gehört habe?«

»Gene«, sagte Ollie, »es tut mir leid, dir das antun zu müssen, weil widerrechtlicher Besitz von gestohlenen Gegenständen je nach Wert der Sachen beurteilt wird. Du kannst also entweder für ein Jahr, vier Jahre oder sieben Jahre hinter Gitter kommen. Das ist eine lange Zeit, Gene. Aber was soll ich viel reden? Gesetz ist Gesetz, und ich würde gegen meine Pflicht verstoßen, wenn ich diese wissentliche Übertretung …«

»La Paz, sagten Sie?«

»Joey La Paz«, wiederholte Ollie nickend.

»Ach so. Ich dachte, Sie hätten Lopez gesagt.«

»Nein, La Paz.«

»Ja, das stimmt. Natürlich.«

»Was ist natürlich?«

»Natürlich ist er mein Vetter.«

»Wo hält er sich auf, Gene?«

»Woher soll ich das wissen?« meinte Corrosco. »Wissen Sie immer, wo Ihr Vetter ist?«

»Nein, aber ich habe auch keine Schwierigkeiten mit der Polizei wegen einer ganzen Stube voller Diebesgut.« Er trat einen Schritt näher an Corrosco heran, worauf dieser bis zur Tischkante zurückwich. Ollie packte Corrosco am Hemd, zog ihn zu sich heran und starrte ihm ins Gesicht. »Jetzt hör mir mal gut zu«, stieß er mit unterdrückter Stimme hervor. »Ich will deinen Vetter. Wenn ich ihn nicht kriege, dann kassiere ich dich. Falls du Glück hast, erwischst du einen Landsmann von dir als Richter, der dich glimpflich davonkommen läßt. Du kannst es dir aussuchen, Gene. Du oder dein Vetter.«

»Was wollen Sie von ihm?« fragte Corrosco.

»Du scheinst mich nicht zu begreifen.« Ollie seufzte und ließ Corroscos Hemd los. »Okay«, meinte er dann, »nimm deinen Hut. Und du auch, Blondie.«

»Ich hab' ihm nur mal eben guten Tag gesagt«, protestierte der Blonde.

»Du kannst dem Untersuchungsrichter guten Tag sagen.«

»Aber es stimmt. Sag es ihm, Gene. Sag ihm, daß ich nur zufällig vorbeigekommen bin.«

»Halt die Klappe«, verwies ihn Corrosco. »Mein Vetter ist in einer Wohnung in der Saint Sab's Ecke Booker.«

»Die genaue Adresse?« Ollie zog sein Notizbuch hervor.
»629 Saint Sab.«
»Name am Briefkasten?«
»Amy Wyatt.«
»Wer ist das? Eine von seinen Nutten?«
»Nein, ihre Mutter.«
»Wessen Mutter?«
»Die von Sarah Wyatt.«
»Ein Mädchen aus seinem Stall?«
»Ja. Aber eine, die noch ziemlich neu ist.«
»Okay, Gene. Vielen Dank. Jetzt hol deinen Hut.«
»Meinen Hut?« wiederholte Corrosco. »Wozu? Sie haben mir gesagt …«
»Das war, bevor du mich verschaukeln wolltest. Hol deinen verdammten Hut!«
»Das ist nicht fair«, beschwerte sich Corrosco.
»Wer sagt, daß es immer fair zugehen muß?« fragte Ollie.

La Paz sprang mit einer Pistole in der Hand vom Bett hoch und richtete den Lauf auf die Tür, als das Schloß splitterte. Er trug nur enge, dunkle Hosen, kein Hemd, keine Schuhe und keine Socken. Seine Haut war von einem hellen Braun, und er hielt sich in guter körperlicher Verfassung. Als er mit der Pistole auf Ollies breiten Brustkasten zielte, zeichneten sich die Muskeln seines Oberkörpers ab.
»Drück doch ab, du kleiner Scheißer«, sagte Ollie.
La Paz zögerte.
»Na los, drück ab«, wiederholte Ollie. »Meine beiden Freunde hier durchlöchern dich wie ein Sieb und spülen dich dann im Klo hinunter, wie das Stück Scheiße, das du bist. Drück den verdammten Hahn ab, nun mach schon!«
Carella wartete mit angehaltenem Atem in der halben Hoffnung, La Paz würde positiv auf Ollies Herausforderung reagieren. Statt dessen senkte La Paz die Waffe.
»Braver Junge«, lobte Ollie. »Wirf sie auf den Boden.«
La Paz gehorchte.

»Arme hoch jetzt. Die Hände an die Wand«, befahl Ollie. Er schob La Paz auf die Wand zu und tastete ihn zwischen den Beinen und entlang der Hose ab. »Okay«, sagte er dann. »Dreh dich um. Wer ist sonst noch in diesem Rattenloch?«

»Niemand«, antwortete La Paz.

»Wo ist Amy Wyatt?«

»Sie arbeitet. Sie ist nicht hier.«

»Ganz allein, wie?«

»Ja.«

»Ich hoffe, du fällst nicht hin und verletzt dich oder so was«, meinte Ollie. »Es ist niemand hier außer uns, um den Krankenwagen zu rufen, wie? Diese Herren wollen dir ein paar Fragen stellen. Du wirst doch wohl schön antworten, Joey, denn ich liebe keine Schwierigkeiten in meinem Revier, okay?«

»Wie haben Sie mich gefunden?«

»Wir haben so unsere Möglichkeiten, mein Junge«, erwiderte Ollie in seiner W.-C.-Fields-Stimme. Er hob die Pistole auf, musterte sie und sagte dann zu Carella: »Einen .32 Colt hattet ihr nicht gesucht, oder?«

»Nein«, antwortete Carella.

»Schade.« Ollie schob die Pistole in seinen Hosenbund und wandte sich zu La Paz zurück. »Beantworte die Fragen dieses Mannes«, sagte er.

»Selbstverständlich«, versicherte La Paz. »Was wollen Sie wissen?«

»Erzählen Sie mir etwas über Clara Jean Hawkins«, sagte Carella.

»Das wußte ich«, erwiderte La Paz.

»Was wußten Sie?«

»Daß es um Clara Jean geht.«

»Worum hätte es sonst gehen sollen, du dummer Hund?« sagte Ollie. »Wenn ein Mädchen umgebracht wird, was meinst du wohl, was diese Männer dann hier wollen? Einen kleinen Zuhälter hochgehen lassen? Es geht um Mord, du Dummkopf. Also rück lieber schnell mit der Sprache heraus.«

»Ich habe sie nicht umgebracht«, sagte La Paz.

»Es hat noch nie jemand einen anderen umgebracht«, erklärte Ollie. »Die Welt ist voll von Opfern, aber niemand hat sie je zu Opfern gemacht. Los, Steve, frag ihn, was du wissen willst.«

»Was ist Ihnen über eine wöchentliche Strandparty irgendwo draußen in Sands Spit bekannt?« wandte sich Carella an La Paz.

»Eine was?«

»Du hast doch gehört, was der Mann gefragt hat«, sagte Ollie. »Oder bist du etwa taub?«

»Eine Strandparty?« wiederholte La Paz kopfschüttelnd. »Ich weiß nicht, was Sie meinen.«

»Er will wissen, ob du welche von deinen Mädchen zu Partys geschickt hast, die draußen am Strand stattgefunden haben, das meint er, du Schwachkopf«, erläuterte Ollie.

»Meinen Sie das tatsächlich?« fragte La Paz.

»Ja, nun reden Sie schon«, sagte Carella.

»Ich weiß nichts von irgendwelchen Strandpartys draußen in Sands Spit.«

»Strandpartys jeden Mittwochabend.«

»Nein, davon weiß ich nichts.«

»Wissen Sie, wohin Clara Jean Hawkins jeden Mittwochabend ging?«

»Ja, zu ihrer Mutter. Ihre Mutter ist krank, deshalb fuhr Clara Jean jeden Mittwochabend zu ihr und blieb bis Donnerstag.«

» Und Sie hatten nichts dagegen?«

»In der Mitte der Woche ist das Geschäft sowieso ziemlich lau«, meinte La Paz achselzuckend.

»Wann kam sie donnerstags gewöhnlich zurück?«

»Früh genug, um gegen zehn oder elf Uhr abends auf der Straße zu sein. Ich habe ihr nie verboten, ihre Mutter zu besuchen, falls Sie mir das unterstellen wollen.«

»Ich will Ihnen gar nichts unterstellen«, versetzte Carella. »Keine Aufregung.«

»Keine Aufregung, hörst du?« sagte Ollie. »Er will dir überhaupt nichts unterstellen.«

»Er meint, ich hätte etwas dagegen gehabt, daß sie ihre Mutter besucht ...«

»Damit unterstellt er dir nichts«, erklärte Ollie. »Beantworte nur seine Fragen und sonst halt die Klappe. Mach weiter, Steve.«

»Hatten Sie kürzlich eine Auseinandersetzung mit ihr?«

»Nein, wir kamen gut miteinander aus.«

»Genauso gut wie mit den anderen Mädchen?«

»Ja.«

»Wie mit Sarah Wyatt?«

»Mit Sarah ist das etwas anderes.«

»Wieso?«

»Wir sind fester liiert, Sarah und ich.«

»Bei Clara Jean war das nicht der Fall?«

»Nein, bei Clara Jean und mir nicht. Zu Anfang schon, aber jetzt nicht mehr.«

»Zu Anfang war sie von dir einfach hingerissen, wie?« warf Ollie ein.

»Ja, wir gingen zusammen ins Bett.«

»Hast du sie damit dazu gebracht, für dich anschaffen zu gehen? Oder war sie selber geldgierig?«

»Nein, das war sie nicht.«

»Hat sich einfach in dich verliebt, wie?«

»Mehr oder weniger.«

»Leicht zu verstehen, wo du so umwerfend bist.«

»Sie fand das jedenfalls«, erklärte La Paz.

»Oh, ich auch, mein Goldjunge«, versicherte Ollie und warf eine Hand hoch. »Du verdammter kleiner Zuhälter hast aus dem Mädchen eine Hure gemacht. Ist dir das klar? Findest du dabei gar nichts?«

»Es hat ihr nicht weh getan«, meinte La Paz achselzuckend.

»Nein, es hat ihr nicht weh getan«, wiederholte Ollie. »Nur umgebracht hat es sie.«

»Das Anschaffen hat sie nicht umgebracht.«

»Was sonst?« fragte Carella blitzschnell.

»Woher soll ich das wissen?«

»Warum verstecken Sie sich?« wollte Carella wissen.

»Weil ich von Clara Jeans Extratouren wußte.«

»Entschließen Sie sich«, sagte Carella. »Eben haben Sie uns doch versichert, Sie hätten keine Ahnung davon.«

»Wovon? Ich kann Ihnen nicht folgen«, erwiderte La Paz.

»Von den Strandpartys jeden Mittwochabend.«

»Was haben die mit ...?«

»Er redet von Clara Jeans Extratouren, du Blödmann«, fiel ihm Ollie ins Wort. »Die Partys jeden Mittwochabend. Die Partys, von denen du keine Ahnung hast, obwohl du weißt, daß Clara Jean Extratouren machte. Also was stimmt nun? Wußtest du Bescheid oder nicht?«

»Ich wußte von ihren Extratouren, aber was sie da machte, wußte ich nicht. Ich wußte nicht, daß es dabei um eine regelmäßige Geschichte ging, so was wie diese Strandpartys, von denen Sie dauernd reden. Ich dachte einfach nur, sie rechnet nicht alles mit mir ab.«

»Was haben Sie davon gehalten?« wollte Carella wissen.

La Paz hob wortlos die Schultern.

»War unwichtig, wie?« fragte Ollie.

»Ich hatte nur eine Wahl«, antwortete La Paz. »Ich konnte sie grün und blau prügeln und dabei riskieren, daß sie mir weglief und zu jemand anders ging, oder ich konnte darüber hinwegsehen. Was konnte sie schon groß absahnen? Einen Hunderter die Woche vielleicht.«

»Zwei Hunderter«, korrigierte Carella

»Na, dann eben zwei«, meinte La Paz achselzuckend. »Hätte es sich gelohnt, sie wegen zwei lausiger Hunderter zu verlieren?«

»Bringen dir alle deine Mädchen so viel ein?« wollte Ollie wissen.

»Ja, so ziemlich.«

»Wie viele Mädchen hast du?«

»Mit C. J. waren es vier. Jetzt sind es nur noch drei.«

»Du hast pro Woche also sechs- bis siebentausend Dollar kassiert, wie?«

»Meistens sogar achttausend.«

»Weißt du, wieviel ich im ganzen Jahr verdiene, du krummer Hund? Ich bin Detective Second Grade. Weißt du, wieviel ich verdiene im Jahr? Ich oder die beiden anderen Kollegen hier? Hast du eine Ahnung?«

»Nein«, antwortete La Paz.

»Dreiundzwanzigtausend lausige Dollar im Jahr, das verdienen wir, du kleiner Zuhälter.«

»Wer hat Sie über C. J.s Extratouren informiert?« fragte Carella.

»Dreiundzwanzigtausend im ganzen Jahr«, murmelte Ollie kopfschüttelnd.

»Sarah Wyatt«, erwiderte La Paz.

»Aber sie wußte nicht, daß es sich um eine Strandparty handelte?«

»Nein, das wußte sie nicht.«

Carella und Meyer sahen sich gegenseitig an. Carella seufzte. Meyer nickte.

»Hey, Jungs«, sagte Ollie, »nun weint mal nicht. Ich mag es nicht, wenn ausgewachsene Männer weinen. Und du kleiner Scheißer«, wandte er sich an La Paz, »schaffst deinen Arsch aus meinem Revier, und zwar dalli. Wenn ich dich noch einmal hier erwische, wirst du dir wünschen, du wärst wieder in Mayaguez, oder aus welchem stinkenden Loch du herkommst.«

»Palmas Altas«, sagte La Paz.

»Alles dasselbe«, meinte Ollie wegwerfend. »Raus jetzt!« Er wies mit dem Daumen zur Tür. »Ich muß mich dort erst anziehen«, wandte La Paz ein.

»Dann beeil dich aber, bevor sich meine Freunde hier vielleicht entschließen, dich doch für alle Fälle festzunehmen«, erwiderte Ollie.

In der Sekunde, als La Paz nach seinem Hemd griff, drehte Ollie sich um und bedachte Carella und Meyer mit einem Augenzwinkern. Keiner der beiden zwinkerte zurück. Sie hatten nur den einen Gedanken, daß ihr Fall ebenso tot war wie die drei Opfer.

# 13. KAPITEL

Die Polizisten von Elsinore County wußten nicht, daß sie ein viertes Opfer im Zusammenhang mit den untereinander verquickten Fällen aufgefunden hatten, die von Midtown South und dem Siebenundachtzigsten bearbeitet wurden. Die Polizisten von Elsinore County hielten ihre Leiche für ein erstes Opfer. Sie entdeckten den Toten an diesem Donnerstag abend um zehn. Sein Name war Wilbur Matthews. Vor seinem Hinscheiden war er Schlossermeister gewesen und hatte hinter seinem Laden in der Stadt Foxhill gewohnt, die früher Vauxhall geheißen hatte, so genannt nach dem Stadtbezirk von London – überall an der Ostküste der Vereinigten Staaten war der Einfluß des kolonialen Großbritanniens noch immer spürbar.

Bis vor dreißig Jahren war Foxhill noch ein verschlafenes, kleines Fischerdorf gewesen. Doch dann war ein unternehmungsfreudiger Herr aus Los Angeles gekommen, um das sogenannte *Foxhill Inn* zu eröffnen, ein großes, weitläufiges Strandhotel, das inzwischen in andere Hände übergegangen und in *Foxhill Arms* umgetauft worden war. Der Bau des Hotels hatte den Bau einer ganzen Stadt nach sich gezogen, so ähnlich wie in der guten, alten Zeit ein Grenzfort dazu geführt hatte, ringsherum eine Ansiedlung entstehen zu lassen. Foxhill war jetzt eine Gemeinde von etwa vierzigtausend Seelen, von denen dreißigtausend ständig dort lebten, zehntausend dagegen nur als ›Sommerbevölkerung‹ oder weniger freundlich als ›die Seemöwen‹ bezeichnet wurden. Der Schlosser Wilbur Matthews hatte ständig in Foxhill gelebt. Ein schneller Blick in die peinlich genau geführten Geschäftsbücher, die er in einem verschlossenen Aktenschrank in seinem Laden aufbewahrte, zeigte, daß er während der vergangenen fünf Jahre dreitausend Schlösser eingebaut und weitere zwölftausend repariert hatte, einige davon an Autos, die meisten jedoch an Wohnungstüren (weiter reichten die Unterlagen nicht zurück).

Wilbur Matthews war ein sehr beliebter Mann in der Gemeinde gewesen. Hatte sich jemand aus seinem Auto ausgeschlossen oder konnte um zwei Uhr früh nicht in sein Haus hinein, brauchte er nur den alten Wilbur anzurufen, und der zog sich an und eilte zur Hilfe, so wie es sonst die Ärzte machten. Wilburs Frau war während des letzten schweren Hurrikans gestorben, aber nicht durch den Hurrikan selbst. Nicht durch Ertrinken oder so etwas, sondern ganz natürlich im Bett im Schlaf. Seither hatte Wilbur allein gelebt. Er war ein gottesfürchtiger Mann, der regelmäßig zur Kirche ging (in die Erste Presbyterianische, Oceanview Ecke Third).

Es gab keinen Menschen in ganz Foxhill, der ein böses Wort über ihn hätte sagen können. Aber jemand hatte ihn zweimal in den Kopf geschossen, und die Polizisten von Elsinore County konnten sich nicht erklären warum. Die Polizisten dort draußen waren etwas stärker militärisch organisiert als die Stadtpolizisten. Selbst Zivilbeamte besaßen Ränge wie Sergeant und Corporal. Die beiden Männer, die den Mord an Wilbur Matthews zu untersuchen hatten, waren Detective-Sergeant Andrew (Buddy) Budd und Detective-Corporal Louis Dellarosa. Sie hockten im Regen unter dem Schlafzimmerfenster vor dem Haus des alten Mannes und suchten nach Patronenhülsen. Die Labortechniker waren noch nicht eingetroffen, weil sie den ganzen Weg vom Gemeindezentrum in Elsinore zurücklegen mußten. Buds und Dellarosas Suche blieb leider vergeblich. Im Haus betrachtete ein Mann von der gerichtsmedizinischen Abteilung den Toten, der in seinem Bett lag. In der Wand hinter dem Bett befanden sich zwei Einschußlöcher und eins in dem Kissen direkt neben dem Kopf der Leiche. Zwei weitere Kugeln hatten Wilbur Matthews Kopf getroffen und sein linkes Auge sowie seine Stirn durchbohrt. Der Gerichtsmediziner wandte sich zum Fenster, weil ihm schien, daß die Schüsse von dort gekommen sein mußten. Aber er war kein Ballistiker, und die Kollegen vom ballistischen Labor würden genau so lange brauchen, um herzukommen, wie die Labortechniker, weil die den gleichen Weg zurückzulegen hatten. Der Gerichtsmediziner hielt es für am besten, den Mann für tot zu erklären. Als Todesursache konnte er mit Sicherheit die Schußwunden angeben. Er hatte gerade angefangen, seinen Bericht zu schreiben, als ein Blitz das Fenster erhellte, auf das er kurz zuvor geblickt hatte, gefolgt von einem Donnerschlag, der ihn in den gleichen Schrecken versetzte wie einst eine Dorfräumung in Vietnam. Er ging sofort in die Diele hinaus und fragte einen uniformierten Polizisten dort, ob er das Badezimmer benützen dürfe.

Der Polizist erklärte: »Nein, dies ist der Tatort eines Verbrechens.«

Nach vierundzwanzig Stunden gerät man ein wenig in Verzweiflung. Nach zweiundsiebzig Stunden fängt man an, um einen Lichtblick zu beten. Es ist verblüffend, wie viele Polizisten religiös werden, nachdem sie zweiundsiebzig Stunden über einem kalten Mordfall gebrütet haben. Nach vier Tagen ist man überzeugt, die verdammte Geschichte niemals zu lösen. Wenn der sechste Tag angebrochen ist, kehrt die Verzweiflung zurück. Es ist eine andere Art von Verzweiflung. Eine Verzweiflung, die an Besessenheit grenzt. Man beginnt, Mörder unter jedem Stein zu entdecken. Wenn seine Großmutter einen schief anschaut, fängt man an, sie zu verdächtigen. Man geht seine getippten Berichte wieder und wieder durch. Man studiert die Tatortskizzen. Man liest die Mordberichte der anderen Reviere. Man durchsucht die Akten nach Mordfällen, bei denen eine .38er benutzt wurde oder das Opfer eine Nutte, ein Sänger oder ein Musikagent war. Man blättert in Unterlagen über Mordfälle in Verbindung mit Betrügereien oder zumindest zweifelhaften Geschäftspraktiken wie bei Harry Caines Schallplattenfirma. Man geht zurückliegende Mordfälle durch, bei denen vermißte oder entführte Personen eine Rolle spielen – und schließlich entwickelt man sich zum Experten für alle derartigen Fälle, die sich in den vergangenen zehn Jahren in dieser Stadt ereignet haben, aber man weiß noch immer nicht, wer die drei Leute aus der unmittelbaren Vergangenheit auf dem Gewissen hat.

Es war jetzt Freitag vormittag, der 22. September, neun Uhr vierzig. Nur vierzehn Stunden fehlten noch bis elf Uhr vierzig abends, als genau eine Woche zuvor ein Bürger der Stadt den Notruf gewählt und zwei verletzte Männer auf dem Bürgersteig Culver Ecke South Eleven gemeldet hatte. In vierzehn Stunden würde eine Woche voll sein. In vierzehn Stunden war George Chadderton bereits eine Woche tot. Und um drei Uhr dreißig Samstag früh würde auch Clara Jean Hawkins eine Woche tot sein. Ambrose Harding, der augenblicklich in einem Sarg im Monroe-Bestattungsinstitut in der St. Sebastian Avenue lag, sollte am kommenden Vormittag um neun Uhr beerdigt werden, zu einem Zeitpunkt, an dem er fast vier Tage tot war. Und der Fall lag noch immer da wie ein toter Fisch.

An diesem Vormittag um neun Uhr vierzig fuhr Carella los, um Chloe Chadderton in ihrer Wohnung in Diamondback aufzusuchen. Er hatte sie zuvor von zu Hause aus angerufen und war deshalb etwas überrascht, daß sie denselben langen rosa Morgenrock trug wie an dem Abend vor fast einer Woche, als er, Carella, und Meyer um zwei Uhr nachts an ihre Tür geklopft hatten. Während sie ihn eintreten ließ, wurde er sich der Tatsache bewußt, daß er Chloe noch nie in Straßenkleidung gesehen hatte. Sie hatte entweder, so wie jetzt, ein Nachthemd mit einem Morgenrock darüber angehabt, oder sie war halbnackt über einen Bartresen stolziert, oder sie hatte mit einem dünnen Nylonfrisiermäntelchen über ihrem Tanzkostüm am Tisch gesessen. Wenn er bedachte, was sie offenbar Tag und Nacht interessierten Beschauern zu zeigen bereit war, konnte er verstehen, warum George Chadderton gewollt hatte, daß seine Frau ihre Tätigkeit aufgab. Als er ihr jetzt im Wohnzimmer gegenüber saß und ihre langen Beine musterte, die der auseinanderfallende Morgenrock freigab, mußte sich Carella insgeheim eingestehen, daß auch er ein interessierter Beschauer war. Bei der Erinnerung an Chloes völlige Nacktheit auf dem Bartresen des *Flamingo* wurde er etwas befangen, zog hastig sein Notizbuch hervor und begann es durchzublättern.

»Darf ich Ihnen eine Tasse Kaffee anbieten?« fragte Chloe. »Er steht fertig auf dem Herd.«

»Nein, danke«, erwiderte Carella. »Ich möchte Ihnen nur ein paar Fragen stellen. Dann verschwinde ich.«

»Es besteht keine Eile«, versetzte sie lächelnd.

»Mrs. Chadderton«, begann er, »ich habe schon am Telefon versucht, Ihnen zu erklären, worin unserer Meinung nach die Verbindung zwischen Ihrem Mann und C. J. Hawkins bestanden hat. Die Tatsache nämlich, daß die beiden über eine gemeinsame Schallplattenaufnahme verhandelten.«

»Ja, aber George hat dieses Projekt mir gegenüber niemals erwähnt«, erklärte sie.

»Der Titel sollte vermutlich ›Auf dem Strich‹ heißen. Sie erinnern sich, daß er in seinem Notizbuch …«

»Ja.«

»An dem Abend, als wir hier waren …«

»Ja, ich erinnere mich.«

»Aber er hat über diese Platte nie mit Ihnen gesprochen?«

»Nein.«

»Auch nicht über Miss Hawkins? Er hat nie jemanden mit dem Namen Clara Jean Hawkins oder C. J. Hawkins erwähnt?«

»Nein, niemals.« Chloe verlagerte auf der Couch ihr Gewicht.

Carella schaute erneut in sein Notizbuch. »Mrs. Chadderton …« sagte er.

»Ich fände es netter, wenn Sie mich Chloe nennen«, unterbrach sie ihn.

»Nun … äh … ja, gut«, meinte er zögernd, vermied es jedoch geflissentlich, ihren Vornamen auszusprechen. »In dem Kalender, den Sie mir überlassen haben, tauchen der Name Hawkins sowie die Anfangsbuchstaben an folgenden Daten auf: 10. August, 24. August, 31. August und 7. September. Das sind jeweils Donnerstage. Wir wissen, daß Miss Hawkins donnerstags immer frei hatte …«

»Wie eine Putzfrau«, sagte Chloe und lächelte.

»Was?« fragte Carella.

»Donnerstags und jeden zweiten Sonntag«, versetzte Chloe.

»Oh. Diese Verbindung habe ich überhaupt nicht gezogen«, sagte Carella.

»Keine Sorge, ich habe nicht die Absicht, das Rassenproblem anzuschneiden«, erklärte Chloe.

»Das habe ich auch nicht angenommen.«

»Ich habe mich neulich abend über Sie geirrt«, sagte sie. »An dem ersten Abend, meine ich.«

»Nun«, erwiderte er, »das ist …«

»Wissen Sie, wann ich gemerkt habe, daß Sie okay sind?«

»Nein. Wann war das?«

»Im *Flamingo*. Sie überprüften Namen und Daten in Ihrem kleinen Notizbuch, so wie Sie das jetzt tun, und fragten mich, wer Lou Davis sei. Ich erklärte Ihnen, er sei der Mann, dem der Saal gehört, in dem George …«

»Ja, ich erinnere mich.«

»Und Sie sagten ›wie dumm von mir‹ oder so ähnlich. Sie nannten sich selber dumm, meine ich.«

»Damit hatte ich doch recht«, sagte Carella lächelnd.

»Das hat Sie mir sympathisch gemacht.«

»Ach … gut. Das ist nett zu hören.«

»Ich habe mich sogar richtig gefreut, als Sie heute früh angerufen haben«, bekannte Chloe.

»Nun … äh … das ist schön«, stotterte er und lächelte erneut. »Also, ich sagte, die Treffen Ihres Mannes mit C. J. Hawkins …«

»Sie war eine Prostituierte, nicht wahr?«

»Ja. Die Treffen fanden immer donnerstags statt, an dem Tag, an dem sie frei hatte. Wir haben jedoch Grund zu der Annahme, daß jeden Mittwoch abend eine Art von Strandparty gewesen sein muß, und ich wollte von Ihnen wissen, ob Ihr Mann vielleicht einmal von so einer Party gesprochen hat.«

»Einer Strandparty?«

»Na ja, wir wissen nicht, ob es eine Party am Strand war. Wir wissen nur, daß C. J. irgendwohin an den Strand fuhr.«

»An welchen Strand?«

»Das wissen wir auch nicht. Jedenfalls bekam C. J. immer eine Bezahlung dafür.«

»Oh.«

»Ja. Wir vermuten, es war eine Art fester Verabredung, die sie dort draußen einhielt.«

»Mit George, meinen Sie?«

»Nein, das wollte ich damit nicht sagen. Ich weiß, Sie haben eine gute Ehe geführt, und es gab keine Probleme zwischen Ihnen ...«

»Blödsinn«, fiel ihm Chloe ins Wort.

Carella sah sie verblüfft an.

»Ich weiß, was ich Ihnen erzählt habe«, sagte sie.

»Ja, sogar mehr als einmal, Mrs. Chadderton.«

»Mehr als zweimal, um korrekt zu sein«, erwiderte sie und lächelte. »Und ich heiße Chloe. Ich möchte wirklich, daß Sie mich Chloe nennen.«

»Wollen Sie mir jetzt etwa sagen, daß es mit Ihrer Ehe nicht zum besten stand?«

»Unsere Ehe klappte überhaupt nicht mehr«, gestand sie.

»Andere Frauen?«

»Das nehme ich an.«

»Prostituierte?«

»Durchaus möglich, da er an dem Schicksal solcher Typen ja angeblich immer so viel Anteil nahm.«

»Dann schließen Sie nicht die Möglichkeit einer sexuellen Beziehung zwischen Ihrem Mann und Miss Hawkins aus?«

»Ich schließe gar nichts aus.«

»War er jemals an einem Mittwochabend nicht zu Hause?«

»Er war fast an keinem Abend zu Hause.«

»Ich versuche herauszufinden ...«

»Sie versuchen herauszufinden, ob er Mittwoch abends mit dieser Frau zusammen war ...«

»Ja. Mrs. Chadderton, weil ...«

»Chloe«, korrigierte sie.

»Chloe, stimmt, ja. Wenn ich nämlich beweisen kann, daß zwischen den beiden noch eine andere Verbindung bestand als dieses zweifelhafte Plattenprojekt, wenn ich beweisen kann, daß sie sich regelmäßig sahen und vielleicht jemand eifersüchtig geworden ist ...«

»Nicht ich«, erklärte Chloe entschieden.

»Das meinte ich auch nicht.«

»Warum nicht? Ich habe Ihnen gerade erzählt, daß wir unglücklich waren. Daß er andere Frauen hatte. Ist das etwa kein Grund ...«

»Nun, vielleicht«, erwiderte Carella. »Aber die Logistik stimmt nicht. Wir waren in der Nacht am vergangenen Freitag fast bis drei Uhr morgens hier, und C. J. wurde um halb vier erschossen. Sie können sich unmöglich so schnell angezogen haben, den ganzen Weg in die Stadt gefahren sein und C. J. auch noch auf der Straße entdeckt haben.«

»Sie haben es aber in Betracht gezogen?«

»Ja.« Carella nickte lächelnd. »In den vergangenen paar Tagen habe ich so ziemlich jede Möglichkeit in Betracht gezogen. Darum wäre ich Ihnen für jede Hilfe dankbar, die Sie mir geben können. Ich suche nach einer Verbindung zwischen den beiden.«

»Nur zwischen den beiden? Was ist mit Ame?«

»Nein, Harding wurde meiner Meinung nach nur umgebracht, weil der Mörder eine Identifizierung befürchtete. Harding bekam vorher sogar noch eine Warnung.«

»Eine Warnung?«

»Ja. In Form einer rosa Orchidee mit den Namen *Calypso bulbosa*. Ich glaube, der Mörder möchte gefaßt werden. Ich glaube, es ist wie mit diesem Mann vor ein paar Jahren, der mit dem Lippenstift eine Nachricht auf einen Spiegel schrieb. Diese Orchidee spielt die gleiche Rolle. Warum Harding sonst vorher warnen? Warum ihn nicht gleich töten? Er möchte aufgehalten werden, wer immer es ist. Sollten Sie sich also an irgend etwas an einem Mittwochabend erinnern, als Ihr Mann nicht zu Hause war ...«

»Sie scheinen nicht zu verstehen«, versetzte Chloe. »Er war sehr viel öfter unterwegs als zu Hause. Es gab Zeiten, vor allem zuletzt, da habe ich hier mit den vier Wänden geredet. Manchmal wäre ich am liebsten in den Club zurückgefahren. Ich kam gegen halb neun oder neun Uhr nach Hause, aß allein, weil George unterwegs war, und saß dann herum und fragte mich, warum ich nicht lieber gleich im Club geblieben war. Da hätte ich wenigstens mit den anderen Mädchen oder irgendwelchen Gästen reden können. Oder tanzen und mich ansehen lassen, damit ich merke, daß ich überhaupt noch lebe, verstehen Sie? George war so sehr mit sich selber beschäftigt, daß er niemals … bitte, sehen Sie mich an. Ich bin eine hübsche Frau, zumindest glaube ich, daß ich eine nicht ganz reizlose Frau bin. Und er war … Finden Sie mich hübsch?«

»Ja«, antwortete Carella. »Ich finde Sie hübsch.«

»Für George war ich aber offenbar nicht reizvoll. George war viel zu sehr in sich selbst verliebt, völlig von seinen eigenen Projekten in Anspruch genommen, seinen erträumten Langspielplatten, die niemals aufgenommen wurden, seinem Calypso, der Suche nach seinem verdammten Bruder, der wahrscheinlich weggelaufen ist, weil er ihn auch nicht ertragen konnte, wie alle anderen. George, George, George, so ging es nur immer, George, George, George. Er hatte sich den richtigen Namen gegeben, der alte Egoist: King George. Dafür hielt er sich tatsächlich, für einen verdammten König! Wissen Sie, was er mir sagte, als er wollte, daß ich im *Flamingo* kündige? Er sagte, mein Auftreten dort würde ein schlechtes Licht auf sein Image als bekannter Sänger werfen. Sein Image! Ich setzte ihn in Verlegenheit, verstehen Sie? Es kam ihm überhaupt nicht in den Sinn, daß mir das alles selbst vielleicht auch nicht so angenehm war. Ich meine, es ist doch schließlich ziemlich erniedrigend, auf einem Bartresen zu hocken und fremden Männern zu zeigen, was man hat. Sie sehen nervös aus«, sagte sie plötzlich. »Mache ich Sie nervös?«

»Ein bißchen.«

»Warum? Weil Sie mich nackt gesehen haben?«

»Vielleicht.«

»Sie können ja in den Club eintreten«, sagte sie leichthin und hob träge einen Arm über den Kopf. »Sie verstehen doch, was ich meine, oder?«

»Ich denke schon.«

»Was ich sagen wollte, es bestand nichts mehr zwischen

uns. Als Sie mir in jener Nacht die Nachricht brachten, als Sie herkamen und mir sagten, daß George erschossen worden sei, fing ich an zu weinen, weil … weil ich dachte, verdammt, für mich ist George schon lange tot. Der George, den ich geliebt und geheiratet habe, lebte längst nicht mehr. Es war nur noch jemand übrig geblieben, der herumrannte und den großen Star zu spielen versuchte, ohne Chance, es je wirklich zu werden. Deswegen habe ich in jener Nacht geweint. Ich weinte, weil mir plötzlich klar wurde, wie lange er schon tot gewesen war. Wie lange wir beide tot waren.«

Carella nickte schweigend.

»Ich bin sehr, sehr lange einsam gewesen«, sagte sie. Dann fügte sie so leise, daß es fast wie das Rauschen des Regens klang, hinzu: »Steve.«

Im Zimmer herrschte beklommene Stille. Aus der Küche konnte Carella das Zischen der Gasflamme unter dem Kaffeetopf hören. Irgendwo in der Ferne klang leises Donnergrollen. Er sah sie an, betrachtete ihre langen braunen Beine, die Oberschenkel in der Öffnung des rosa Morgenrocks, die schmalen Fesseln und den wippenden Fuß und mußte daran denken, wie sie auf dem Bartresen im *Flamingo* ausgesehen hatte.

»Wenn es nichts mehr gibt … was Sie mir erzählen können«, sagte er schließlich, »werde ich jetzt lieber gehen.«

»Bleib«, antwortete sie.

»Chloe …« meinte er zögernd.

»Bleib. Es hat dir doch gefallen, was du gesehen hast, nicht wahr?«

»Ja«, bestätigte Carella. »Sogar sehr.«

»Dann bleib«, flüsterte sie. »Der Regen hört sich im Schlafzimmer viel sanfter an.«

Er hielt den Blick auf sie gerichtet und wünschte, er hätte ihr zu verstehen geben können, daß er nicht mit ihr schlafen wollte, ohne es direkt auszusprechen. Er kannte hundert Polizisten – oder zumindest fünfzig – die sich damit brüsteten, alle Frauen, mit denen sie dienstlich zu tun gehabt hatten, vernascht zu haben. Vielleicht stimmte es sogar. Carella vermutete, daß es bei Cotton Hawes wahrscheinlich zutraf, wenn er auch nicht ganz sicher war, und er nahm an, daß auch Hal Willis seine Chancen genützt hatte. Bei Andy Parker war er sogar überzeugt davon. Es sei denn, Parker log, wenn er sich im Bereitschaftszimmer seiner Eroberungen rühmte. Aber Carella wußte, daß Meyer nicht zu diesen Polizisten zählte. Und er wußte, daß er sich selber lieber den rechten Arm abhacken würde, als Teddy zu betrügen. Obwohl es manchmal Augenblicke gab, so wie jetzt, als Chloe Chadderton so verführerisch vor ihm saß, das Lächeln aus dem Gesicht verschwunden und die Augen verengt, in denen er nur allzu gern etwa einen verregneten Freitag mit einer glutvollen Fremden in dem Schlafzimmer verbracht hätte, in dem der Regen so viel sanfter klang. Er sah sie an, und ihre Blicke blieben ineinander haften.

»Chloe«, sagte er. »Sie sind eine schöne, aufregende Frau – aber ich bin ein Polizist, der drei Mordfälle zu bearbeiten hat.«

»Angenommen, du hättest diese Mordfälle nicht zu klären?« fragte sie.

»Außerdem bin ich verheiratet«, erwiderte er.

»Bedeutet das heutzutage noch etwas?«

»Ja.«

»Okay«, sagte sie.

»Bitte«, meinte er.

»Ich habe okay gesagt«, fauchte sie. Dann fügte sie mit erhobener Stimme in scharfem Ton hinzu: »Ich weiß nichts über Georges Mittwochabendpartys oder die von dieser Hure. Wenn es keine weiteren Fragen gibt, möchte ich mich jetzt anziehen.«

Sie verschränkte abwehrend die Arme über der Brust und zog ihren Morgenrock über den übereinandergeschlagenen Beinen fest. Als er hinausging, blieb sie in derselben Haltung sitzen.

Der Hund hockte neben den verschlossenen Doppeltüren, die Schlüssel an seinem Halsband, wo sie sie hingehängt hatte. Sei war verspätet mit dem Frühstück bei Santo erschienen, aber sie wirkte glücklich und erregt an diesem Morgen. Ihre gute Laune ängstigte ihn ein wenig. Während er seine Cornflakes löffelte, beobachtete er, wie sie im Raum auf und ab ging, und er erinnerte sich, daß sie sich immer in einer solchen Stimmung befunden hatte, bevor sie ihm etwas antat. Damals mit den Nadeln, und dann, als sie ihn mit den Zigaretten verbrannt hatte und als sie … als er aufgewacht war … und ihm der kleine Finger der rechten Hand gefehlt hatte. Sie hatte … sie hatte ihn erst betäubt und dann … dann hatte sie ihm den Finger abgeschnitten, während er …

»Iß dein Frühstück«, sagte sie.

Morgens betäubte sie ihn selten, eher mittags. Gewöhnlich tat sie ihm etwas in sein Mittagessen und dann … machte sie … was immer sie … sie … aber an diesem Morgen war sie aufgekratzter, als er sie je erlebt hatte, marschierte zwischen den verschlossenen Eingangstüren und der geschlossenen Badezimmertür hin und her an Santo vorbei, der am Kaffeetisch vor der Couch saß und von seinem Teller aß.

»Trink auch deinen Kaffee, so lange er noch heiß ist«, befahl sie. »Ich habe dir heißen Kaffee gemacht. Warum weißt du nie zu schätzen, was ich für dich tue?«

»Ich schätze doch alles, was du tust«, sagte er.

»O ja, natürlich.« Sie lachte. »Deswegen hast du auch wegzulaufen versucht.« Sie lachte wieder. »Und du bist weggelaufen. Rede mir nicht von Dankbarkeit.«

»Ich bin weggelaufen?«

»Nun, du wirst mir nie wieder weglaufen, keine Sorge.«

»Redest du von diesem Versuch, als Clarence …«

»Nein, nein, nein«, unterbrach sie ihn und lachte so herzhaft, daß ihm ein Schauder über den Rücken lief. »Nicht der liebe Clarence – nein, sitz, Clarence – nicht dein guter Freund Clarence, der dich damals so brav auf dem Boden festgehalten hat. Du erinnerst dich daran? Meint du damals? Nein, nicht damals, ich meine das erste Mal. Glaube nicht, ich wußte nicht, daß du mich verlassen wolltest. Denke nicht, ich habe es nicht gemerkt.«

»Ich habe dir doch gesagt, daß ich weg wollte.«

»Sei ruhig!« sagte sie. »Trink deinen Kaffee. Ich habe heißen Kaffee für dich gemacht. Trink ihn!«

»Hast du etwas hineingetan?« fragte er.

»Warum? Hast du Angst vor dem, was ich mit dir tun werde, wenn du schläfst?« Sie lachte erneut. »Weißt du, was dem alten Mann gestern nacht im Schlaf passiert ist?«

»Welchem alten Mann?«

»Dem Schlosser«, erwiderte sie. »Dem Mann, der die Schlösser repariert hat. Erinnerst du dich an den Mann, der die Schlösser repariert hat?«

»Ich habe ihn doch gar nicht gesehen«, erklärte Santo.

»Das stimmt. Du warst bewußtlos, nicht wahr? Jemand hat dir etwas ins Essen getan. Du hast den armen Mann nie kennengelernt, nicht wahr? Aber Clarence hat ihn gesehen, nicht wahr, Clarence?«

Bei der Erwähnung seines Namens begann der Hund mit dem Schwanz auf die Erde zu klopfen.

»Ja, Clarence«, sagte sie. »Braver Hund. Du bist jetzt der einzige, der Bescheid weiß. Du und Santo. Die einzigen, die etwas wissen.«

»Was wissen?« fragte Santo.

Sie lachte wieder, doch plötzlich blieb ihr das Lachen in der Kehle stecken, ihre Miene ernüchterte sich, sie wies mit dem Finger auf ihn und sagte: »Du hättest mich nicht verlassen sollen, Robert.«

»Robert?« wiederholte er. »Hey, nun hör mal, ich bin ...«

»Ich habe dir gesagt, daß du still sein sollst! Ich hätte dir deine Kleidung verstecken sollen. Ohne Kleider hättest du nicht weggekonnt. Nackt wärst du nicht von hier weggekommen, nicht wahr, Robert?«

»Ich bin ... ich bin Santo. Hör jetzt auf damit. Du bist ...«

»Ich sagte, sei still!«

Er schloß den Mund. Der Hund an der Tür knurrte.

»Zieh dich aus«, befahl sie.

»Also, weißt du, ich fühle mich wirklich nicht ...«

»Tu, was ich dir sage. Oder soll der Hund dir helfen? Möchtest du ihm helfen, seine Kleider auszuziehen, Clarence?«

Der Hund spitzte die Ohren.

»Möchtest du Robert helfen, sich auszuziehen?« fragte sie. »Möchtest du, Schätzchen? Oder wollen wir warten, bis er bewußtlos ist? Wollen wir so lange warten?«

»Du hast mir also doch etwas in den Kaffee getan, nicht wahr?« sagte er.

»O ja«, versetzte sie, vergnügt auflachend. Er haßte es, wenn sie dieses vergnügte Lachen von sich gab. »Etwas in den Kaffee und in die Milch und in den Orangensaft, etwas in alles heute morgen.«

»Warum?« fragte er und erhob sich von der Couch. Er spürte noch nichts, vielleicht log sie. Die anderen Male, all die anderen Male, war er fast sofort schwindlig geworden. Aber heute spürte er nichts.

»Warum?« wiederholte sie. »Weil du etwas weißt, nicht wahr?«

» Was soll ich denn wissen, verdammt noch mal?« sagte er.

»Daß du hier bist. Daß du hier bist, wo du hingehörst, statt wegzulaufen und eine Braut nach sechs Monaten zu verlassen, du verkommener Hund. Diesmal werde ich dir das Herz herausschneiden!«

»Hör mal, du verwechselst mich mit ...«

»Sei still. Kannst du nicht bitte den Mund halten?« sagte sie und hielt sich die Ohren zu.

»Du hast mir doch nicht wirklich etwas ins Frühstück getan, oder?«

»Ich habe doch gesagt, daß ich etwas hineingetan habe. Warum kannst du mir nicht glauben, was ich dir sage oder für dich tue. Ich versuche dich zu retten, ist dir das klar?«

»Wovor zu retten?«

»Von hier wegzugehen. Vor dem Verschwinden. Du darfst nicht von hier fort, Robert. Du verschwindest, wenn du weggehst.«

»Also schön, ich bleibe hier. Versprich mir nur, daß du mir, falls du etwas in mein Frühstück getan hast ...«

»Ja, das habe ich.«

»Dann versprich mir also, daß du … mir nichts antust, während ich …«

»O ja«, sagte sie. »Das werde ich.«

»Du versprichst es?«

»Versprechen?« wiederholte sie. »O nein, Robert, du darfst nicht weg. Nicht jetzt. Sieh mal«, fuhr sie fort, griff nach ihrer Handtasche und zog eine Pistole heraus. Dieselbe Pistole, die sie ihm früher schon einmal gezeigt hatte. Es lag schon so lange zurück, daß er sich kaum noch daran erinnern konnte. Die Corn-flakes und den Orangensaft, eine große schwarze Pistole in ihrer Hand. »Sieh mal«, sagte sie, »ich werde den Hund erschießen. Siehst du, Robert, weil der Hund weiß, daß du hier bist, wird er ihnen davon erzählen, Robert. Und dann kommen sie und holen dich fort, Robert. Ich werde den Hund erschießen.« Der Raum um ihn herum begann zu schwanken, als er sich von der Couch erhob, die Hand ihr entgegengestreckt. »Und dann werde ich dir deine Kleider ausziehen. Alle deine Kleider, damit du nackt bist«, erklärte sie, die Pistole hebend. »Sieh mal, die Pistole, Clarence.« Der Schwanz des Hundes klopfte auf den Boden. »Ich werde dich bis auf die Haut ausziehen«, sagte sie, während er sich mit ausgestreckten Händen auf sie zu bewegte und den Mund vergeblich öffnete, um ein Wort herauszubekommen. »Auch die Haut werde ich dir ausziehen«, fuhr sie fort, »damit du noch nackter bist.« Die Pistole explodierte zweimal hintereinander, und er sah, wie der Hinterkopf des Hundes in einer Mischung aus Knochen, Blut und Knorpel gegen die massive Tür klatschte, bevor er der Länge lang zu Boden fiel und sich erfolglos zu sagen bemühte, schneid mich nicht, verbrennmich nicht, tu mir nicht weh, bitte, tu mir nicht weh.

Es war kurz nach zwölf Uhr mittags, als sie die Wohnung von Dorothy Hawkins erreichten. Diesmal hatten sie einen Durchsuchungsbefehl bei sich. Aber diesmal war Dorothy Hawkins nicht zu Hause. Der Hausmeister gab ihnen die Auskunft, daß Mrs. Hawkins draußen in Bethtown in einer Fabrik arbeite, die Transistorradios herstelle, etwas, das die Detectives bereits wußten, und an das sie sich wahrscheinlich auch erinnert hätten, wäre der Fall inzwischen nicht in ein Stadium absoluter Verzweiflung geraten. Entschlossen hielten Carella und Meyer dem Hausmeister den Gerichtsbeschluß unter die Nase und erklärten, daß Bethtown aber mächtig weit von Diamondback entfernt liege und deshalb, um Mrs. Hawkins aufzusuchen, eine Autofahrt bis hinaus nach Lands End nötig sei, um von dort mit der Fähre zur Insel überzusetzen. Zumindest müsse man sonst über die neue Brücke fahren, wobei man allerdings mitten im Zentrum von Village East herauskäme und noch zum anderen Ende der Insel weiter müsse, wo die meisten Fabriken lagen. Und wenn sie Mrs. Hawkins nun mit zurücknehmen müßten, um ihnen die Tür aufzuschließen, würde sie einen ganzen Arbeitstag verlieren. Wolle er denn tatsächlich, daß der armen Frau ein ganzer Arbeitstag verloren ging? Der Hausmeister versicherte, er wolle natürlich auf keinen Fall, daß einer netten Frau wie Mrs. Hawkins ein Arbeitstag verloren ginge.

»Wie wäre es denn, wenn Sie uns die Tür aufmachten?« meinte Meyer.

»Das könnte ich wohl tun«, sagte der Hausmeister zögernd.

Unter seinen wachsamen Blicken durchsuchten sie die Wohnung zwei Stunden lang von vorn bis hinten, aber sie konnten nicht den geringsten Hinweis darauf entdecken, an welchen Strand C. J. Hawkins jeden Mittwoch während der vergangenen dreizehn Wochen hinausgefahren war.

Das Mädchen, das die Tür von Joey Peaces Stadtwohnung aufmachte, war hochgewachsen und rothaarig und trug nichts weiter als ein rotes Bikinihöschen. Sie hatte sehr lange Beine und ziemlich üppige Brüste mit Warzen, die sich gegenseitig anblinzelten, als bräuchten sie einen Augenarzt. Sie hatte außerdem grüne Augen und sah aus, als hätte sie ein bißchen geschnüffelt.

»He, hallo«, sagte sie und spähte in den Flur hinaus. »Seid ihr nur zu zweit?«

»Nur zu zweit«, bestätigte Carella und zeigte ihr seine Dienstmarke.

»He, Donnerwetter«, sagte sie. »Das ist ja Spitze. Wo hast du denn das Ding her?«

» Wir sind Polizisten«, erklärte Carella. »Wir haben einen Gerichtsbeschluß, um diese Wohnung zu durchsuchen, und wir wären Ihnen verbunden, wenn Sie uns hereinlassen würden.«

»Ja, na klar«, sagte sie. »Wonach suchen Sie denn?«

»Das wissen wir nicht«, versetzte Meyer, was der Wahrheit sehr nahe kam und den Rotschopf veranlaßte, in einen Lachanfall auszubrechen, der ihre prächtigen Brüste erzittern ließ, so daß sie noch mehr schielten als zuvor.

Der Richter, der den Durchsuchungsbefehl ausgestellt hatte, war zuerst nicht bereit gewesen, gewissermaßen ›auf blauen Dunst‹ die Erlaubnis zur Durchsuchung einer fremden Wohnung zu erteilen. Doch Carella hatte ihm erklärt, er habe sehr wohl etwas, wonach er mit seinem Kollegen zu suchen gedachte, und zwar, Euer Ehren – wenn Sie so freundlich sein wollen, einen Blick hier auf Punkt zwei zu werfen – nach Sand, Euer Ehren, der zu dem Sand paßt, der in der Wohnung eines der Mordopfer gefunden wurde und sich bereits im Besitz der Polizei beziehungsweise in Verwahrung des Polizeilabors befindet, in der Hoffnung, einen positiven Beweis anstellen zu können. Der Richter hatte ihn zweifelnd angesehen. Er wußte, daß diese Begründung äußerst fragwürdig war. Aber er wußte auch, daß diese Männer einen dreifachen Mordfall zu bearbeiten hatten, und meinte, ohne die Rechte von irgend jemandem zu verletzen, verantworten zu können, wenn die Wohnung durchsucht würde, die einem der Mordopfer überwiegend als Bleibe gedient hatte. Deshalb hatte er nicht nur einen Durchsuchungsbefehl für Mrs. Hawkins' Wohnung, sondern noch einen zweiten für die sehr viel üppigere Behausung von Joey Peace in der Laramie Avenue ausgestellt.

Die Rothaarige schaute auf den Durchsuchungsbefehl, den ihr Carella vor das Gesicht hielt. Sie studierte das Dokument nickend. Meyer, der sie beobachtete, bemerkte, daß ihre Augen noch mehr schielten als ihre Brüste. Er schloß daraus, daß ihre natürliche Überspanntheit noch gesteigert war von etwas, das sie in einen Schwebezustand versetzte.

»Haben Sie sich gerade etwas geschossen?« erkundigte er sich.

»Ja, einen Tiger«, erwiderte sie kichernd.

»Auf was für einen Trip sind Sie?« wollte Meyer wissen.

»Wer? Ich?« erwiderte das Mädchen. »Ich halte mich kerzengerade, Mann. Kerzengerade. Jawohl.« Sie spähte an dem Durchsuchungsbefehl vorbei auf den Flur hinaus. »Ich dachte, es würden mehr kommen«, sagte sie.

»Wie viele denn?« wollte Carella wissen.

»Zehn«, versetzte das Mädchen achselzuckend.

»Warum nicht gleich eine ganze Kompanie?« sagte Meyer.

»Nein, nur zehn«, beharrte das Mädchen.

»Wer sind Sie?« fragte Carella. »Lakie oder Sarah?«

»Sarah. Woher kennen Sie meinen Namen?«

»Meine Frau heißt Sarah«, erklärte Meyer.

»Wo ist Nancy Elliot?«

»Sie ist abgehauen, weil sie Angst hatte, daß Joey ihr etwas tun würde. He, woher wissen Sie etwas von Nancy?«

»Meine Großmutter heißt Nancy«, versetzte Meyer.

»Ja? Wirklich?«

»Wirklich«, bestätigte Meyer. Der Name seiner Großmutter war Rose.

»Wo ist Lakie?« wollte Carella wissen.

»Sie besorgt Schnaps. Heute soll hier eine große Party stattfinden, Mann«, erwiderte sie und spähte erneut auf den Flur hinaus.

»Um ein Uhr mittags?« fragte Carella.

»Na klar, warum nicht?« meinte Sarah achselzuckend. »Es regnet.« Jedesmal, wenn sie mit den Achseln zuckte, verlangten ihre Brustwarzen nach einer Korrekturbrille.

»Sie haben den Durchsuchungsbefehl gesehen«, sagte

Carella. »Wie wäre es, wenn Sie uns jetzt reinlassen würden?«

»Natürlich, he, gehen Sie rein.« Sarah trat auf den Flur hinaus und blickte zum Fahrstuhl.

»Sie sollten auch lieber mit hineinkommen«, meinte Meyer, »bevor Sie sich eine Erkältung holen.«

»Es ist bloß, weil sie eigentlich jetzt schon hier sein sollten«, erklärte sie mit einem erneuten Achselzucken.

»Kommen Sie herein«, sagte Meyer.

Sarah zuckte wieder mit den Achseln und ging ihm voran in die Wohnung. Meyer schloß die Tür und legte die Kette vor.

»Sie sind die Freundin von Joey Peace, nicht wahr?« fragte er.

»Nein, er ist mein großer Daddy«, antwortete Sarah und kicherte.

»Ziehen Sie sich etwas an«, sagte Meyer.

»Wozu?«

»Wir sind verheiratete Männer.«

»Wer ist das nicht?« meinte Sarah.

»Wo hat C. J. geschlafen?« erkundigte sich Carella.

»Überall«, erwiderte Sarah.

»Ich meine, wo ist ihr Schlafzimmer?«

»Das zweite den Flur entlang.« Die Türklingel ertönte. Sarah wandte sich um. »Da sind sie. Was soll ich ihnen sagen?«

»Sagen Sie ihnen, daß Sie beschäftigt sind«, erwiderte Carella.

»Aber ich bin nicht beschäftigt.«

»Sagen Sie ihnen, die Polizei ist hier«, riet ihr Meyer. »Vielleicht ziehen sie dann von allein ab.«

»Wer? Die Polizei?«

»Nein, die Leute.«

»Machen Sie die Tür auf«, sagte Carella.

Sarah ging zur Tür und öffnete sie. Ein großes blondes Mädchen in einem durchnäßten Regenmantel und einer Plastikhaube auf dem Kopf kam mit einer prall gefüllten braunen Tüte herein. Sie stellte die Tüte auf den Tisch neben der

Tür und fragte: »Warum hat es so lange gedauert, bis du aufgemacht hast?« Dann sah sie Carella und Meyer und sagte: »Hallo, Jungs.«

»Hallo, Lakie«, antwortete Carella.

»Es sind Bullen«, erklärte Sarah gedämpft.

»Scheiße«, versetzte Lakie, nahm die Plastikhaube ab und schüttelte ihre langen blonden Haare aus. »Wollen sie uns etwa hochgehen lassen?« fragte sie.

»Sie haben einen Durchsuchungsbefehl«, erklärte Sarah.

»Scheiße«, sagte Lakie noch einmal.

Sie hatten kaum angefangen, die Schubfächer in C. J.s Zimmer aufzuziehen, als die Türklingel wieder ertönte. Ein paar Minuten später hörten sie laute Stimmen in der Eingangsdiele. Carella verließ das Schlafzimmer und ging nach vorn. Sechs nasse und offenkundig verärgerte Männer redeten auf Sarah ein, die noch immer nichts weiter trug als ihr rotes Bikinihöschen.

»Was gibt es für Schwierigkeiten, Leute?« fragte Carella.

»Wer, verdammt, sind Sie denn?« wollte einer der Männer wissen.

»Polizei«, erklärte Carella und zückte seine Dienstmarke.

»Ist die echt?« fragte einer der Männer.

»Pures Gold«, versetzte Carella.

»Damit wäre die verdammte Party wohl geplatzt, wie?« sagte Sarah.

»Richtig erkannt«, erwiderte Carella.

»Junge, Junge«, sagte einer der Männer und schüttelte den Kopf. »Und das ausgerechnet uns!«

Aus dem Schlafzimmer rief Meyer: »Steve! Komm, sieh dir das einmal an.«

»Macht die Tür hinter euch zu, Jungs«, sagte Carella und wedelte die Männer mit beiden Händen hinaus.

»Das war ja wirklich eine großartige Idee von dir, Jimmy«, meinte einer der Männer.

»Halt gefälligst die Klappe, ja?« antwortete Jimmy und knallte die Tür hinter sich zu. Carella schloß ab und legte die Nachtkette vor.

»Und was soll ich jetzt den ganzen Nachmittag machen?« fragte Sarah.

»Lesen Sie ein Buch«, sagte Carella.

»Ein was?« fragte sie.

»Steve!« rief Meyer.

»Ihr kommt hier einfach hereingeschneit«, maulte Sarah und folgte Carella den Flur entlang, »und uns geht ein halber Hunderter flöten. So viel hätte uns die Party nämlich eingebracht.«

»Was hast du denn gefunden?« wandte sich Carella an Meyer.

»Dies hier«, versetzte Meyer.

»C. J.s Fahrplan«, erklärte Sarah abschätzig. »Na, da habt ihr aber was. Wozu soll der jetzt noch gut sein? Sie ist tot. Sie kann keinen Zug mehr nehmen und irgendwohin fahren.« Sarah schüttelte heftig den Kopf, so daß ihre Brüste von einer Seite zur anderen flogen.

»Ziehen Sie sich doch bitte etwas an«, sagte Meyer. »Sie machen mich ganz schwindlig.«

»Das sagen viele Leute.« Sarah blickte auf ihre Brüste hinab. »Ich frage mich warum?«

»Wenigstens einen Büstenhalter«, bat Meyer.

»Ich besitze keine Büstenhalter«, versetzte Sarah und verschränkte die Arme über der Brust.

»Haben Sie je gesehen, daß C. J. mal in diesen Fahrplan geschaut hat?« wollte Carella wissen.

»Nur einmal in der Woche«, antwortete Sarah.

»Wann?«

»Jeden Mittwoch.«

»Sieh mal, was sie sich angestrichen hat«, sagte Meyer.

Auf einer Seite des Fahrplans waren alle Züge von Isola nach Tarkington aufgeführt, der letzten Haltestelle auf der Sands-Spit-Strecke. Auf der anderen Seite standen die Züge in umgekehrter Richtung angegeben. C. J. hatte den Namen einer Ortschaft auf dem Fahrplan in Richtung zur Stadt eingekreist: Foxhill.

»Sagen Sie, kann ich Ihnen vielleicht was zu trinken anbieten?« fragt Sarah. »Ich meine, ich möchte den Nachmittag nicht vollkommen vergeuden.«

»Der nächste Zug nach Sands Spit hinaus geht um zwei Uhr sieben«, sagte Carella und blickte auf seine Armbanduhr.

»Ihr wißt doch auch 'nen guten Schluck zu schätzen«, sagte Sarah.

»Was ist das?« sagte Carella.

»Wo?« fragte Meyer.

»Gleich hier«, versetzte Sarah. »Mein Schlafzimmer ist nur ein kleines Stück weiter.«

»Da unten auf dem Rand von dem Fahrplan«, sagte Carella.

»Na, wie wär's?« Sarah versetzte Meyer einen leichten Rippenstoß.

»Ein andermal«, sagte Meyer.

»Wann?« wollte Sarah wissen.

Auf den Unterrand des Fahrplans waren die Zahlen 346-8711 gekritzelt. Wenn sich die beiden Detectives nicht vollkommen irrten, blickten sie auf eine Telefonnummer.

Der Hafenpolizist, der sie im Polizeiboot von Elsinore County zur Insel hinüberbrachte, war ein Mann mit dem Namen Sonny Gardner. Was bei ihrer Abfahrt aus der Stadt vor etwa einer Stunde noch ein richtiger Dauerregen gewesen war, hatte sich hier auf dem Spit zu einem leichten Nieseln abgeschwächt, eine Art Mittelding zwischen Nebel und Regen, das wie durch Osmose in die Haut zu dringen schien.

»Da habt ihr euch ja den richtigen Tag ausgesucht, um nach Hawkhurst zu fahren«, meinte Sonny. »Ich könnte mir etwas Schöneres vorstellen.«

»Ist das der Name der Insel?« fragte Carella. »Hawkhurst?«

»Nein, so heißt das Haus. Die Insel heißt Kent. Aber die Namen hängen miteinander zusammen, falls euch das interessiert. Der Mann, der das Haus gebaut hat, verbrachte die Sommer immer in Kent. Das liegt in England und ist eine Grafschaft dort. Als die Engländer noch hier auf dem Spit waren, stammte der Befehlshaber des Forts von einer der Inseln aus Kent. Er nannte die beiden Inseln Groß Kent – das war die mit dem Fort – und Klein Kent, zu der wir jetzt rüberfahren. Der Mann, der Klein Kent später dann kaufte, hatte jedenfalls auch eine Vorliebe für England, und als er das Haus dort baute, nannte er es Hawkhurst. Das ist eine Stadt in Kent.«

»Ein Mann namens Parker, nicht wahr?« sagte Carella.

»Nein, meines Wissens nicht.«

»Die Telefongesellschaft hat uns gesagt, der Anschluß sei unter dem Namen L. Parker eingetragen.«

»Das ist die Tochter.«

»Wie ist ihr Vorname?«

»Lily. Ihr Vater baute das Haus für sie, als sie sechzehn wurde.«

»Wie hieß er denn?«

»Frank Peterson. ›Petersons Nutz- und Bauholz.‹ Sagt euch das was?«

»Nein.«

»Ein großer Name hier draußen. Irgendwann nach dem Ersten Weltkrieg fing der alte Peterson in Jackson Cove mit der Firma an und machte dann ein Multi-Millionen-Dollar-Unternehmen daraus. Das Haus schenkte er seiner Tochter zum sechzehnten Geburtstag. Sie war das einzige Kind. Wie würde euch so ein Vater gefallen?« fragte Sonny.

»Nicht schlecht«, versetzte Meyer, wobei er an das einzige dachte, womit sein Vater ihn beschenkt hatte: einen witzigen Doppelnamen.

»Trotzdem weiß man nie, ob man jemanden beneiden soll«, meinte Sonny. »Es heißt nämlich, daß das Kind einen Dachschaden hat.«

»Das Kind?« wiederholte Meyer.

»Ja, die Tochter. Na ja, inzwischen ist sie natürlich kein Kind mehr. Muß schon an die Vierzig sein.«

»Und anscheinend verheiratet«, sagte Carella.

»Sie war verheiratet«, korrigierte Sonny. »Der Mann hat sie praktisch am Hochzeitstag sitzen lassen. Deshalb ist sie übergeschnappt.«

»Wie schlimm ist ihr Zustand?« wollte Carella wissen.

»Na, allzu schlimm kann er nicht gewesen sein«, meinte Sonny, »weil sie nicht in eine Anstalt gebracht wurde oder so. Sie wurde auf der Insel gepflegt. Ich sah den Alten öfter an der Bahnstation, wenn er die Krankenschwestern abholte. Sie wechselten sich ab, versteht ihr?«

»Aber die Leute sagen noch immer, daß sie spinnt?« fragte Meyer.

»Nun ja, daß sie exzentrisch ist«, versetzte Sonny. »Das klingt etwas harmloser. Exzentrisch.«

»Wo ist der Vater jetzt?«

»Tot«, erwiderte Sonny. »Seit sechs oder sieben Jahren schon. Ja, richtig, vergangenen Juli war er sieben Jahre tot. Hat die Tochter ganz allein auf der Welt zurückgelassen.«

Das Boot näherte sich einer kleinen sandigen Bucht am Südende der Insel. Ein nebelverhangener Anlegesteg ragte in das Wasser hinein. Seine Pfähle wirkten wie geisterhafte Wachposten. Jenseits, auf der dem Ozean zugewandten Seite der Insel, klatschte die Brandung gegen einen langen, weißen Sandstrand.

»Es gibt nur das einzige Haus hier«, erklärte Sonny. »Hawkhurst. Weil es eine Privatinsel ist. Dies hier und Groß Kent sind beide Privatinseln.« Er manövrierte das Boot an den Steg, und Carella sprang hinaus, um sich von Meyer das Haltetau zuwerfen zu lassen. Er machte das Boot an einem der Pfähle fest, reichte Meyer eine Hand und half ihm beim Aussteigen. Dann fragte er Sonny: »Können Sie auf uns warten?«

»Wie solltet ihr sonst wohl zurückkommen?« meinte Sonny. »Es gibt hier keinen Fährdienst. Es ist Privateigentum, das sagte ich doch.«

»Es kann aber ein Weilchen dauern«, sagte Carella.

»Laßt euch ruhig Zeit«, versetzte Sonny.

Das Haus hob sich grau und starr gegen einen noch graueren, wolkenverhangenen Himmel ab. Meyer und Carella näherten sich über einen mit Schieferplatten belegten Weg der Eingangstür. Es gab weder eine Klingel noch ein Namensschild, nur einen angelaufenen Messingklopfer, den Carella anhob und mehrere Male gegen das verwitterte Holz schlagen ließ. Die Detectives warteten. Ein kalter, nasser Wind blies vom Ozean her. Carella schlug seinen Mantelkragen hoch und betätigte dann den Klopfer erneut.

Die Tür öffnete sich nur einen Spalt breit und wurde gleich von der Nachtkette gebremst. Hinter der Tür herrschte Dunkelheit. Sie konnten nur vage ein helles Oval erkennen, das vermutlich das Gesicht einer Frau war.

»Mrs. Parker?« fragte Carella.

»Ja?«

»Polizei von Isola«, sagte er und zeigte seine Dienstmarke.

»Ja?«

»Dürfen wir hineinkommen?«

»Wozu?«

»Wir untersuchen ein paar Morde, die sich in der Stadt ereignet haben«, begann Meyer, »und wir würden gern ...«

»Morde? Was sollte ich davon wissen ...«

»Dürfen wir bitte hineinkommen, Mrs. Parker?« wiederholte Carella. »Es ist kalt und naß draußen, und ich denke, wir könnten uns besser unterhalten, wenn ...«

»Nein«, unterbrach sie ihn. »Ich habe zu tun.« Sie machte Anstalten, die Tür zu schließen. Carella stellte sofort seinen Fuß in den sich verengenden Spalt.

»Nehmen Sie Ihren Fuß weg«, sagte sie.

»Nein, Madam«, versetzte Carella. »Mein Fuß bleibt, wo er ist. Entweder Sie lassen uns hinein ...«

»Nein, ich lasse Sie nicht herein.«

»Na gut, dann werden wir uns eben so unterhalten. Aber Sie werden uns nicht die Tür vor der Nase zumachen, Madam.«

»Ich habe Ihnen nichts zu sagen.«

»Wir sind hier, weil wir Ihre Telefonnummer auf einem Fahrplan gefunden haben, der einem der Mordopfer gehört hat«, erläuterte Carella. »Ist 346-8711 Ihre Nummer?«

Hinter dem schmalen Spalt spiegelte sich ein Funken Licht in ihren Augen. Es herrschte Schweigen. Schließlich kam zögernd: »Ja, das ist meine Nummer.«

»Kennen Sie jemanden mit dem Namen C. J. Hawkins?«

»Nein.«

Lange blonde Haare, das konnte Carella jetzt in der Dunkelheit erkennen. Die Augen blitzten erneut in dem blassen Gesicht hinter dem schmalen Spalt zwischen Tür und Türrahmen. »Wie ist es mit George Chadderton?«

»Nein.«

»Ambrose Harding?«

»Nein.«

»Mrs. Parker, wir wissen, daß C. J. Hawkins jeden Mittwoch nach Sands Spit hinausfuhr und an der Station Foxhill von jemandem mit einem Auto abgeholt wurde.« Carella schwieg eine Sekunde. »Waren Sie dieser Jemand?« fragte er dann.

»Nein.«

»Madam, wenn Sie vielleicht doch die Tür öffnen würden, könnten wir ...«

»Nein. Ich mache nicht auf. Nehmen Sie Ihren Fuß weg. Weg damit, verdammt noch mal!«

»Nein, Madam«, sagte Carella. »Kennen Sie jemanden, der Santo Chadderton heißt?«

Wieder blitzten die Augen in der Dunkelheit auf. Ein kurzes Zögern. Dann: »Sie haben doch vorhin schon einmal nach ihm gefragt, nicht wahr?«

»Das war George Chadderton. Jetzt meine ich seinen Bruder Santo.«

»Mir ist keiner von beiden bekannt.«

»Besitzen Sie eine Pistole?«

»Nein.«

»Haben Sie die Insel während der vergangenen Tage verlassen?«

»Nein.«

»Waren Sie am Abend des fünfzehnten September gegen elf Uhr hier?«

»Ja.«

»Wie war es gegen drei Uhr dreißig früh in der gleichen Nacht?«

»Ich war hier.«

»War jemand bei Ihnen?«

»Nein.«

»Mrs. Parker«, sagte Carella, »ich wäre Ihnen dankbar, wenn Sie jetzt die Kette ...«

» Nein.«

»Sie helfen sich damit nicht ...«

»Verschwinden Sie.«

»Sie zwingen uns nur, mit einem Durchsuchungsbefehl zurückzukommen.«

»Lassen Sie mich in Ruhe.«

»Also, dann gut, das werden wir tun«, sagte Carella und zog seinen Fuß aus dem Türspalt. Die Tür knallte augenblicklich zu. Carellas Fuß schmerzte.

»Verdammte Kanaille«, fluchte er unterdrückt und begann den Weg zu dem wartenden Boot hinunterzugehen.

Meyer, der sich neben ihm hielt, fragte: »Holen wir uns tatsächlich einen Durchsuchungsbefehl?«

»In Elsinore County?« fragte Carella zurück. »Das würde ja einen Monat dauern.«

»Denkst du dasselbe, was ich denke?«

»Ich denke, wir verschaffen uns auf jeden Fall Zutritt.«

»Gut«, sagte Meyer.

Sonny Gardner wartete am Anlegesteg auf sie.

»Wir bleiben noch«, erklärte ihm Carella. »Ich möchte, daß Sie erst mal ohne uns zum Festland zurückfahren. Machen Sie so viel Lärm wie möglich, lassen Sie die Motoren aufheulen, tuten Sie mit dem Nebelhorn. Die Frau soll merken, daß Sie wegfahren, kapiert?«

»Kapiert«, nickte Sonny. »Wann soll ich euch abholen?«

Carella warf Meyer einen Blick zu. Meyer zuckte die Achseln.

»Sagen wir, in einer Stunde«, versetzte Carella.

»Was ist denn in diesem Haus?« wollte Sonny wissen.

»Vielleicht Gespenster«, meinte Carella.

»Aussehen tut es so«, sagte Sonny und verdrehte die Augen. Er ließ gerade den Motor an, als sie den ersten Schrei hörten. Es war ein Schrei voller Entsetzen und Schmerz, der durch den Nebel drang und ihnen einen Schauder über den

Rücken jagte. Carella und Meyer griffen nach ihren Revolvern. Im selben Moment stellte Sonny den Motor ab und zückte seine eigene Waffe. Er stieg aber nicht aus dem Boot aus. Die beiden Detectives rannten den Weg zur Eingangstür zurück. Carella trat die Tür ein, und beide sprangen mit einem Satz in die Diele, die jetzt von einer Tiffany-Lampe erhellt war. Die Lampe hing über einem Ecktisch, auf dem sich Magazine, Zeitungen und Post häufte. Gebückt sondierten sie den leeren Raum und hörten den zweiten Schrei irgendwo rechts von unten heraufschallen.

»Der Keller«, sagte Carella und stürzte zu einer Tür am Ende des Flurs, die in eine Küche führte. Er stieß die Tür auf und hörte den Schrei erneut, anhaltend diesmal, ohne Unterbrechung, ein einziger, durchdringender Schrei, der nur kurz verstummte, um den Schreienden Atem holen zu lassen, und sich dann fortsetzte. Carella sprang von Meyer gefolgt die Kellertreppe hinunter. Gemeinsam rannten sie durch einen Raum, in dem ein Billardtisch stand, dann an einem ummauerten Heizofen vorbei, um vor einer massiven Eichentür stehenzubleiben, die zum Flur hinaus geöffnet war. Das Schreien kam aus einem Raum jenseits der Tür, brach kurz für die nötige Atempause ab und ging sofort wieder in unvermindert angstvollem Entsetzen weiter. Hinter der massiven Eichentür gab es eine zweite, die auch geöffnet war und in den Raum hineinragte. Carella trat in den Raum und stolperte fast über den Kadaver eines deutschen Schäferhundes, der unmittelbar hinter der Türschwelle lag. Der Hinterkopf des Hundes war weggerissen. Auf dem Boden befand sich eine eingetrocknete Blutlache. Carella stieg über den toten Hund und die Blutlache hinweg und wollte gerade um die zweite Tür biegen, als die Frau ihm entgegenkam. Sonny Gardner hatte erzählt, daß die Bewohnerin des Hauses etwa vierzig Jahre alt sei. Die Frau, die sich Carella jetzt näherte, war jedoch mit Gewißheit älter. Sie war zwar groß und schlank, und ihr Körper wirkte jugendlich in dem langen schwarzen Kleid, das ihn bedeckte. Das blonde Haar war aber bereits angegraut, und das Gesicht war das einer Sechzigjährigen, faltig und hager, gespenstisch bleich mit eingesunkenen Augen und zusammengepreßten Lippen. Carella merkte sofort, daß er in das verwüstete Gesicht einer Irren blickte, und spürte plötzlich kalten Schauer, der nichts mit dem unablässigen Schreien zu tun hatte, das aus der gegenüberliegenden Ecke des Raumes kam.

Lily Parker hielt ein Messer in der Hand, und von dem Messer troff Blut. Auch ihr langes schwarzes Kleid war von Blut getränkt, in den langen blonden Haaren klebte Blut, und auf ihrem Gesicht und ihren Händen befanden sich Blutspritzer. Carella fragte sich, ob sie wegen des Blutes die Tür nicht aufgemacht hatte – was auf dem Bett war, konnte er noch nicht sehen. Hatte sie womöglich vorhin derart blutgetränkt hinter der vorgelegten Kette in der Diele gestanden? Ihre Augen waren starr und aufgerissen, als sie auf ihn zukam – den Mann auf dem Bett hatte er noch nicht gesehen – und mit dem ausgestreckten Messer durch die Luft fuchtelte. Das erste Mal hielt Carella die Waffe tief und schoß auf die Beine der Frau unter dem blutgetränkten langen Kleid, verfehlte jedoch, so daß sie ungehindert weiterging. Dann hob er die Waffe und drückte kurz hintereinander zweimal ab, traf sie hoch in der linken Schulter, so daß sie herumschnellte und zu Boden fiel.

Noch hatte er das Grauenhafte auf dem Bett nicht gesehen.

Auf dem Teppich um das Bett herum war überall Blut. Auch die Bettücher waren rot von Blut. Auf dem Bett lag ein Mann auf dem Rücken, Arme und Beine an die vier Bettpfosten gefesselt. Der Mann schrie noch immer, obwohl Lily Parker verletzt auf der Erde lag, und ihn nicht länger quälen konnte. Der Mann hatte nur noch Haut im Gesicht. Die übrige Haut war von seinem Körper abgezogen, so daß er als nackte, pulsierende blutende Masse von ungeschützten Muskeln und Nerven dalag.

Carella wandte sich sofort um, wobei er fast mit Meyer zusammenprallte, der unmittelbar hinter ihm stand. »Wir … wir werden einen Krankenwagen …« sagte er und verstummte, weil er den Rest nicht mehr herausbringen konnte. Er suchte nach einem Telefon, fand keins in dem Raum, durchquerte eilig den Keller und stieg in die Küche hinauf, wo er einen Apparat an der Wand entdeckte. Er rief die örtliche Polizeistation an, identifizierte sich und berichtete, was er in dem Haus vorgefunden hatte. Dann bat er, sofort einen Krankenwagen zu schicken.

»Es sieht sehr übel aus«, sagte er. »So etwas habe ich noch nie im Leben gesehen.«

Es hörte nicht vor Sonntag vormittag, dem 24. September, zu regnen auf. Dann versiegte der Regen urplötzlich. Die Wolken verzogen sich noch ein paar Stunden nicht, aber wenigstens war es vorerst einmal trocken. Die ersten vorsichtigen Sonnenstrahlen drangen um zwei Uhr nachmittags durch die graue Decke, um zwei Uhr fünfzehn glänzte das nasse Straßenpflaster bereits in der Sonne. Um drei Uhr dreißig an diesem Nachmittag starb Santo Chadderton in der Intensivstation des Krankenhauses von Foxhill. Am selben Tag befragte in der psychiatrischen Abteilung im sechsten Stock des Buena Vista Hospitals eine Gruppe von Psychiatern Lily Parker, um festzustellen, ob sie normal genug war, vor Gericht gestellt werden zu können. Eine Niederschrift des Interviews fand später ihren Weg auf Carellas Schreibtisch. Es war in der normalen Frage-und-Antwort-Form gehalten. Während er es las, mußte Carella unentwegt an den geschundenen Körper von Santo Chadderton in jenem Kellerzimmer in Hawkhurst denken.

Frage: Mrs. Parker, können Sie uns sagen, warum Sie George Chadderton erschossen haben?
Antwort: Weil er Bescheid wußte.
Frage: Worüber wußte er Bescheid?
Antwort: Daß Robert bei mir auf der Insel war.
Frage: Robert?
Antwort: Mein Mann.
Frage: Er war bei Ihnen auf der Insel?
Antwort: In dem Kellerzimmer, wo sie mich immer eingesperrt haben.
Frage: Wer hat Sie eingesperrt?

| | |
|---|---|
| Antwort: | Robert und mein Vater. |
| Frage: | Mrs. Parker, Ihr Mann hat Sie vor fast zwanzig Jahren verlassen. Stimmt das? |
| Antwort: | Nun ja, aber er kam zurück. |
| Frage: | Wenn er Sie vor so langer Zeit verlassen hat … |
| Antwort: | Ja, aber er kam zurück. Das habe ich Ihnen doch gerade gesagt. |
| Frage: | Dann war es unmöglich für ihn, Sie in diesem Kellerzimmer einzusperren. |
| Antwort: | Ja, aber nicht für meinen Vater. |
| Frage: | Es war also Ihr Vater, der Sie in diesem Zimmer eingesperrt hat, nicht wahr? |
| Antwort: | Die Schwester saß draußen vor der Tür. Gab mir dauernd Spritzen. |
| Frage: | Ihr Vater hat Ihnen das angetan? |
| Antwort: | Und Robert. Wegen Robert, begreifen Sie nicht? |
| Frage: | Weil Robert Sie verlassen hatte? |
| Antwort: | Ja. Damals wurde ich krank. Als Robert fortging. Das war, als mein Vater diese Türen einbauen ließ und mich einsperrte. |
| Frage: | Mrs. Parker, wann starb Ihr Vater? |
| Antwort: | Vor sieben Jahren. |
| Frage: | In welchem Monat? Erinnern Sie sich? |
| Antwort: | Im Juli. |
| Frage: | Und wann lernten Sie Santo Chadderton kennen? |
| Antwort: | Ich weiß nicht, wer das ist. |
| Frage: | Mrs. Parker, wir haben hier eine Gästeliste von einer Veranstaltung, die sich Blondie-Ball nannte. Ein Wohltätigkeitsball, der am 11. September vor sieben Jahren stattfand. |
| Antwort: | Ja? |
| Frage: | Ihr Name steht auf dieser Liste. Jedenfalls nehmen wir an, daß es Ihr Name ist – L. Parker. Sind Sie das? |
| Antwort: | Ja, Lily Parker. |
| Frage: | Santo Chadderton war einer der Musiker, die in jener Nacht auf dem Ball spielten. |

Antwort: Ich kenne niemanden mit dem Namen Santo Chadderton.

Frage: Ist Santo Chadderton nicht der Mann, mit dem Sie auf der Insel lebten?

Antwort: Nein, nein.

Frage: Wer war dieser Mann dann?

Antwort: Robert. Mein Ehemann. Er kam zurück. Nachdem Daddy starb. Robert kam zu mir zurück.

Frage: Wo sind Sie ihm wiederbegegnet, Mrs. Parker?

Antwort: Auf dem Ball im September. Märchenprinzessin ganz in Weiß, Maske vor dem Gesicht, er wußte anfangs überhaupt nicht, daß ich es war. Der alberne Robert machte Musik in einer Band.

Frage: Wann nahmen Sie ihn mit auf die Insel?

Antwort: Am nächsten Morgen. Wir verbrachten die Nacht im Hotel. Er war sehr reumütig. Wir haben uns ganz wunderbar geliebt.

Frage: Und am Morgen fuhren Sie zur Insel hinüber?

Antwort: Ja.

Frage: Und seitdem ist er bei Ihnen geblieben?

Antwort: O ja. Warum hätte er weggehen wollen? Ich habe sehr gut für ihn gesorgt. Er wußte das. Schließlich sah er ein, wie sehr er mich liebte.

Frage: Mrs. Parker, warum haben Sie Clara Jean Hawkins getötet?

Antwort: Sie hat darüber geredet.

Frage: Worüber geredet?

Antwort: Über uns auf der Insel. Ich brachte sie eines Abends mit zu Robert nach Hause, weil ich dachte, er konnte von ihr, nun ja, vielleicht stimuliert werden. Eine Dritte im Bund. Es war nicht anständig von ihr. Er wollte niemals von der Insel fort. Ich dachte nur, ich sollte ihm vielleicht eine kleine Anregung von draußen mitbringen, verstehen Sie? Ich entdeckte sie eines Tages in der Stadt auf der Straße, vor dem Bahnhof. Sie wirkte jung und lebhaft, und ich fragte sie, ob sie mit mir nach

Hawkhurst herauskommen wolle. Und natürlich akzeptierte sie gleich. Sie konnte sehen, daß ich eine schöne Frau guter Herkunft war. Er sagte mir immer, wie schön ich sei, mein Vater. Schenkte mir Hawkhurst zum sechzehnten Geburtstag. Und C. J. erkannte meine Schönheit auch. War zärtlich zu mir, leckte meine Fotze und genoß es. Ein Jammer, daß ich sie erschießen mußte.

Frage: Als Sie sagten, C. J. hätte geredet …

Antwort: Sie erzählte seinem Bruder davon. Begreifen Sie nicht?

Frage: Santos Bruder?

Antwort: Ich erfuhr am letzten Donnerstag davon, als ich sie zum Bahnhof zurückfuhr. Sie erzählte mir, sie würde eine Schallplatte mit ihm machen. Songs! Sie würden Songs über all ihre Erfahrungen schreiben. Können Sie sich das vorstellen? Songs über uns! Songs darüber, was wir miteinander auf der Insel gemacht haben.

Frage: Hat sie das gesagt? Daß die Songs von Ihnen handeln würden?

Antwort: Nun, wovon hätten sie sonst handeln sollen?

Frage: Deshalb brachten Sie C. J. um.

Antwort: Natürlich. Um Robert zu retten.

Frage: Um ihn zu retten?

Antwort: Ja, um ihn zu retten, ihn zu behalten.

Frage: Dann … Mrs. Parker … warum haben Sie auch ihn umgebracht?

Antwort: Das habe ich nicht getan.

Frage: Er ist tot, Mrs. Parker. Wir haben vorhin erfahren, daß er tot ist.

Antwort: Nein, nein. Er wird zurückkommen. Sie werden schon sehen. Ich dachte auch ziemlich lange, daß er tot sei. Aber er kam zurück, nicht wahr? Nur, diesmal werde ich nicht so verständnisvoll sein, das kann ich Ihnen sagen. Ich nahm ihm alle seine Kleider weg. Zog ihn nackt aus. Damit er nicht

|  |  |
|---|---|
|  | wieder weglaufen würde. Aber wenn er diesmal wieder zurückkommt, werde ich ihn ein bißchen härter anpacken. Ich habe ihm einmal Nadeln in seinen Schwanz gesteckt, damit er steif bleibt. Das war bevor C. J. zu uns herauszukommen begann. Einen Finger habe ich ihm auch abgeschnitten. Aber das war nur, weil sein Schwanz nicht steif war. Wenn ein Mann den Schwanz nicht hochkriegt, wozu ist er dann gut? Ich habe ihm das immer wieder gesagt. Diesmal ... wenn er diesmal zurückkommt ... nun, er wird schon sehen, das kann ich Ihnen versprechen. |
| Frage: | Was werden Sie diesmal mit ihm anstellen, Mrs. Parker? |
| Antwort: | Oh, das wird er schon sehen. Das wird er schon sehen. |

Es war schon fast Oktober, als der Bericht Carellas Schreibtisch erreichte. Zu jenem Zeitpunkt war Lily Parker bereits in die Anstalt für kriminelle Geisteskranke in Riverhead eingewiesen worden. Der Himmel über der Stadt hatte sich aufgeklärt, und die Luft war frisch und sauber. Im Bereitschaftsraum klapperten Schreibmaschinen, klingelten Telefone. Carella stand von seinem Schreibtisch auf, ging zu den Aktenschränken hinüber und suchte den Ordner für Chadderton unter C heraus. Dann heftete er den Bericht in dem Ordner ab. Der Fall war abgeschlossen, alles schön ordentlich mit einem Bändchen verschnürt. Alle Puzzlestücke lagen an ihrem Platz, genau wie in so einem albernen Kriminalroman.

Aber das Telefon auf Carellas Schreibtisch klingelte bereits wieder.

ENDE

# Ed McBain-Magazin
# 8. Folge

Bernhard Kempen
(Unter Mitarbeit von Uwe Anton)

*Ed McBains 87th Precinct on TV*
*1. Teil: Die Serie im amerikanischen Fernsehen*

Der große Erfolg der Romane Ed McBains in den fünfziger und sechziger Jahren zog unweigerlich auch das Interesse der Film- und Fernsehproduzenten an. Über die Kinoverfilmungen seiner Kriminalromane wurde ja bereits im zuletzt erschienenen Ed McBain-Magazin (in: Ed McBain, ROMANZE, Bastei-Lübbe 13773) berichtet. Nachdem bereits drei Romane McBains aus seiner Serie um das 87th Precinct – das 87. Polizeirevier – einer namenlosen Großstadt in den USA für das Kino verfilmt worden waren, wurde die Serie auch für das Fernsehen entdeckt.

Es war der amerikanische Fernsehsender NBC, der am 25. September 1961 unter dem Titel ›The Floater‹ die erste Folge der neuen Krimiserie *87th Precinct* ausstrahlte. In insgesamt dreißig Folgen wurden an den folgenden Montagen von 21 bis 22 Uhr die Fälle geschildert, die Steve Carella und seine Kollegen zu bearbeiten hatten. Die Serie entstand zum größten Teil nach Originaldrehbüchern, nur sieben der dreißig Folgen beruhen auf Romanen bzw. einer Novelle von Ed McBain. In Deutschland war die Serie erst fünf Jahre später zu sehen, als in der ARD unter dem Titel *Polizeirevier 87* eine Auswahl von elf Episoden gezeigt wurde – doch darauf soll erst im dritten Teil dieses Beitrags genauer eingegangen werden.

Als Produzenten der Serie zeichnen Boris D. Kaplan und Winston Miller. Als ausführender Produzent wurde von NBC-TV Hubbell Robinson engagiert, beziehungsweise dessen Gesellschaft Hubbell Robinson Productions, Inc., die dazu mit der Firma Revue Productions zusammenarbeitete. Die Musik komponierte Morton Stevens.

Hubbell Robinson war im amerikanischen Fernsehgeschäft keineswegs ein Unbekannter, sondern hatte sich einen Ruf als Innovator und Garant für publikumswirksame Serienerfolge verdient. Nachdem er in den zwanziger und dreißiger Jahren als Reporter und Produzent für Radiowerbespots gearbeitet hatte, wurde er 1947 vom Fernsehsender CBS als Programmchef eingestellt. Dort produzierte er Publikumserfolge wie *Rauchende Colts* (*Gunsmoke*, 1955–57) und *I Love Lucy* (1951–61), bis er 1959 seine eigene Gesellschaft gründete. Doch seine Erfolgssträhne der fünfziger Jahre konnte Robinson als ausführender Produzent in Eigenregie leider nicht fortsetzen, so daß er bereits 1962 als Programmberater zu CBS zurückkehrte, aber schon im nächsten Jahr wegen eines Streits mit dem Chef James T. Aubrey jr. wieder gehen mußte. Danach produzierte er noch die kurzlebige Serie *Hawk (Hawk*, 1966) mit Burt Reynolds und das experimentelle Projekt *Stage 67* (1967), beide für den Sender ABC. Er starb im Jahr 1974.

*87th Precinct* gehört sicher nicht zu den größten Erfolgen Robinsons, aber deswegen darf die Serie noch lange nicht als Flop bezeichnet werden. Bei der Erstausstrahlung lagen die Ratings (der Anteil aller Fernsehgeräte in den USA) um die 20 Prozent, und die Zuschauerquote schwankte zwischen 35 und 40 Prozent (das heißt, in jedem dritten der tatsächlich eingeschalteten Geräte lief zu diesem Zeitpunkt das Programm von NBC). Diese Zahlen können sich durchaus sehen lassen, selbst wenn man sie mit einer Top-Serie wie *Bonanza* vergleicht, die es im selben Jahr auf ein Rating von 25–40 Prozent und eine Zuschauerquote von 30–55 Prozent brachte.

Nachdem am 30. April 1962 mit ›The Lover‹ die 30. und letzte Folge ausgestrahlt worden war, wurde die Serie während des folgenden Sommers bis zum 10. September 1962 noch einmal wiederholt – eine durchaus übliche Praxis im amerikanischen Fernsehen. Daß *87th Precinct* daraufhin nie mehr wiederholt wurde, dürfte hauptsächlich daran liegen, daß die Serie in Schwarzweiß gedreht wurde. In den Folgejahren setzte sich in den USA das Farbfernsehen allgemein durch, und Schwarzweiß-Serien waren mit einem Schlag unmodern und veraltet, eben Schnee von gestern, auch wenn sie inhaltlich mit den neuen Produktionen mithalten konnten.

Von der Kritik wurde die Serie jedenfalls recht gut aufgenommen. Gelobt wurde besonders der Realismus, denn *87th Precinct* zeigte vor allem den rauhen Alltag der Großstadtpolizei einschließlich privater Probleme und schreckte auch vor Gewaltdarstellungen nicht zurück. In dieser Hinsicht kann *87th Precinct* durchaus als früher Vorläufer der hochgelobten Serie *New York Cops – NYPD Blue (NYPD Blue)* mit David Caruso als Detective John Kelly gesehen werden, die praktisch sofort nach ihrer Erstausstrahlung im Jahr 1993 Kultstatus erlangte.

Doch *87th Precinct* war keineswegs die erste Krimiserie, die sich in dieser Form auf den rauhen Polizeialltag konzentrierte. Ein knappes halbes Jahr vor dem Start von *87th Precinct* begann der Konkurrenz-Sender ABC am Sonntag, den 2. April 1961, von 21 Uhr 30 bis 22 Uhr 30 mit der Ausstrahlung der ähnlich angelegten Serie *The Asphalt Jungle*, die in Deutschland bislang noch nicht zu sehen war. *The Asphalt Jungle* basierte auf dem gleichnamigen Roman des Krimiautors W. R. Burnett, der bereits 1950 unter der Regie von John Huston sehr erfolgreich für das Kino verfilmt worden war. Auch in dieser von MGM-TV produzierten Fernsehserie wurde der harte Alltag eines Polizeidepartments in der Großstadt gezeigt. Hauptdarsteller war Jack Warden als Deputy Police Commissioner Matthew Cower, dem Captain Gus Honochek (Arch Johnson) und Sergeant Danny Keller (Bill Smith) zur Seite standen. Ihre Spezialität waren Fälle, die sie nur durch Undercover-Einsätze lösen konnten. Eine besondere Note gewann die Serie durch die vom Jazz-Pianisten Duke Ellington komponierte Musik. Als herausragende schauspielerische Leistung blieb vielen Zuschauern der Auftritt von Robert Vaughn als Nazi-Anwalt in der dreizehnten und letzten Folge in Erinnerung. Sie wurde übrigens am

Sonntag, den 24. September 1961, gezeigt – einen Tag vor der Erstausstrahlung von *87th Precinct*. Und Vaughn hatte auch in der dreizehnten Folge *87th Precinct* einen Gastauftritt zu verzeichnen.

Das 87. Polizeirevier von New York – zumindest befindet es sich in der Fernsehserie dort – ist mit sechzehn Beamten besetzt, die Serie konzentriert sich jedoch auf vier Hauptpersonen, die sich zu Beginn der einzelnen Folgen versammeln, um Berichte zu schreiben oder auf neue Fälle zu warten. Der Vorgesetzte ist Detective Steve Carella. Die Eigenschaften, die ihn auf diesen Posten gebracht haben, sind vor allem seine gute Auffassungsgabe und sein kollegialer Charakter.

Der jüngste Mann in Carellas Team ist Detective Bert Kling, der sich noch seine Sporen verdienen muß, seine Unerfahrenheit jedoch durch Mut, um nicht zu sagen Draufgängertum, wettzumachen versucht. Außerdem hat der Blondschopf eine Schwäche für schöne Frauen. Dagegen ist Detective Roger Havilland mit der hohen Stirn der abgehärtete Profi, der gern seine Fäuste einsetzt. Weitere Markenzeichen sind seine laute Stimme und sein gesegneter Appetit. Detective Meyer Meyer schließlich ist ebenfalls bereits ein alter Hase, obwohl er seinen Job längst nicht so verbissen sieht. Er ist nur schwer aus der Fassung zu bringen und sorgt damit gelegentlich für trockenen Humor in der ansonsten doch recht ernsthaften Angelegenheit.

Einen eher tragischen Akzent setzt die Figur der Teddy Carella. Die hübsche Frau des Detectives ist nämlich – wie in den Romanvorlagen – taubstumm.

Ein wichtiger Grund für den Achtungserfolg, den *87th Precinct* erzielte, lag sicherlich in der hervorragenden Besetzung der Rollen.

Der Star der Serie ist zweifellos Robert Lansing in der Hauptrolle des Steve Carella. Lansing wurde am 5. Juni 1928 als Robert Howell Brown (andere Quellen sprechen von Broom und 1929) in San Diego geboren. Im Fernsehen arbeitete er seit 1956 in verschiedenen Serien und machte sich einen Namen als ruhiger, nachdenklicher Charakter. Nachdem er bereits in der Serie *Young Doctor Malone* (1959–61) in einer tragenden Rolle zu sehen war, erzielte er als Steve Carella in *87th Precinct* seinen Durchbruch. Berühmt wurde er kurz darauf als Brigadier General Frank Savage in der Serie *Twelve O'Clock High* (1964–65). Anschließend spielte er in *Der Mann, den es nicht gibt (The Man Who Never Was*, 1966–67) mit. In diesen und den folgenden Jahren hatte Lansing außerdem viele Gastauftritte in Serien wie *Twilight Zone: The Long Morrow* (1964), *Die Leute von der Shiloh-Ranch (The Virginian*, 1963–67), in der Rolle des Gary Seven in *Raumschiff Enterprise (Star Trek: Assignment Earth*, 1968), in *Mannix*, *Bonanza* und vielen anderen. Nach der Miniserie *The Astronaut* (1972) machte er sich etwa ein Jahrzehnt lang sehr rar auf dem Bildschirm, bis er Mitte der Achtziger ein Comeback feiern konnte. Nach einer Rolle in *Automan – Der Superdetektiv (Automan*, 1983–84) beeindruckte er als Control in *Der Equalizer (The Equalizer*, 1985–89) mit Edward Woodward in der Titelrolle und war danach im Special *Bionic Showdown: The Six Million Dollar Man and the Bionic Woman* (1989) zu sehen. Außerdem trat er seit seiner ersten Hauptrolle in *Der 4-D-Mann (The 4-D-Man*, 1959) immer wieder im Kino auf, so in *Der Kommodore (A Gathering of Eagles*, 1963), *Die Grissom Bande (The Grissom Gang*, 1971), oder *Bittersweet Love* (1976), erzielte damit jedoch nie den großen Durchbruch. Robert Lansing starb am 23. Oktober 1994.

Übrigens hatte Lansing bereits 1960 den Steve Carella in einem Kinofilm gespielt, den von der Kritik verrissenen THE PUSHER (nach dem dritten Roman von McBains Serie), bei dem Gene Milford Regie führte; das Drehbuch stammte übrigens von Harold Robbins. Vielleicht haben die Produzenten der Fernsehserie ihn ja im Kino gesehen: Dann hätte dieser Film wenigstens einen Verdienst gehabt.

Detective Bert Kling wird von Ron Harper gespielt. Er wurde am 12. Januar 1935 in Turtle Creek/Pennsylvania geboren. Nach ersten Gastauftritten ab 1960 in einigen Westernserien bekam er mit *87th Precinct* seine erste feste Rolle. Im Anschluß an diesen ersten Erfolg taucht er immer wieder in den regulären Besetzungslisten verschiedener Fernsehserien auf, so in *Wendy & Me* (1964–65), *Garrison's Gorillas* (1967–68), *Planet der Affen (The Planet of the Apes*, 1974), *Love of Life* (1977–80), *Another World* (1980) und *Capitol* (1985–87).

Für Gregory Walcott dagegen blieb sein Auftritt als Detective Roger Havilland das einzige längerfristige Engagement in einer Fernsehserie. (Auch Roger Havilland selbst blieb nicht längerfristig beim 87. Polizeirevier. Nachdem Ed McBain mit dem unsympathischen Charakter nicht viel anfangen konnte, verschaffte er ihm nach Einstellung der Fernsehserie – wodurch er auch in der Romanserie nicht mehr präsent sein *mußte* – ein vorzeitiges Ableben, indem er ihn einfach aus einem Fenster stürzen ließ.)

In der Rolle des Detective Meyer Meyer ist Norman Fell zu sehen, der am 24. März 1924 in Philadelphia/Pennsylvania geboren wurde. Der Schauspieler mit dem Hundegesicht wurde am bekanntesten mit seiner Darstellung des Stanley Roper in der Comedy-Serie *Herzbube mit zwei Damen (Three's Company*, 1977–79) und im Spin-Off *Zwei schräge Vögel (The Ropers*, 1979–80). In weiteren Hauptrollen war er in *Dan Oakland (Dan August*, 1970–71), *Needles and Pins* (1973), *Teachers Only* (1982–83) und in *Roots – Die nächste Generation (Roots: The Next Generations*, 1979) zu sehen. Vorher hatte er kleine Gastrollen in *Die Unbestechlichen (The Untouchables: The Rusty Heller Story*, 1960), in *The Lieutenant* (1963), in der Arzt-Serie *Dr. Kildare* (1965), im Pilotfilm der nicht realisierten Serie *The Long Hunt of April Savage* (1965), in *Die Straßen von San Francisco (Streets of San Francisco: The Trill Killers*, 1976), zweimal in *Mord ist ihr Hobby (Murder She Wrote* 1986 und 88), in *Magnum (Magnum P. I.: Solo Flight*, 1987) und vielen anderen. Auch auf der Leinwand war er gelegentlich, wenn auch nur in kleineren Rollen, zu sehen, und zwar in Filmen wie *Frankie und seine Spießgesellen (Ocean's Eleven*, 1961), *Die Reifeprüfung (The Graduate*, 1967), *Bullit (Bullit*, 1968) und *Ein Mann geht über Leichen (The Stone Killer*, 1973).

Obwohl sie nicht in jeder Folge auftrat, darf an dieser Stelle Gena Rowlands in der Rolle von Steve Carellas Frau Teddy nicht unerwähnt bleiben. Die beeindruckende Schauspielerin wurde am 19. Juni 1936 als Virginia Rowlands in Cambria/Wisconsin geboren. Nach *87th Precinct* hatte sie nur noch eine größere Fernsehrolle in der Soap-Opera *Peyton Place (Peyton Place*, 1967). In Nebenrollen trat sie jedoch schon seit 1955 in vielen Krimiserien auf, zuletzt in *Columbo: Playback* (1975). Im Kino war sie vorwiegend in Filmen des Regisseurs John Cassavetes (1929–1989) zu sehen, mit dem sie seit 1954 verheiratet war. Ihre erste größere Rolle hatte sie jedoch erst in *Gesichter (Faces*, 1968), bis sie mit *Gloria, die Gangsterbraut (Gloria*, 1980) und *Love Streams (Love Streams*, 1983) – allesamt unter der Regie von John Cassavetes entstanden – späten, aber verdienten Ruhm erlangte. Für ihre Hauptrolle im Fernsehfilm *The Betty Ford Story* (1986) wurde sie mit einem Emmy ausgezeichnet.

Daneben traten in *87th Precinct* eine Reihe von bekannten – oder erst später bekannt gewordenen – Schauspielern als Gaststars auf, wie zum Beispiel Robert Culp, Dennis Hopper, Leonard Nimoy, Robert Vaughn oder Peter Falk. Näheres dazu in der nächsten Folge des Ed McBain-Magazins, das eine Auflistung der im amerikanischen Fernsehen gezeigten Episoden mit Angaben zu darin mitwirkenden Darstellern präsentiert. Es erscheint im November in der Neuausgabe von Ed McBains MORDGESPENSTER (Bastei-Lübbe 13 825), dem 34. Roman um das 87. Polizeirevier.

**Band 13 668**

**Ed McBain**

**Mary, Mary**

**Deutsche Erstveröffentlichung**

Matthew Hope, erfolgreicher Anwalt aus Florida, erhält einen Anruf von der reichen Melissa Lowndes: Sie hat in der Zeitung gelesen, daß ihre ehemalige Lehrerin Mary Barton unter Mordanklage steht. In ihrem Garten wurden die vergrabenen Leichen dreier Schulmädchen entdeckt.

Die Beweise gegen Mary scheinen erdrückend. Doch Melissa ist von ihrer Unschuld überzeugt und möchte, daß Hope die Verteidigung übernimmt.

Hope ist zunächst unschlüssig, da Mary, eine starrsinnige alte Frau, ihm bei einem Besuch im Gefängnis völlig ablehnend begegnet.

Erst als er ihren liebevoll angelegten Prachtgarten sieht und bei einem Treffen mit Melissa erfährt, daß Mary einst ganz anders war und mit ihrem schillernden Wesen jedermann bezauberte, erwacht sein Interesse für einen äußerst bizarren Fall . . .

BASTEI LÜBBE

**Sie erhalten diesen Band im Buchhandel, bei Ihrem Zeitschriftenhändler sowie im Bahnhofsbuchhandel.**